「あかん、
このままでは追いつかれる」
中級冒険者のパーティでも
『ボルガン・レックス』を相手にすれば
全滅は避けられない。
ましてや、一人では勝ち目がない。
距離がこれ以上、詰められる前に、
おっちゃんは鳥の姿を念じた。

ザサン
種族はエア・ジャイアント。
『サバルカンド迷宮』でダンジョン・マスター代行をやっている。
わりとテキトーな性格。
アリサ
サバルカンド冒険者ギルドの受付嬢。美人で気立てが良く、何かとおっちゃんのことを気にかけてくれる。
おっちゃん冒険者の
千夜一夜
A THOUSAND AND ONE NIGHT

バネッサ
マサルカンドの街にある、盗賊ギルドの女性最年少幹部。抜け目がなく、利にさとい。
クロリス
マサルカンド冒険者ギルドの受付嬢。セクシーなお姉さんタイプで、優しい性格。街を深く愛している。
おっちゃん
自称「しがないしょぼくれ中年冒険者」。だがその正体は、実は変身能力を持つ魔物『シェイプ・シフター』。

チャンスは、一度きり……！
おっちゃんは強く踏み込む。
龍の眉間に目掛けて『金剛穿破』を打ち込む。
手答えがあった。

Blody
1
おっちゃん冒険者の
千夜一夜
A THOUSAND AND ONE NIGHT
金暮 銀
Rainbow Island
Lost

口絵・本文イラスト　戯々

おっちゃん冒険者の千夜一夜

A THOUSAND AND ONE NIGHT

1

contents

※劇中、おっちゃんが使っている言葉・表現などは、舞台となっているファンタジー世界の方言です。
現実の日本で使われている関西弁とは異なりますので、ご了承ください

第一夜 おっちゃんと冒険者

光に照らされた薄暗《うすぐら》い大きな洞窟《どうくつ》の中にモンスターが一匹《ぴき》。モンスターの身長は三メートル、腰《こし》に布を巻き、人の形をしているが、肌《はだ》は岩のように硬《かた》く灰色、目はぎょろりと大きく、二本の牙《きば》を持つ。

トロルと呼ばれるモンスターだ。トロルと対峙《たいじ》する者あり。人数は五人、全身を甲冑《かっちゅう》で包《つつ》んだ人間が二人。簡単な胸当ての上から魔力《まりょく》の籠《こ》もった赤い僧衣《そうい》を着た人間が一人。魔法《まほう》の灯《あか》りを点《とも》した杖《つえ》を持ち、灰色のローブを着た人間が一人。軽装鎧《よろい》に弓を持った人間が一人。

トロルと人間の冒険者たちは戦闘《せんとう》中だった。甲冑を着た人間が交互にトロルに切りかかる。弓からは矢が放たれる。

トロルの岩のような肌は硬く、剣《けん》が通らない。矢も弾《はじ》いた。トロルは痛みをほとんど感じていなかった。

わずかに傷ついた岩のような肌も、トロルの持つ再生能力の前に傷つく傍《そば》から塞《ふさ》がっていく。

トロルは決断する。

(まず、教科書通りに僧侶《そうりょ》を潰《つぶ》そうか)

両腕《りょううで》でガードの姿勢を取りながら、『朦朧《もうろう》』の魔法を僧衣の男に掛《か》ける。

僧衣を着た人間がよろめいた。

（よし、効《き》いた。これで、おっちゃん、楽できる）

トロルは自分を「おっちゃん」と呼んでいた。仲間内のモンスター間でも「おっちゃん」で通っていた。

後方にいたローブの男が「この、トロルは魔法を使うぞ」と叫《さけ》ぶ。

（もう、遅《おそ》いわ）

ローブの男が僧衣の男に掛けられた魔法を解除しようとする。しかし、ローブの男は急に吹《ふ》き飛《と》んで動かなくなった。

男を吹き飛ばした正体は闇《やみ》の中から現れた、もう一体のトロルの「かどちゃん」だった。

（ナイスだ、かどちゃん、タイミングはピッタリや。潜伏《せんぷく》と奇襲《きしゅう》はかどちゃんの十八番だからな）

おっちゃんは腕《うで》を大きく振《ふ》りかぶった。一歩を踏《ふ》み込んで拳《こぶし》を打ち下ろす。

大振りの一撃《いちげき》、鍛錬《たんれん》を積んだ人間なら回避《かいひ》はさほど難しくない。だが、目標は朦朧状態の僧衣の男。

僧衣の男はトロルの一撃を受けて、その場に倒《たお》れ込み息を引き取った。

（仕事やけどこの人を殴《なぐ》り殺《ころ》す感覚は、いつになっても嫌《いや》なもんやな）

五人いた冒険者は瞬《また》く間《たま》に三人に減り、一分後には冒険者側は全滅《ぜんめつ》した。

おっちゃんは人間の装備品を剥《は》がしながら持ち物を漁《あさ》る。

かどちゃんが控《ひか》えめな態度でおっちゃんに話《はな》し掛ける。

「おっちゃん、今日で仕事を辞《や》めるって本当ですか？」

おっちゃんは淡々《たんたん》と答える。

「そうか、おっちゃんが辞める話を聞いたんか、うん、辞める。この冒険者の死体を始末したらここから出て行く。時間的に今のが『タタラ洞窟』でのラスト・バトルや。もう、ダンジョン・マスターには挨拶《あいさつ》を済ませてきた」

かどちゃんが寂《さび》しげに尋《たず》ねる。

「ここを辞めてどこに行くつもりですか。他のダンジョンですか？」

「いや、人間の街に行こうと思ってるねん。冒険者に紛《まぎ》れて隠《かく》れて暮らそうと思う」

かどちゃんは驚《おどろ》きを隠さない。

「冒険者になるって、なんの冗談《じょうだん》ですか」

おっちゃんは笑って答えた。

「冒険者になるって考えた時は、おっちゃんも自分の頭おかしくなったかなと疑った。でも、色々考えると冒険者いいかな、と思えてきてな。まあ、人間とパーティを組んでダンジョンへ行く仕事はしない。独りでほそぼそと、依頼《いらい》を受けて暮らそうと思う」

かどちゃんが首を傾《かし》げる。

「でも、おっちゃんが人間に紛れて暮らすって想像できないな」

「生きていれば、色々あるゆうことや。それに、おっちゃんは人間の姿にもなれるんやで」

かどちゃんが腕組《うでぐ》みして納得《なっとく》する。

「おっちゃん、魔法を使うのが得意ですからね」

おっちゃんは魔法を使って人間の姿になるわけではなかった。おっちゃんの正体はトロルではなく『シェイプ・シフター』と呼ばれる姿形を変化させられる能力を持ったモンスターだった。

変身能力は優秀《ゆうしゅう》なもので、トロルに変身すれば、生まれつきトロルのかどちゃんにも見分けが付かなかった。

冒険者の死体を死体捨て場に投げ込む。ダンジョン内にあるモンスターの控え室《しつ》に移動する。ロッカーから予《あらかじ》め必要になりそうな、物を詰《つ》めてあったバックパックを背負《せお》ってダンジョンから出た。近くの茂《しげ》みに移動する。

シェイプ・シフターの能力を解く。三メートルあった身長が百七十センチに縮んで人間の姿になる。バックパックから服と軽装の革鎧《かわよろい》を出《だ》して着替《きが》えた。最後に冒険者が持っていた鏡で、自分の姿を確認《かくにん》する。

四十歳《さい》の男性の姿がそこにあった。おっちゃんは丸顔で無精髭《ぶしょうひげ》を生やしており、頭頂部が少し薄《うす》い。

おっちゃんの本当の姿がそこにあった。

「第二夜　おっちゃんと香辛料」

迷宮《めいきゅう》都市サバルカンドはダンジョンの上に立っていた。サバルカンドはできて百年くらいと歴史は浅い。

人口は二万五千人。サバルカンドはレガリア王国の南部に位置する自治都市であり、周りが湿地《しっち》やジャングルに囲まれている。

ジャングルで採れる香辛料が主な特産品だった。だが、五年前に都市の下にダンジョンが発見されると、出土品を目当てに大勢の人が訪《おとず》れるようになった。

サバルカンドは城壁《じょうへき》で囲まれた旧市街と城壁の外にある新市街に分かれている。冒険者ギルドはサバルカンドの新市街にあった。冒険者ギルドの建物は直径が百メートルもある木造の大きな丸い二階建ての建物で、宿屋と酒場が併設《へいせつ》されていた。

酒場はカウンターとテーブル席を合わせて百二十席あり、二階の宿屋スペースには個室が二十室ある。中々大きな施設《しせつ》だった。宿は素泊《すど》まりで銀貨一枚（一銀貨は百銅貨）。

サバルカンドの庶民《しょみん》の食費が一食で銅貨二十枚なので宿は中々よい値段がする。もっと安い宿はあるので、ギルド併設の宿屋を使わない冒険者は多かった。

おっちゃんは冒険者ギルドの報告窓口に向かう。窓口の女性に依頼番号を伝えて小さな袋《ふくろ》を渡《わた》した。

窓口の女性はアリサ。アリサは色白の肌をした、小柄《こがら》で気立ての良い二十代前半の女性だった。アリサは帽子《ぼうし》を被《かぶ》り、薄いグリーンの麻《あさ》のチュニックにクリーム色のチノ・パンを愛用している。

「アリサはん、採取依頼の胡椒《こしょう》を採ってきたで、確認してや。今回は少しがんばったで」

アリサが柔《やわ》らかな微笑《ほほえ》みを浮かべる。

「お帰りなさい、オウルさん。今日の相場を調べるわね。オウルさんの努力に報《むく》いられるといいんだけど。でも、特別扱《あつか》いはできないわよ、ここは皆《みんな》のギルドだから」

「ええよ、いつもにこにこ平等にや。あと、呼び名はおっちゃん、でええよ。ウチの村では名前で呼ばれた人間は死期が早まるいう言い伝えがあってな、葬式《そうしき》と結婚式《けっこんしき》の時くらいしか名前で呼ばんのよ」

『シェイプ・シフター』である、おっちゃん、に決まった名前はない。名前がないと人間として生活する上で不便なので必要な時は「オウル」で通していた。

様々な薬草や香辛料がサバルカンドの南のジャングルで採れた。

おっちゃんはよく知った品物の在《あ》り処《か》がわかる『物品感知』の魔法が使える。なので、胡椒の群生地を簡単に見つけられた。

ジャングルには毒虫、毒蛇《どくへび》、猛獣《もうじゅう》がいる。ここ最近はモンスターが出るために、危険な採取作業は冒険者の仕事になってきていた。

アリサが秤《はかり》で胡椒の重さを量る。アリサがお茶目《ちゃめ》に発言する。

「全部で銀貨八十五枚と銅貨六十二枚よ。これが今の精一杯《せいいっぱい》。どう、満足の行く価格だった？ 足りなかったら私の笑顔《えがお》に免《めん》じて許して」

前回採ってきた時の倍の量を採取してきたが、買い取り価格が二倍以上になっていた。

「あれ、金額また上がったん。前回はもっと安かった気がするんよ。おまけしてくれたん？」

アリサが表情を曇《くも》らせて教えてくれた。

「ジャングルが、それだけ危険になってきているのよ。冒険者の中にもジャングルに入ったきり、帰ってこない人が出始めているわ。私は皆に帰ってきて欲《ほ》しい」

「そうか、帰ってこられん者もおるんか」

「あまりにも危険なんで、香辛料の採取を専門にやっていた人も、今では見合わせる人が多いのよ。おっちゃんも無理は禁物よ」

あまりよろしくない状況《じょうきょう》だ。香辛料の値段が上がれば、危険を冒《おか》してジャングルに入る人間が増える。

現状では素人《しろうと》が入れる状況ではなくなってきている。このまま行けば、もっとジャングルで命を落とす人間が増えて犠牲者《ぎせいしゃ》が話題になるだろう。そうなれば、いつも無事に帰ってくるおっちゃんの存在が目立たないはずがない。

おっちゃんはしがない、しょぼくれ中年冒険者でなければならない。下手に目立てば、人間の中で暮らす生活ができなくなる。

おっちゃんはもう一つ厳重に封《ふう》をしてある二十リットルくらいの皮袋《かわぶくろ》をカウンターに置く。

「あと、これ依頼の香辛料とは違《ちが》うけど、トリカブトを買い取ってもらえんかな。いっぱい見つけたんよ」

袋を開けてアリサが中身を確認する。アリサの瞳《ひとみ》が大きくなる。

「大量ね。トリカブトも買い取るわ。でも、苦労して採って来たおっちゃんには悪いけど、価格は安いわよ。トリカブトなら、それだけあっても、銀貨四枚。それでもいい？　苦労に見合っている？」

「値段が付けばええよ、採ってきたのついでやし。でも、ジャングルって色々な植物が生えていて面白《おもしろ》いな。まるで市場を覗《のぞ》いているようや」

アリサが表情を曇らせて注意する。

「植物だけではないですよ。動物やモンスターも多様ですよ。最近ではジャングルでは見られなかった、トロルを見たなんて言う人間もいるんですよ。ですから、油断は禁物です。トロルに遭遇《そうぐう》したら逃《に》げなきゃ駄目《だめ》ですよ」

（それ、たぶん、おっちゃんやね）

人間には危険に満ちている場所でも、モンスターなら問題ない場所は多い。特に生命力が強いトロルは毒にも病気にも強い。トロルの肌は並の剣を通さないほどに硬い。蛇《へび》が噛《か》んでも傷がつかず、虫に刺《さ》されもしない。トロルの肌は蛭《ひる》もよせつけない。

大蛇《だいじゃ》や鰐《わに》が脅威《きょうい》といっても、襲《おそ》われる対象が人間サイズだから脅威なのである。身長三メートルの岩の塊《かたまり》のようなトロルであれば、威嚇《いかく》された過去はあっても襲われはしなかった。トロルに変身できるから無事に帰ってこられる事実は機密事項《じこう》だ。

「そうか、パイソンやクロコダイルも怖《こわ》いけど、トロルも怖いな。気をつけるわ」

アリサがおっちゃんの手を優《やさ》しく握《にぎ》るように精算した銀貨を渡した。

「帰ってこその冒険者です。私は全《すべ》ての冒険者さんに笑顔でお帰りなさいを言いたいんです。もちろん、おっちゃんにも無事に帰っ来て欲しい」

「そうか、おっちゃんは弱い存在やから気を付けんとな」

適当に話を合わせておく。決して強そうに見える態度は取らない。

（どうしよう、せっかく、楽して、稼《かせ》げる思うとったのに、これでは迂闊《うかつ》にジャングルに行けへんぞ。胡椒の稼ぎはほんまに美味《おい》しかったんやけどな）

おっちゃんは金遣《かねづか》いが荒かった。人間の生活に慣れないせいか、倹約《けんやく》ができない。安い宿を探せばあるのだが、おっちゃんは冒険者ギルド併設の宿屋を使っていた。食事も良い物を飲み食いしている。なので、一日に銀貨二枚は使っていた。

（まあ、いいか、とりあえず、銀貨八十枚あれば、四十日は暮らせる。金がなくなってきたら、考えよう）

第三夜 おっちゃんと依頼

ある日の朝。飯を食ったので、宿屋の二階でごろごろしようと思った時だった。

アリサから呼び止められた。

「おっちゃん、ちょっといいですか。仕事の話がしたいんです。真面目《まじめ》な話ですよ」

「ええよ、話だけなら聞くよー。でも難しい話は駄目やで、おっちゃん頭よくないから」

飯を食った後でいい気分だったのか、アリサの呼《よ》び掛けに気軽に応じた。

ギルドの依頼カウンターに行くと、一人の女性がいた。年は十六くらい、狩人《かりゅうど》のような軽装の革鎧を身に着けていた。髪《かみ》は短く切れ長の目をしていた。女性の手には冒険者が依頼を受けるときに手にする依頼書《いらいしょ》があった。

おっちゃんは女性だからといって、軽く見る態度は取らない。だが、あまりいい気はしなかった。

(狩人なのはいいけど、装備が新しいから新人さんか。依頼書を手に持っているところを察するに、一人では受けられない依頼を受けようとしているのか。冒険《ぼうけん》に背伸《せの》びは禁物やで)

冒険者ギルドに持ち込まれる依頼は多い。採取のように一人で受けられる依頼から、数名でパーティを組まないとこなせない仕事まである。

一人では受けられない依頼を受けたい冒険者が出たら、どうするか。冒険者ギルドでは他に仕事を持っていない冒険者と組ませて斡旋《あっせん》するケースがたびたびあった。

（あまり、人と一緒《いっしょ》に仕事をしたくないんやけどな。でも、話を聞かんで断る振る舞《ま》いも義理を欠く。よっしゃ、話だけでも聞くか）

アリサが簡単な紹介《しょうかい》をする。

「おっちゃん、こちらは狩人のブレンダさん。ブレンダさん、こっちは剣士《けんし》のおっちゃん。うん二人揃《そろ》えばいい感じだわ」

ブレンダはおっちゃんを疑わしげに見た。

「おっちゃんって、変わった名ですね。異国の出身ですか？」

「名前ではないけど、おっちゃんでいいよ。見た目もおっちゃんやし。それで、ブレンダはんは何の用」

ブレンダの代わりにアリサが答える。

「実はブレンダさんが、虎《とら》を退治する依頼を受けようとしているんです。でも、ギルドとしては心配なので誰《だれ》かもう一人つけようとの流れになりました。どうでしょう、おっちゃん、虎を退治に行きませんか」

ただの虎なら、おっちゃん一人で余裕《よゆう》だった。魔法で足止めしてぶん殴れば「はい、おしまい」だった。

トロル化したおっちゃんの一撃は中堅冒険者《ちゅうけんぼうけんしゃ》も一撃で殺せるほど強烈《きょうれつ》だ。

もう少し情報が欲しいと思ったので、ブレンダに頼《たの》む。

「ちょっと依頼書を見せて」

要約すると『依頼内容。　村に出た虎を退治してほしい。報酬《ほうしゅう》は銀貨四十枚』だった。

問題のある依頼だった。どこにも虎は一頭だと書いていない。虎が番《つがい》だったり、子連れだったりすれば、難易度が変わってくる。だが、報酬は銀貨四十枚のみ。本来なら虎が二頭なら八十枚もらわなければ割に合わない。

（これは誰もやりたがらんわけや。新人が一人で虎一頭を退治できたなら、まずまずの報酬。でも、虎は狼《おおかみ》より強いから、新人なら一人では手に負えん。せやけど報酬を二人以上で分けるとなると安うなる）

他にも心配な点があった。

（しかも、村に出るが、厄介《やっかい》やな。村の外ならええが、もし、村の中なら変身もできん。あかん、これは断ろうか）

「アリサはん、せっかくやけどこの依頼儂には無理や。他の人に頼んでもらって。腕の立ちそうな新人でパーティを組んでいない奴《やつ》が他にもおるやろう。おっちゃんの腕なら狼はいけても虎はきつい」

アリサが困った顔で渋《しぶ》る。

「いるにはいるんですけど、経験の面からいえば、仕事の遂行率《すいこうりつ》の高そうな組み合わせが、新人のブレンダさんとベテランのおっちゃんとのペアなんです。どうにか引き受けて頂くわけにはいかないでしょうか」

（あ、この子なにか勘違《かんちが》いしている）

「儂、年ばっかり食っているけど、まだ、冒険者になって一年も経《た》っていないぺーぺーやで」

アリサが意外だと言いたげな顔をした。

「え、そうなんですか、てっきりなんらかの事情があって第一線を退いているだけかと思いました。だってこう、なんとも言えない風格がありますよ」

四十になって冒険者を始めるなんて普通《ふつう》ではない状況は理解している。当然の反応だ。

「風格なんてないよ。吹けば飛ぶようなおっちゃんや。まあ、四十になって冒険者やる人間も珍《めずら》しいから無理もないけど。そういうわけだから、他あたってもらっていいかな。おっちゃんには荷が重い」

アリサが腕を組んで小首を傾げる。

「意外だな。おっちゃんの物腰《ものごし》とか空気が熟練の冒険者のものと変わらないんですよ。大人の空気がある分、下手な冒険者より頼《たよ》りがいがあるように見えるんですけど」

「露天《ろてん》の高級果物と一緒やて、良く見えるだけ。中身はすかすかや。買って中を開けたら、わー損したってなるあれや、経験あるやろう」

「そうかなあ、おっちゃんは老舗《しにせ》果物店のマンゴーのように中を開けると、ぎっしり美味しい実が詰まっているように見えるんだけどな。ちなみに私はマンゴー大好きです。あの甘《あま》さがいいですよね」

「そうか、なら今度、ジャングルで見つけたら採って来てやるでー」

アリサが表情を緩《ゆる》めてすぐに、引《ひ》き締《し》める。

「嬉《うれ》しいなって、そうじゃなく、虎退治を引き受けてくださいよ。虎なんておっちゃんからしたら、大きな猫《ねこ》みたいもんでしょう。いや、もう、猫でしょう。ぱーんとやっちゃってくださいよ」

「大き過ぎるやろう。そんな言うたら、大蛇も川エビやで。どっちも食えるけどな」

突如《とつじょ》、背後から嗄《か》れた老婆《ろうば》の声がした。

「引き受けなされ、おっちゃんよ」

振り返《かえ》る。捩《ねじ》れた黄金の杖を持ち、紫《むらさき》のローブを頭から被った小柄な老婆がいた。

さっきまで気配がなかった。いつのまにか背後に現れた老婆からタダならぬ気配が漂《ただよ》っていた。

（なんや、この婆《ばあ》さん、嫌に迫力《はくりょく》あるな。ダンジョンの地下十階くらいに出そうな雰囲気《ふんいき》や）

アリサが畏《かしこ》まった態度で老婆に話し掛ける。

「お帰りなさい、ギルド・マスター」

（冒険者ギルドのお偉《えら》いさんか。貫禄《かんろく》はないが、妖気《ようき》だけはある婆さんだな）

ギルド・マスターが嗄れた声で続ける。

「引き受けなされ、おっちゃんよ。引き受けたほうが後々益になるじゃろう、ヒッヒッヒ」

（あかん、完全に笑い声が妖怪《ようかい》や。でも、困ったな。お偉いさんが絡《から》んできたか）

モンスターにも人間にも偉い人に良い印象はなかった。

（お偉いさんって存在はやっかいやからな。なにせ嫌がらせし放題や。それに、こういう死《し》に損《ぞこ》ないの婆さんに限って、言う事を聞かない人間の顔を覚えていたりするからな。化けて出られても困る。しゃあない、一回ぐらい尻尾《しっぽ》を振るか）

「あまり気が進まんけど。ギルド・マスターが勧《すす》めるというなら、依頼を受けてもいいよ。で、ブレンダさんはどうする？」

ブレンダが断る態度に一縷《いちる》の望みを掛けたが、ブレンダの返事は違った。

「よろしく、お願いします。おっちゃん、是非《ぜひ》にも手を貸してください」

（なんやえらい、素直《すなお》な子やな。普通なら、こんなおっさんとパーティを組むの嫌だろうに）

アリサがにこやかな顔で発言する。

「よかったですね、ブレンダさん。虎退治がんばってください。おっちゃんと一緒なら大船に乗ったも同然ですよ」

仕事を完遂《かんすい》する自信はあるが、期待はして欲しくない。期待に応《こた》えれば評価は上がる。

「あまり期待されても困るで。しょせんはおっちゃんや。大船は大船でも大きいだけの泥舟《どろぶね》かもしれんよ」

「その心配はないですよ。ブレンダさんも一緒なんですから。二人一緒で大船です」

第四夜　おっちゃんと虎退治

依頼を出してきたコリント村はサバルカンドの東に位置している。距離《きょり》的《てき》には乗合馬車でサバルカンドから二日半の距離《きょり》にあった。

コリント村は開拓団《かいたくだん》が開いて三年も経過していない新しい村だった。人口は八十人。米、小麦、野菜を作って生活している小さな村だった。

（のどかで、ええ村やな。定住できるならこんな村もええかもしれん。おっちゃんに定住は無理やけどな）

村に着いたので、依頼を出した村長にまず挨拶に行く。行きがてら村の様子を観察する。

村人は冒険者を警戒《けいかい》していなかったが、歓迎《かんげい》もしていなかった。

（冒険者いうたら、こんな扱いやろう。可もなく不可もなくや）

村ができて新しいせいか柵《さく》が東側の途中《とちゅう》までしか完成してなかった。防備が不完全だが、村の中では子供が遊び、鶏《にわとり》が虫をついばんでいた。

村長はおっちゃんより若く逞《たくま》しい男性だった。村長がおっちゃんとブレンダを値踏《ねぶ》みするように見てから不安を露《あらわ》に確認して聞いてきた。

「貴方《あなた》が虎退治をしてくれる冒険者さんですか？」

（当然の反応やね。年を喰ったおっさんと、新人のペアなら不安なのもわかるわ。でもこっちも仕事や）

「虎を駆除《くじょ》しに来た冒険者です。それで、虎はどの辺りに出て、いつくらいに見かけましたか。あと、目撃《もくげき》された虎って一頭ですか」

村長はいかにもやれやれといった感じで話し出した。

「虎を見かけた場所は村のはずれです。四日前、十四日前、三十日前と、三回ほど目撃されています。目撃された虎は村の人間の話では一頭とのことです」

村長から虎が目撃された詳《くわ》しい場所を聞いて移動する。

虎が目撃された場所はジャングルのすぐ近くだった。

弓を片手に緊張《きんちょう》した面《おも》持ちのブレンダがジャングルに入ろうとしたので、止める。

「ジャングルに入る前に、まずは足跡《あしあと》を探そうか。闇雲《やみくも》にジャングルに入っても泣きを見るだけや。できる準備はしていこう」

ブレンダが顔を曇らせて、柔らかい口調でおっちゃんの意見を否定する。

「足跡といっても四日前でしょう。探しても、そこから追跡《ついせき》は無理だと思いますよ」

「追跡は無理でも、わかる情報もあるんやで。まず、現場を当たることや」

ブレンダは釈然《しゃくぜん》としない様子だったが、おっちゃんに従《つ》いてきた。

一時間を掛けて虎の足跡を探し出した。ジャングルから出て茂みへと続く虎の足跡を発見した。

おっちゃんはすぐに妙《みょう》だと感じた。

（おかしい、虎がジャングルから出てきて、ジャングルに戻《もど》った形跡《けいせき》がない。あと、ここから始まる人間の足跡が急に出てきよる）

地面に顔を近づけて考えていると、きょとんとした顔でブレンダが訊《たず》ねる。

「どうかしましたか、おっちゃん」

「ちょっとな気になることあったんよ。村に戻るで」

ブレンダは意味がわからないと言いたげだったが、おっちゃんに従いてきた。

村に戻って鶏を飼っている村人を捕《つか》まえて話を聞く。

「お尋ねします。虎を退治しに来た冒険者ですけど、鶏が被害《ひがい》に遭《あ》った過去はありませんか」

村人は素っ気なく答える。

「ありませんけど」

（虎が人里に出てくる理由は餌《えさ》や。柵が完成してないから、虎は村に入り放題。鶏が被害に遭わない状況はちとおかしいな。虎やなく、虎に化けるモンスターの線はないやろうか）

「今、村を出払《ではら》っている人はいますか。たとえば、香辛料を売りに街まで行ってる人とか」

「アベルさんですかね。三日前にサバルカンドに採取した香辛料を売りに行っていますよ」

（虎に変身できるモンスターには心当たりがある。ワー・タイガーや。もし、ワー・タイガーならブレンダの手にあまる。ワイかて、人間の姿では戦いとうない、さてどう対処したものか）

ブレンダが不思議そうな顔で尋ねる。

「おっちゃん、どうしたの、考え込んで」

仮説の段階なので、適当な言葉で誤魔化《ごまか》した。

「なんでもないよ。アベルさん、大丈夫《だいじょうぶ》かな、思うて心配してたんよ。さあ、ジャングルの中を探そうか」

おっちゃんの考えでは、ジャングルに入っても虎に遭う可能性はゼロだった。だが、仮説が間違《まちが》っていると困るのでジャングルに入って虎を探した。

（仕事に思い込みは禁物や）

蛇や虫に悩《なや》まされる事態になったが、虎の痕跡《こんせき》は全く見つからなかった。

村にいる間は村長が質素ながらも食事を提供してくれた。納屋《なや》を使っていいと言ってくれたので、納屋で過ごす。一日、二日と経過するが虎退治に進展はなかった。

二日目の晩にジャングルで採ってきたトリカブトを見ながら考える。

（順当に行けば、そろそろ、アベルが帰ってくる。アベルがワー・タイガーやったら読み通りなんやけど。どないしよう）

アベルがワー・タイガーかどうか調べる簡単な方法はあった。ワー・タイガーならトリカブトを投げつけてやればいい。ワー・ウルフやワー・タイガーはトリカブトを苦手としている。トリカブトに触《ふ》れれば、鼻水と、くしゃみ、目のかゆみ等の花粉症《かふんしょう》に似たひどいアレルギー症《しょう》状《じょう》を引き起こして、戦っていられなくなる。

アベルがワー・タイガーなら、トリカブトをぶつけられれば逃げ出すはず。

（でも、なあ、悪さをしていないワー・タイガーの正体を暴露《ばくろ》して村から追い出すいう仕打ちは気が引けるわ）

おっちゃんとて『シェイプ・シフター』である。ワー・タイガーとは似たようなもの。自分は人間の傍で暮らすが、ワー・タイガーは駄目だと拒絶《きょぜつ》する態度は気が引けた。

（かといって、見逃《みのが》しても、短い間に三回も村の付近で村人に見つかっているんや。いずれ露見《ろけん》するやろう）

「仕事に失敗しました」で済む話なら、失敗でもいい。どうせ、うだつの上がらないしがない、しょぼくれ中年冒険者。評判なんかあってないようなものだ。

（でもなあ、次に来る冒険者ができる奴とは限らん、下手したらアベルか村人に犠牲《ぎせい》が出るかもしれん。そうなってからでは遅い）

村人にもアベルにも都合の良い解決策なんてない。村にワー・タイガーを受け入れろと要求するほうが無茶《むちゃ》である。

トリカブトを見ながら暗い気持ちになる。

（しゃあない。やりたくなくても、仕事は仕事や。アベルには間違い起こさんうちに出て行ってもらう。ほんま、やりとうない仕事やったで）

覚悟《かくご》を決めたらブレンダに話をしなければならない。ブレンダは仲間だ。隠し立てはできない。

「ブレンダ、まだ、起きているか。虎退治の依頼な、もう止めようと思うねん」

隣《となり》のブレンダから眠《ねむ》そうな声が返ってくる。

「まだ、二日目だよ。諦《あきら》めの態度は早すぎるよ」

「そうじゃない、きっと、虎の正体はワー・タイガーや。いま街に行っているアベルが怪《あや》しい。確かめる方法はある。アベルがワー・タイガーなら、トリカブトを投げつければ逃げるはずや」

ブレンダが眠そうな顔を上げて訊《き》いた。

「その話は本当なの。もし、ワー・タイガーなら、狩《か》らないとまずいでしょ」

(モンスターは全て敵と考えているな。冒険者らしい真っ当な反応やな)

「アベルは人を襲っていない。村を黙《だま》って去るのなら、見逃そうと思う。そうすると報酬は入らない。それでもいいか?」

不機嫌《ふきげん》かつ弱々しい声が返ってくる。

「よくないよ。私だって、お金ないんだよ」

「わかった。なら、おっちゃんが銀貨二十枚をブレンダに払《はら》う。それでどうや」

銀貨二十枚の失費は痛い。だが、銀貨は胡椒を採取すれば稼げる。

「私はいいけど、おっちゃんはいいの?」

「おっちゃんの人生は、もう残り少ない。好きなように生きたいんや。ここは我儘《わがまま》を通させてくれ」

「わかった」

「第五夜 おっちゃんと生き方」

翌朝、朝食が終わった後に、おっちゃんから村長に切り出した。

「村長さん、大事なお話がありますねん。虎退治の件ですけど。虎が見つかりません。痕跡らしい痕跡もありません。もう、ジャングルの奥《おく》に戻ったんと考えます」

村長は浮《う》かない顔で、きっぱりと釘《くぎ》を刺した。

「そうですか、でも、退治で依頼を出しているので、退治していただけない場合には報酬を払えませんよ」

「依頼は退治ですから、報酬はなくて結構です。でも、こちらも、いない虎を捜し続けるだけ無駄《むだ》です。なので、あと数日ほど粘《ねば》って、虎が出ない場合は打ち切らせてください」

村長は失望の色を顔に浮かべ、軽く頭を振った。

「止《や》むを得《え》ないですな」

朝食が終わった。虎を探す振りをしてジャングルでトリカブトを探す。皮袋にトリカブトを満たして村に戻った。

アベル以外にワー・タイガーがいた場合を想定する。トリカブトをブレンダに持たせて、村人全員から虎の被害の話を聞いた。誰もブレンダが持つ、トリカブトを嫌《きら》う人間はいなかった。

情報の裏づけを取るために、夜になってアベルの家に侵入《しんにゅう》した。

アベルの家にはあまり物がなく、荷物もいつでも家を出られるよう纏《まと》められていた。

（いつでも、逃げ出す準備はできているか。姿を見られた頃《ころ》から覚悟していたようやな）

アベルがワー・タイガーである証拠《しょうこ》を探した。ベッドの奥から虎の毛玉が見つかった。

（これで、ほぼ決まりやな）

翌日、アベルが村に戻ったと子供が教えてくれた。

アベルに会う前にブレンダと打ち合わせをしておく。

「もしかしたら話の流れによっては、アベルが暴れ出すかもしれん。戦いになっても武器を抜《ぬ》いたらあかんよ。ひたすら、アベルにトリカブトを投げ続けてくれ。アベルがワー・タイガーなら逃げ出すしかなくなる」

ブレンダが真剣《しんけん》な顔で質問してきた。

「村人が人質《ひとじち》になったら、どうするの？」

「戦わない選択《せんたく》は村人が人質になる事態を避《さ》けるためや。アベルと戦うにしても、村の外までアベルを追い出さんと勝負できん」

「ジャングルの中まで逃げ込まれた時は？」

「ジャングルの中でワー・タイガーと戦ったらいかんよ。地の利は向こうにある」

虎と同等の能力を持つワー・タイガー相手に見通しの悪いジャングルでの戦いはしたくなかった。

「アベルがジャングルに逃げた場合は村長に事情を話して増援《ぞうえん》を待つ。トリカブトがあれば、アベルは村に入れないから襲われる心配はない。他に質問は?」

ブレンダが感心した。

「おっちゃんって本当に新人なの?」

「おうよ、新人も新人、ド新人よ。ただ、長く生きている分、ちょっとだけ物知りなだけや」

アベルの家に行くとアベルが出てきた。アベルはブレンダの持つ皮袋を見ると鼻をひくつかせて不機嫌な表情になった。

(残念ながら、当たりやな)

周りに人がいない状況を確認してから小声で話す。

「アベルさん、貴方、ワー・タイガーやね。違う、言うならトリカブトで確認させてもらおうか。拒否権《きょひけん》はないで」

アベルがおっちゃんの言葉に怯《ひる》んだ後、怖い顔で訊いた。

「なぜ、わかった?」

アベルは素直に認めた。ブレンダがいつでもトリカブトを投げられる体勢を取った。

「冒険者の勘《かん》と経験という奴やね。おっちゃんは冒険者生活が長いんよ」

ハッタリをかますが、アベルに疑った様子はなかった。

アベルは険しい顔をし、低い声で威圧《いあつ》するように尋ねた。

「俺《おれ》をどうするつもりだ、殺すのか」

「あんさんの正体を村の人間にまだ話してはいない。村を出て行ってもう戻らないのなら、正体を教える気もない。選択してくれ。このまま村を出て行くのか、それとも戦うのか」

武器には手を掛けなかった。

アベルの表情から険しさが消え、観念した顔になる。

「わかった。明日《あした》、村を出て行く」

アベルの家から離《はな》れた。アベルがおかしなことを考えないように、その日はブレンダとアベルの家を監視《かんし》した。

ブレンダが不安そうな顔で尋ねる。

「自棄《やけ》になったりしないかな」

心配はしていなかった。ブレンダを安心させるために、意見を述べる。

「しないやろうな。アベルの家に入ったとき、荷物は纏められていた。おそらく、今日のような状況を想定していたはずや」

アベルは信用するが、見張りもする。矛盾《むじゅん》はない。避けられるまさかの被害を防いでこその冒険者。

翌日の早朝にアベルが荷物を持って、家から出て行く光景が見えた。

「ほな、行こうか。村の外まで送るで」

村の外までアベルに同行する。

アベルが背を向けたまま短く発言した。

「やってきた冒険者《ぼうけんしゃ》があんたらで、よかったよ」

アベルは背を向けたまま歩いてゆき、そのまま見えなくなった。アベルがいなくなってすぐに村を発《た》つのも変なので、二日ほど村で過ごす。

その後、依頼失敗の報告を持って、おっちゃんとブレンダはコリント村を発った。

サバルカンドの街に着くと、ブレンダに約束の銀貨二十枚を渡す。

「本当に貰《もら》っていいの？」

ブレンダが躊躇《ためら》いがちに銀貨を受け取る。

「ええねん、おっちゃんにはプライドがある。お金もある。若い子は気にせず貰っておき」

大物ぶった態度を取るが、財布《さいふ》の中身は寒かった。

（これで、香辛料を採りにジャングルに入って、正体ばれて冒険者に狩られたら、笑い話やな）

おっちゃんは自分の考えを笑う。

（まあ、いいか、好きに生きるっちゅう、生き方とはこういうこっちゃろ。後悔《こうかい》は一切《いっさい》せん）

「第六夜・おっちゃんと命の値段」

冒険者ギルドの報告窓口に向かうおっちゃんは機嫌《きげん》が良かった。窓口でアリサに声を掛《か》ける。

「依頼にあった胡椒を採ってきたで。換金《かんきん》してや。いい、匂《にお》いする木の皮も採れたんよ。ちょっと見て。これはきっと宝物や」

胡椒とは別に採取した良い香《かおり》のする木の皮が大量に入った袋を渡す。

アリサは一目見るなり、目を輝《かがや》かせた。

「おっちゃん、これ、桂皮《けいひ》ですよ。当たりですよ。香辛料の一種です。確か、採取の依頼が出ていたはずです。大丈夫《だいじょうぶ》です。私の記憶《きおく》は確かです」

アリサの言葉に心が華《はな》やぐ。

「依頼が出ていたんか、ラッキーやわ。幸運って気付かないだけで、そこら辺に転がっているんやね」

アリサが表情も明るく発言する。

「でもその転がっている幸運を拾えるかは実力です。運を実力にできてこそ冒険者です。私はそういう冒険者が好きです。もちろん、ギルドの受付としてですけど」

胡椒と桂皮を合わせて買い取ってもらった結果、金貨二枚と銀貨二十枚にもなった。

「そんなにするん、桂皮いうたかて、ただの木の皮やで。ジャングルの中に行ったら普通にあるで」

「胡椒も桂皮も品薄《しなうす》なんです。需要《じゅよう》が供給を上回れば価格が上がります。この世の理《ことわり》ですよ。森羅万象《しんらばんしょう》を操《あやつ》るのが魔術師《まじゅつし》ギルドなら、神の見えざる手で儲《もう》けるのが商人ギルド。その二つと付き合いもあるのが冒険者ギルドです」

「なんや、冒険者ギルド凄《すご》いところに聞こえるな。露天の薬売り能書きのように良く聞こえる」

アリサが小鼻を膨《ふく》らませて発言する。

「冒険者ギルドは少々怪しいところでいんですよ。役所みたいなところなら儲け話はやってきません」

アリサが視線を逸《そ》らす。

「まあ、損になる話や、いかがわしい話も結構ありますが」

「おっちゃんにしたら、怪しい奴だらけの場所に見えるけどね。おっちゃんも人のことを言えんけど」

「とにかく、香辛料のような有用な薬草を見つけられる冒険者は宝なんです。たとえるなら、高級茸《きのこ》を見つける豚《ぶた》のような存在です。なくてはならないんです」

「おっちゃんは豚かと突っ込みたいけど、言いたい内容はわかる。でも、ここまで香辛料が高うなると、これは、ライバルとか増えそうやね」

アリサは悲しみの交じった顔で微笑む。

「最近は香辛料の採取依頼《いらい》も増えました。でも、任務達成率も、ジャングルからの生還率《せいかん》も下がっているんです。香辛料は採ってきて欲しいですよ。でも、それ以上に私は冒険者さんに帰って来て欲しい」

複雑な気持ちだった。参加する人が増えれば、競争が激化して、依頼を達成できない人間が出てくる。無理に達成しようとするなら、ジャングルの奥地《おくち》へと入っていかねばならない。奥に行けば行くほど、帰還《きかん》が難しくなり生還率が下がる。

おっちゃんも今回はジャングルの入口付近では胡椒を見つけられなかった。結果、奥へと足を踏《ふ》み入らざるを得なかった。奥にはまだ香辛料が多く残っていた。

おっちゃんの魔法《まほう》の腕前《うでまえ》は相当なものだった。どれくらいかと言うと、小さな街の魔術師ギルドのギルド・マスター並みの腕前があった。なので、『瞬間移動《しゅんかん》』なんて便利な魔法も使える。

ジャングル内で道に迷う。滝《たき》から転落する。

されど、『瞬間移動』があれば瞬時にサバルカンド近郊《きんこう》まで戻ってこられた。

(命の値段が金貨二枚か。高いのか、それとも安いのか)

換金が終わったので、仕事終わりのエールを飲む。一眠《ひとねむ》りするために宿の二階に上がろうとした。

アリサが受付カウンターで新しい青い僧衣《そうい》を纏った人間と揉《も》めているのが見えた。

(なんや、トラブルか。ちょいと助けたろう)

普段《ふだん》なら素通《すどお》りするところだった。だが、懐《ふところ》には大金が入って、腹には食事が入っている。

気が大きくなっているので、受付カウンターに寄ってみた。

「どうしたん、アリサはん、なんぞトラブルか。よかったらおっちゃんに話してみい」

「おっちゃん、いえね、仕事の依頼なんですけど。内容にちょっと問題がありまして。私も受けられる依頼なら受けてあげたいんですが、ギルドの受付として冒険者寄りにならねばならなくて」

アリサの歯切れは悪かった。

新しい青い僧衣を着た人間を観察する。

相手は女性だった。年《とし》の頃は十八くらい。黒い髪は冒険者らしく短く、顔には幼さが残っていた。だが、意志の強そうな太い眉《まゆ》が印象的だった。

装備は服の上から新人がよく着る革鎧《かわよろい》を着て、鎧の上から僧衣を着ていた。腰《こし》に下げている武器は量産品の鎚《つち》だった。

（見るからに新人の冒険者さんやね。冒険者なら仕事を請《う》けるほうのはず、でも、アリサはんは、仕事の依頼と言うていたな）

「おっちゃんといいます。どうしたん、何か依頼で騙《だま》されでもしたん。だったら、ちゃんとギルドに苦情を入れたほうがええよ。アリサはんだって冷たく冒険者を見捨てたりはせえへん」

「モレーヌといいます。大地の神に仕える神官をしています。仕事の依頼をしに来たんですが、受けてもらえないんです」

冒険者だから仕事の依頼をしてはいけないという決まりはない。冒険者からの依頼には少し興味が湧《わ》いた。

「仕事の依頼か、ちなみにどんなん？」

アリサが困った顔で説明した。

「公営墓地にグールが出て、墓を荒《あ》らしているそうなんです」

「グールってあれか、死体を喰ったり、供物《くもつ》を喰うたりする、あのグールか」

アリサが真剣な顔で頷《うなず》いて、言葉を続ける。

「それで、グールの駆除を依頼に来られたんですが、報酬は銀貨十枚」

「お一人で銀貨十枚？」

「全体で銀貨十枚です」

グールは強いモンスターではない。新人にも討伐《とうばつ》は可能だ。だが、グールは群れで行動する場合が多い。グールが複数いるのなら撃退《げきたい》する冒険者も複数いないと犠牲者を出す。

（依頼人《いらいにん》の僧侶《そうりょ》が同行する事態を考えてもあと、五人は欲しいところや。五人で受けたら一人当たり、銀貨二枚やで、命懸《いのちが》けで戦って銀貨二枚は、少な過ぎる）

「ないわー。なあ、モレーヌさん、銀貨二枚で命を懸ける冒険者はおらんよ。それに公営墓地というたら、お上の管轄《かんかつ》やろう。衛兵がなんとかしてくれんの？」

モレーヌが暗い顔で答えた。

「役所に掛け合いました。ですが、これから予算を立てて、上に伺《うかが》いを立てるので、二ヶ月は掛かると」

（役所のやる仕事だから、時間が掛かる流れはわかる。けど、二ヶ月も待ったら荒らされた墓の主がアンデッド化して、えらい厄介な状況《じょうきょう》になるよ。下手したら軍隊を投入せんといけなくなるね）

「そんなに時間が掛かるの。じゃあ、教会はどうなん？　建前上、アンデッドを野放しにできんやろう。教会にすぱっと綺麗《きれい》にしてもらったらどうや」

「公営墓地はどんな身分の人間でも宗派に関係なく埋葬《まいそう》できるんです。つまり、公営墓地はどこの教会の管轄下にもないんです。だから、手出しできないんです」

（こっちは宗教権力の縄張《なわば》り争いか。誰でも埋葬できる利点が、今回は裏目に出たな）

モレーヌは下を向き、理不尽《りふじん》に耐《た》えるように声を絞《しぼ》る。

「公営墓地に埋葬されているのは貧しい人たちです。貧しいというだけで、死後の安息すら脅《おど》かされて、よいものでしょうか」

おっちゃんはアリサに尋《たず》ねた。

「モレーヌさんの話は本当なの」

「公営墓地にアンデッドが出るって、冒険者の間でも噂《うわさ》よ。公営墓地にはジャングルから帰らなくなった人の慰霊碑《いれいひ》もある。ダンジョンで死んだ冒険者の墓もあるわ。だから、冒険者も墓参りに行くんだけど、最近は自粛《じしゅく》しているわ」

「なんやて。情けない。今だって、酒場に三十人くらい冒険者がおるやろ。夜になればさらに倍や。なら、冒険者の有志が集まって、墓場のグールを掃除《そうじ》すればいいんと、ちゃうん。仲間の墓やろう」

酒場に残っている冒険者のほうを向くと、全員が目を背《そむ》けた。

(冷たい奴らやな)

アリサが悲しい目をして宥《なだ》める。

「おっちゃんの言うこともわかるけど、みんな生活が苦しいのよ。明日を生きていかなくてはならないの。生活が苦しくない冒険者の墓は教会墓地にあるから、他人事なのよ。冒険者は仕事なの、ボランティアではないわ。私だってわかっているわ」

アリサが寂《さび》しげな瞳《ひとみ》を酒場に向ける。

「きっと貧しい冒険者の人だって墓を荒らされて良い気はしないわ。今日は生きていも明日はどうなるかわからないのが冒険者だもの。でも、だからといって献身的《けんしんてき》になれと声も高らかに命令はできないわ」

アリサの痛い気持ちが伝わってきて。

「わかった、なら、おっちゃんが一肌脱《ひとはだぬ》ぐ」

財布の中から金貨二枚を取り出して、依頼受付カウンターに叩《たた》き付《つ》けた。

「これを冒険者の報酬に上乗せしてや。依頼は墓場からアンデッドを一掃《いっそう》や。金貨二枚なら人も集まるやろう」

アリサが困惑《こんわく》した顔で声を掛ける。

「いいの、おっちゃん。それ、おっちゃんが命懸けて採ってきた香辛料《こうしんりょう》のお金でしょ。おっちゃんが好きに使って、食べて、飲んで、騒《さわ》ぐのに使っていいお金よ」

命懸けで稼《かせ》いだ金。おっちゃんのために使っても良い金。だからこそ、好きなように使いたい。

「ええねん、所詮《しょせん》は泡銭《あぶくぜに》や。持っていたかて、全部、飲んでしまう。なら、今ここで使ってしまったほうがええ。そのほうが気持ちよく寝《ね》られる。それに、香辛料はまた採れる」

「さあ、金なら用意したで、景気良く依頼票《いらいひょう》を募集掲示板《ぼしゅうけいじばん》に貼《は》ってや、そんで貧しい冒険者の安息を守ってや」

アリサが貧しい冒険者を代表するように深々と頭を下げた。

おっちゃんが依頼受付カウンターから背を向け、二階の宿屋のベッドに向かった。

階段を上るときに、依頼受付カウンターを見る。

さっきまで目を合わさなかった何人かの冒険者が依頼受付カウンターに移動していた。

(金になるとわかったとたんに、人が集まりよった。現金なやっちゃなー)

第七夜　おっちゃんと出陣

啖呵《たんか》を切って、金貨を依頼受付カウンターに叩き付けた翌日の昼。昼寝《ひるね》から覚めて、水を飲みに一階に下りる。

冒険者の一団が、依頼受付カウンターにいた。人数は全部で八人。八人の中にはモレーヌの姿があった。

おっちゃんの姿を見たモレーヌが感謝の色を顔に浮かべて声を掛けてきた。

「先日はありがとうございました。これから、グール退治に行ってきます」

「そうか、無事に人手が集まったか。よかったな。これで一安心やな。枕《まくら》を高くして寝られる」

集まった人間をざっと見る。人員構成はモレーヌを除くと少年か少女。上は十五から下は十二歳《さい》くらいの年齢《ねんれい》。

職業は戦士、戦士、僧侶、盗賊《とうぞく》、狩人《かりゅうど》、詩人、魔《ま》法使《ほうつか》い。装備は真新しいか、サイズの合わないボロボロの中古だった。血の気が引いた。

（なんや、この少年少女冒険者は。あかん、これ、不安以外の何物でもないわ）

アリサを見つけて、すぐに問《と》い詰《つ》める。

「ちょっと、アリサはん、何、このメンバー。戦争末期の学徒出陣かて、まだマシやよ。これ、もんなん」

無茶苦茶《むちゃくちゃ》、不安なんですけど。おっちゃんが命を懸けて採って来た金貨二枚の価値ってこんな偏るんですね」

アリサが困惑した顔で応じる。

「それが、その、参加希望者が多数につき、籤《くじ》を引いたら、こうなりまして。神様のご意志とでもいいましょうか。私も籤の結果がここまで偏《かたよ》るとはちょっと思いませんでした。確率って

「籤なんかで決めたら、あかんよ。ちゃんと経験のある人を何人か入れなきゃ。子供を死地に追いやるってこの冒険者ギルド、どこまでえげつない仕事するねん。おっちゃんそんなギルドの末席にいたかと思うと恥《は》ずかしいよ」

ボロボロでサイズが合わない装備をした少年戦士が口を尖《とが》らせる。

「俺の名はテリー。馬鹿《ばか》にするなよ。おっちゃんは何様のつもりだよ」

「いっちょ前の口を利《き》きおってからに。おい、小僧《こぞう》、口の利き方に気をつけろよ。依頼人はモレーヌかもしえんが、儂は金貨二枚を出資している大口出資者やねん。出した金の分だけ、この事業に口出す権利あるねん」

「出資者」と聞くと、文句を言いたそうな少年少女冒険者は、顔を見合わせて黙った。

(子供やけど、金を出している奴が偉いいう、感覚はちゃんとあるねんな)

アリサが困った顔をしながら丁寧《ていねい》な口調で対応する。

「しかし、その、もう、決まった内容でして、指名依頼ではない場合の人選は冒険者ギルドに

あるんです。ギルドは冒険者に公平に仕事を振《ふ》らなくていけないんです。美味《おい》しい仕事だけが特定の人に行くのを防止するのが鉄引きなんです」

アリサが言い辛《づら》そうに言葉を続ける。

「それで仕事の内容によっては若い人にもチャンスを与《あた》えなくてはならないんですよ。もちろん、仕事を斡旋《あっせん》したギルドには責任はありますす。依頼人に対してだけですが」

「そやかて、これ、鬼《おに》の所業やで。アリサさんは、子供たちをグールの群れに放《ほう》り込んで、帰ってこなかったとき、子供たちはグールに美味しく食べられました。第二陣《じん》を送ります。ハハハとおっちゃんに報告する気なん。そんな報告されたら、おっちゃん滅茶苦茶《めちゃくちゃ》に気分が悪いわ」

小さな女の子の狩人から健気《けなげ》な抗議《こうぎ》の声が上がった。

「私はクララ。私だって、冒険者だもの。死ぬのも、覚悟のうえだもの」

別の少年戦士が沈《しず》んだ顔で、弱々しく声を上げる。

「俺はテッド。貰った前金は返せないよ。それに、死んだら口減らしになるだけだって、母さんが」

冒険者ギルドも鬼やが、テッドの親も酷《ひど》いで。子供を死なすような仕事は発注したない。

「ちょっと、アリサはん。あんな内容を子供に言わせて、冒険者ギルドは恥《はじ》を知らんの。ここは鬼畜《きちく》の棲家なん？」

アリサが困った顔で話す。

「私もどうにかしたいですよ。不安ですよ。でも、ここで下手に決まりを変えると他に影響《えいきょう》が出るんです。お金が絡むだけに血が流れるかもしれないんですよ」

「わかった。わかったよ。おっちゃんも行くよ。準備するから十二、三分、待って」

背後で誰《だれ》かが口を開く。

「報酬《ほうしゅう》はないよ」

おっちゃんは叫《さけ》んだ。

「わかっているよ。おっちゃん自分で金を出して、懐にまた戻す気はないよ。出資者として、事業を監督《かんとく》するよ。本当にもう、おっちゃんが所属しているギルドではなかったら、二度と係わり合いになりたくないよ」

準備を終えて、冒険者の店を出る。

すぐに墓場に行こうとするのを、おっちゃんは止めた。

「ちょっと待ち。この中で、投石紐《とうせきひも》を使った経験のある子、挙手」

誰も手を挙げなかった。

「これだけいて、石投げ遊びとかした子はおらんの？　珍《めずら》しいな。石に紐を巻いて投げるやつやぞ」

おっちゃんの意図を測りかねたモレーヌがおずおずと申しでる。

「投石紐なんて高級な物を使わないで、ボロ布を使って代用して遊んでいたのではないでしょうか」

子供たち全員が頷く。

「よし、わかった。まず、武器屋に寄ろうか」

グールの爪《つめ》には毒がある。

少年少女冒険者に接近戦はやらせたくなかった。投石紐が使えるなら全員に石で戦ってもらう。

急な出費だが、出すしかない。犠牲者《ぎせいしゃ》が出てからでは遅《おそ》い。金は使うとき使ってこそ生きる。

テリーがサイズの合っていない剣《けん》を握《にぎ》って意見する。

「武器なら、あるよ」

「いいから、従いてきて」と指示を出す。

おっちゃんは武器屋に寄って、六人分の投石紐と肩《かた》から提《さ》げるタイプの麻袋《あさぶくろ》を買った。

「はい、これ支給品」と、少年少女冒険者に投石紐と麻袋を手渡《てわた》す。

「じゃあ、次に墓場に行く前に石を拾おうか」と指図する。

「えー」と魔法使いの女の子のアビルダが不満を口にする
すぐに「出資者命令」と厳しく命じた。

子供たちは、墓場に行きがてら石を拾って進んでいく。

墓場に着く頃には、麻袋にはそれなりに石が溜《た》まっていた。

墓場の入口で作戦の指示を出す。

「基本は固まって移動。モレーヌがグールを見つける。モレーヌが指示を出して、しゃがむ。みんなで投石。モレーヌはターン・アンデッド。倒《たお》したら、僧侶の子、名前は――」

お古のボロ僧衣を着た男の子が「バートです」と名乗る。

「バートがグールの死体を清める。以上」

サイズの合っていない剣を手に、テリーが不満を口にする。

「石で戦うのか、格好悪いな」

「アホ、格上と戦うのに、格好悪い良いもない。勝負は勝つか負けるかだけや。地べた舐《な》めても生き残った奴《やつ》が勝者や」

別の少年戦士のテッドも異議を唱える。

「でも、石だけでグールを倒せるんでしょうか」

「モレーヌのターン・アンデッドがある」

盗賊の女の子のキャロルが手を挙げて不満気な顔で質問する。

「でも、弓で戦ったほうが効率がいいのでは」

「距離が短ければ、石も矢も変わらん。とりあえず、行こうか」

「第八夜　おっちゃんとアンデッド」

公営墓地は外周を一周すれば一時間も掛かるほど広い。公営墓地には不思議な霧《きり》が出ており、視界が悪いのでどこまでも公営墓地が続いているような錯覚《さっかく》を受けた。グールが出ると噂が立っているためか、人影《ひとかげ》はなかった。

僧侶はアンデッドが近くにいるとわかる。バートでは経験が少ないので、モレーヌを先頭に霧の掛かった公営墓地内でグールを探した。

「いました。あそこです」

モレーヌが墓地の一角を指差す。身長百五十センチ、浅黒い肌《はだ》に無毛の頭。手には太く長い爪を持つモンスターがいた。グールだった。数は六体。

モレーヌがしゃがむと、少年少女冒険者は一斉《いっせい》に投石を開始する。

グールの動きは遅く、的としても大きい。だが、緊張のせいか少年少女冒険者の攻撃《こうげき》が中々当たらない。

近づいてきたグールに、モレーヌが神に祈《いの》りを捧《ささ》げて、ターン・アンデッドを試みる。

三体のグールがその場で崩《くず》れ落《お》ちる。だが、残り三体が石に撃《う》たれながらも前進してくる。

魔法使いの女の子のアビルダが叫ぶ。

「駄目《だめ》、石じゃ倒しきれない。攻撃が当たらない」

先頭にいるモレーヌまで三メートルの距離《きょり》で、おっちゃんは魔法を発動させる。三体のグールにおっちゃんは『魔力の矢《まりょくのや》』を放った。

魔力の矢に貫《つらぬ》かれたグールが後方に跳《と》んで倒れる。

全員の視線がおっちゃんに注ぐ。モレーヌが驚《おどろ》いた声を上げる。

「オウルさんて、魔法戦士だったんですか」

魔法戦士は簡単になれない。素養があり、師に恵《めぐ》まれ、金があって、初めてなれる高級な職業だった。

冒険者間でもそれなりに経験を積んだ魔法戦士なら、引く手は数多《あまた》だ。

おっちゃんはばつが悪そうに答えた。

「昔、ちょっとな、魔法を習ったんよ。簡単な初歩の魔法は使えるんよ。これ秘密よ」

嘘《うそ》だった。おっちゃんの魔法の腕前はかなりのものだ。おっちゃんはトロル・メイジで喰《く》っていた過去がある。

トロル・メイジが、人間社会でいうところのどれほどの腕前なのか。小さな街の魔術師ギルドのギルド・マスターが務まるくらいの腕前だった。それくらいの魔法の腕《うで》がないと、海千山千の冒険者相手には通用しない。

「あと、儂のことはオウルさんじゃなくて、おっちゃん、でいいから」

子供たちが目を輝かせて、おっちゃんを見ていた。

（めっちゃ、こっち見ている）

目立ちたくないおっちゃんにとっては嫌《いや》な視線だった。

「ほら、まだ、六体や。サクサクいくで」

二回目からはもっとスムーズにいった。投石で体力を削《けず》り、ターン・アンデッドで破壊《はかい》。破壊を免《まぬが》れたグールを『魔力の矢』で止めを刺《さ》す。戦闘《せんとう》回数が進めば進むほど、投石の命中率は上がった。

三十体以上、グールを倒して清めたところで休憩《きゅうけい》を取る。

「墓場にけっこうな数が入っているね。モレーヌはん、グールがどこから湧いているかわかる？」

モレーヌが申し訳なさそうな顔をして首を横に振った。

（グールが湧く場所を封《ふう》じんと、いたちごっこやな）

「モレーヌさん、悪い気配か、空気が酷く淀《よど》んだ場所とかわかる？」

モレーヌは身震《みぶる》いしてから答える。

「ひどく、嫌な気配がする場所ならあります」

（おそらく、そこに何かあるな）

「しゃあない。危険な場所に行かねば宝もない。嫌な気配の場所に行こうか。ただし、もし危険なモンスターが出てきたら、とっとと逃《に》げる。誘導《ゆうどう》はモレーヌはんがしてや。殿《しんがり》はわいがやるさかいに。全滅《ぜんめつ》は最悪や」

少年少女冒険者を見ると、全員が真剣な顔で頷いた。

休憩を切り上げ、モレーヌが指摘《してき》した嫌な気配の場所に行く。進むたびに霧が濃《こ》くなる。

(僧侶じゃなくてもわかる、モンスターの気配が、びんびんや)

七分か八分、霧の中を進む。半透明《はんとうめい》な馬に乗り、槍《やり》を持った半透明な騎士《きし》のモンスターが現れた。

一頭と一体のモンスターからは、危険な気配がひしひしと伝わってきた。

(ファントム・ナイトか。ごついのが出たな。これ新人パーティなら間違《まちが》いなく全滅や。全員、討《う》ち死《じ》に間違いなしやで。よかった、従いてきて)

おっちゃんはファントム・ナイトの目を見た。

ファントム・ナイトの目は黄色い光を帯びていた。

(目玉は黄色か。これ、話が通じる奴やな)

話し合いで解決できると踏んだ。だが、人間には話し合いの現場を見せるわけにはいかない。

おっちゃんは剣の柄《つか》に手を掛けて、パーティの先頭に躍《おど》り出《で》た。

「こいつはあかん。強敵や。モレーヌはんここはわいが喰い止める。子供たちを連れて冒険者ギルドまで撤退《てったい》や」

おっちゃんはまともにやりあう気はなかったが、鬼気迫《ききせま》る演技をした。おっちゃんの気迫《きはく》に飲まれたのか、モレーヌが悲壮《ひそう》な声で告げる。

「わかりました。みんな、早く逃げて、おっちゃんの行為《こうい》を無駄にしないで」

逃げるときは嘘のように速かった。十秒も掛からず、墓場はおっちゃんとファントム・ナイトだけになった。

（純朴《じゅんぼく》というか、切《き》り替《か》えが早いというか、素直《すなお》な子供たちやな。さっさと消えよった。残られても困るけど）

おっちゃんは剣の柄から手を離すと『死者との会話』の魔法を使う。

おっちゃんはダンジョンで働いていたころ、アンデッド・モンスターたちの現場監督していた過去があった。

現場スタッフと監督が話せないなら、仕事にならない。なので、『死者との会話』は必須《ひっす》だった。

「言葉はわかりますか。わいはおっちゃん、戦う気はないで」

ファントム・ナイトから驚きの声が上がる。

「我《わ》が言葉がわかるのか？」

「わかりますよ。しっかりと聞こえていますよ。子供たちがいなくなるまで待ってくれて、ありがとうな。それじゃあ、談合しようか」

「なんだ、それは。何かの儀式《ぎしき》か？」

ファントム・ナイトは言葉の意味がわからないようだった。

（ダンジョン生まれなら、談合を知らんわけないしな。ちゅうことは、こいつ自然発生型か）

おっちゃんは一応の説明をする。

「談合というのは、冒険者と現場のモンスターで話し合って妥協《だきょう》する話よ」

基本的にダンジョンのモンスターはダンジョン・マスターに忠誠を誓《ちか》う。だが、現場には現場の事情があったりする。なので、知能のあるモンスターは時に戦わず、裏でこっそり冒険者と取引する。その取引をモンスター側では「談合」の符丁《ふちょう》で呼んでいた。

おっちゃん側から提案をした。

「こっちの要求は墓場にモンスターが出んようにして欲《ほ》しいわけよ。それで、ファントム・ナイトはん側の要求はなに？」

「我は復讐《ふくしゅう》を望む。我を罠《わな》に嵌《は》めた冒険者カインの命を欲《ほっ》する」

冒険者といえど人間。裏切りは常にある。宝を独《ひと》り占《じ》めするため。自分だけ助かるため。憎《にく》い人間を騙すため。

そこら辺のドロドロした事情は人間の世界で暮らすようになってからよく聞くので、驚くに値しない。

「わかった。それでカインいう人間を連れてこられたら、グールを引き連れてどこか行ってくれるん？」

ファントム・ナイトは強い口調で断言した。

「否《いや》、グールと我とは関係がない」

「え、そんなら、話にならんよ。グールを立《た》ち退《の》かせてくれないと、おっちゃんに利益ないよ」

「わかった。では交渉決裂《こうしょうけつれつ》か」

ファントム・ナイトが槍を構えようとしたので制止する。

「待ちぃーな。早まったらあかんよ。おっちゃんを殺したところでカインは現れへんよ。むしろ、捜す人間がいなくなるから、どっちも損よ」

ファントム・ナイトが武器を下ろした。

「では、どうする?」

「わかった。じゃあ、こうしよう。おっちゃんが人間の世界に行って、カインを捜すから。ファントム・ナイトはんは墓場でグール発生の秘密を探《さぐ》るいう取引は、どう?　お互《たが》いの仕事の交換《こうかん》よ。妥当《だとう》な線やと思うよ」

「わかった。それなら、いいだろう」

ファントム・ナイトが背を向けたので尋ねる。

「ちょっと待って、あんたの名前を教えてくれんか。あと所属していた冒険者パーティの通り名とかあったら教えてや。手懸《てが》かりになるかもしれん」

「我が名はサーバイン・キャロウェル。パーティに名はなかった」

名乗るとキャロウェルは霧の中に消えていった。

「あいつ、ほんま大丈夫《だいじょうぶ》だろうか。まあ、元冒険者みたいやから、それなりには使えると思うけど」

第九夜 おっちゃんと人探し

おっちゃんは冒険者ギルドに帰った。そこでは少年少女冒険者とモレーヌが待っていた。

おっちゃんの顔を見ると、モレーヌがホッとした顔で駆《か》け寄《よ》ってきた。

「大丈夫でしたか、お怪我《けが》はありませんか。怪我があれば治しますよ」

おっちゃんは笑って誤魔化《ごまか》した。

「逃げる能力も冒険者の実力のうちやからね。それで、皆《みんな》に話があるねん。アリサはん個室を借りるで。作戦会議や」

秘密の話をしたいので個室を借りた。少年少女冒険者とモレーヌを前に話を始める。

「グールの発生を止められる手懸かりを見つけたんよ。上手《うま》く行けばファントム・ナイトも一緒《いっしょ》に退散させられるかもしれん」

少年少女冒険者が意外そうに顔を見合わせ、モレーヌは顔を輝かせた。

「本当ですか」

「それでな、ちょっと協力して欲しいのよ。カインとキャロウェルいう冒険者の行方《ゆくえ》を探ってくれるか」

モレーヌが不思議そうな表情をして首を傾《かし》げる。

「その、カインさんとキャロウェルさん、グールの発生とどういう関係があるんですか」

「まあ、色々あるんよ。魔法戦士《まほうせんし》の勘《かん》いうところかな。詳《くわ》しい内容はまだ話せない。せやけど頼《たの》むわ」

おっちゃんは深々と頭を下げた。

少年少女冒険者が神妙《しんみょう》な顔で頷いて部屋を出て行こうとしたので、止める。

「ちょっと待って。君たちどこに聞き込みに行く気？」

魔法使いの女の子のアビルダが、きょとんとした顔で発言する。

「どこって、冒険者とか、ギルドとかで聞き込みをしますけど」

予想していた答えが返ってきた。

「聞き込みなんやけどね。まず、君たちは普段着《ふだんぎ》に着替《きが》えてから、聞き込みをしてくれるかな。そんでもって、冒険者への聞き込みはいいから、遊び仲間とか近所の人とか街の人から、聞き込みして欲しいんよ」

詩人の男の子のクリスが「意図がわからない」の顔をして、疑問を口にした。

「なぜ、普段着で聞き込みですか？」

「冒険者が聞き込みに行くと、一般人《いっぱんじん》は警戒《けいかい》するんよ。だから、街の人の格好になって欲しい。名前が売れていないからできる聞き込みも、あるんよ」

僧侶の男の子のバートも懐疑的《かいぎてき》な顔で質問する。

「では、なぜ、遊び仲間からですか？」

「みんな、お互いに知り合いじゃないでしょう。だから、交友関係が被《かぶ》らないと思ったんよ。必要なのは薄《うす》く広い情報なんよ」

薄く広い情報が欲しい点は本当だが、仲間からの聞き込みには別の意図があった。

カインの情報を知る当たりの人間は必ずいる。

だが、当たりの人間がカインと親しかった、ないしは、キャロウェルを嫌《きら》いだった場合は、どうなるか。聞き込みをした人間に嘘を教える可能性がある。最悪、カインを逃がそうとする。

少年少女冒険者ではそういう人間の機微《きび》に疎《うと》い。結果として、おっちゃんよりも先に少年少女冒険者が当たりを引いた場合はカインを逃《のが》す可能性がある。なので、仲間からの聞き込みに限定したかった。

盗賊の女の子のキャロルだけが「ふーん」といった得意げな顔をしていた。キャロルだけが、おっちゃんの意図を察知したようだった。でも、何も意見しなかったので、余計な仕事はしないと予想した。

「ほな、行ってくれるか」

おっちゃんが号令を掛けると、少年少女冒険者は部屋から出て行った。

部屋に残ったモレーヌは「私はどうしたらいいでしょう」と不安げな顔で訊《たず》ねた。

「とりあえず、宿屋に待機していて、少年少女冒険者が帰ってきたら情報を纏《まと》めておいて」

おっちゃんは部屋を出て、街で聞き込みを開始した。

その日の夕方におっちゃんは帰ってきた。だが、手懸かりはゼロだった。

（これ、あかんかもしれん。まるで手懸かりがない。完全に無駄足《むだあし》や。これは、えらい苦労するかもしれん）

酒場に戻《もど》ると、奇妙《きみよう》な子供たちの一団がいた。

子供たちはモレーヌを囲んで食事をしていた。普段着に着替えた少年少女冒険者《ぼうけんしゃ》の一団だとわかった。

（服装が変われば、雰囲気《ふんいき》もがらりと変わるね）

何も当てにせず、少年少女冒険者の近くに行ってモレーヌに尋ねる。

「なにか、わかったんか」

モレーヌが羊皮紙に書かれた文字を見ながら、表情も明るく答える。

「わかりました。まず、キャロウェルさんとカインさんがいたパーティは解散しています。うち、キャロウェルさんはダンジョン内で行方不明になっています」

少年少女冒険者を全く当てにしてなかったので、いささか面喰《めんく》らった。

「ええ、ほんまにわかったん」

戦士の男の子テリーが歯を見せ笑う。

「それ、俺《おれ》の情報。剣の師匠《ししよう》がさ、キャロウェルを知っていたんだ。それで、パーティが解散したってわかった」

「そうか、キャロウェルは行方不明か。原因まではわからんやろう」

モレーヌが羊皮紙を覗《のぞ》き込む。

「わかります。キャロウェルさんはカインさんに突《つ》き飛《と》ばされ、落とし穴に落ちて行方不明になりました」

盗賊の女の子キャロルが、澄《す》ました顔で付け加える。

「カインはね、キャロウェルを毒矢から守ろうとして突き飛ばしたんだよ。だけど、運悪くその先に落とし穴があって、キャロウェルは下の階へ落下。パーティは余力がなくて、やむなく帰還したそうよ」

「世間は狭《せま》いな。ほな、カインはまだ生きているんか？　どこにおるかまではわからんやろう」

モレーヌがつらつらと答える。

「予想は付きます。おそらく、カインさんは死んでいます」

狩人の女の子クララが控《ひか》えめな態度で語る。

「カインは冒険者パーティが解散になってから、香辛料採取の依頼を受けて、ジャングルに入っています。その後、一週間が経過しても、帰って来ていません。おそらくは、ジャングルで亡《な》くなったものと思います」

「それじゃあ、カインを捜すとして、目印になるものとかの情報はあるの？　ないと大変やで」

詩人の男の子のクリスが立ち上がる。どうだと言わんばかりの顔で情報を伝える。

「知り合いの話では、カインは常にお守りとして、銀の鍵《かぎ》を所持していたそうです」

知りたい情報がほとんど揃《そろ》った。少年少女冒険者が得意げな顔を、おっちゃんに向ける。

（この子らを侮《あなど》っていたけど、意外とやるな。子供や思うて馬鹿にするのは、止めよう）

「第十夜　おっちゃんと呪いの品」

おっちゃんは翌日に一人で、カインの死体を捜《さが》すためにジャングルに入った。

ジャングルに入って『物品感知』の魔法《まほう》を唱え、銀の鍵を捜した。

銀の鍵を持ってジャングルに入る人間なんて、そうそういない。

鍵を発見した時に誤認《ごにん》はないと踏《ふ》んだ。

銀の鍵を発見した場所はトロルの足でも二日も掛《か》かりそうな難所だった。

(これ、人間やったら、よほどジャングルを知り尽《つ》くした人間でないと、帰ってこられない場所やで)

銀の鍵があった場所に死体はなかった。骨もなかったが、生存は絶望的と思われた。

(よし、とりあえず、カインの遺品は手に入れた。あとは、キャロウェルがうまくやってくれることを祈るだけや)

『瞬間《しゅんかん》移動』の魔法で街に戻った。銀の鍵を持って、一人で公営墓地に移動する。

霧の深い場所を目指して足を進める。近くにキャロウェルの気配を感じたので声を上げた。

「キャロウェルはん、来たで、おっちゃんや」

馬の足音がして、ファントム・ナイトのキャロウェルが現れた。

「カインは見つかったか？」

「それを言うなら、グールを止める方法は見つかったんか？」

墓場が一瞬《いっしゅん》シーンとなる。

「わかった、なら、おっちゃんのほうから先に報告する。言うとくけど、報告を聞いてから、グールの止め方がわからんかった、と答える態度は絶対なしやからな」

「騎士の誇《ほこ》りに懸けて」

銀の鍵を取り出して見せた。

「カインがお守りに持っていた銀の鍵や。カインは死んだ。死んだ場所はジャングルの中や。死体は見つからんかった。おそらく、もう、獣《けもの》か虫の腹の中やろう」

キャロウェルが黄色く光る目を細めた。キャロウェルの顔には疑いの色が、ありありと出ていた。

「確かに、おっちゃんが持っている鍵はカインのお守りだ。だが、カインは本当に死んだのか？鍵だけおっちゃんに渡《わた》して、どこかに逃げたのではないのか」

「疑《うたぐ》り深いやっちゃな。死体がない以上は信用してくれと頼むしかない。あと、キャロウェルはんな、裏切られて死んだ話にはなっとらんぞ」

キャロウェルが怒《いか》りの声を上げる。

「どういう意味だ？」

「毒矢から助けようとして、カインがキャロウェルを突き飛ばした。そしたら、不運にも突き飛ばした先に落とし穴があって、キャロウェルは行方不明になったいう話や。こっちは心当たりがあるん?」

キャロウェルがハッとした声で応じる。

「ある。心当たりがあるぞ」

「まあ、おっちゃんも聞いた話やから、真実かどうか知らん。こっちの調査は以上よ。そんで、グールのほうはどうなったん。まさか、どうにもなりませんでした、てへ、とか口にせんやろうな」

「従《つ》いて参れ」

キャロウェルに従いていく。

荒《あ》らされた墓があった。墓穴《ぼけつ》の近くには二十体近いグールがいた。

「しばし待たれ」

馬に乗ったキャロウェルが突進《とっしん》する。キャロウェルは凄《すさ》まじい槍捌《やりさば》きでグールを次々と仕留めていく。

(手助け不要やね。しかし、恐《おそ》ろしいまでの攻撃やね。ほんま戦わなくて正解やわ)

ほどなくしてキャロウェルの槍がグールを平らげた。

キャロウェルが墓穴に槍を突っ込んで、金の首飾《くびかざ》りを取り出した。

「これがダンジョンのグール発生箇所《かしょ》と墓穴を繋《つな》げている原因だ」

金の首飾りを観察する。金の首飾りから、気品に満ちた美しさが滲《にじ》み出ていた。同時に禍々《まがまが》しい光も感じた。

「これ、呪われているね」

ダンジョン生活時代に呪われた品を多数見てきたおっちゃんだから一目見て理解できた。

「よし、呪いを解いてみようか」

ダンジョンでモンスターをやっていると、呪われた品を扱《あつか》う仕事はたびたびあった。同僚《どうりょう》や部下が誤って呪いに掛かる事態もあった。

呪いが発動したとき、呪いを解く仕事は魔法が使えるおっちゃんの役目だった。

「ほな、行くで」

おっちゃんは『解呪《かいじゅ》』の魔法を試みた。

黄金の首飾りから禍々しさが消えた。だが、おっちゃんはすぐに見抜《みぬ》いた。

「これ、あかんやつや」

単純な呪いの品なら一発で『解呪』の魔法で呪いが解ける。だが、強力な呪いが掛かっている場合は別。一時的に呪いの効果を消すだけで、時間が経《た》てば元に戻る。呪いを解くのには『解呪』の上位魔法がいるが、おっちゃんには使えない。

呪いの除去が一時的と知らない冒険者は、『解呪』を使った段階で得意になる。そうして、後で窮地《きゅうち》に陥《おちい》ったりするが、これぱかりは経験を積まないとわからない。

「あまり、いい気がせんけど」

おそる、おそる、キャロウェルから金の首飾りを受け取った。

いつ呪いが戻るかわからないので嫌な気分になる。呪いが戻ったら、おっちゃんはグールに変わっていましたの展開もある。だが、教会までの運搬《うんぱん》はおっちゃんがしなければならない。

（サバルカンドの教会はどこもそんなに大きくないからな、金の首飾りを処理できるかな）

おっちゃんが顔を上げたときには、キャロウェルの姿はすでになかった。

霧も心なしか薄くなった気がする。

「早く冒険者ギルドに戻って、モレーヌはんに引き取ってもらおう」

教会に持ち込むなら伝《つて》のある人物がいい。おっちゃんが教会に持ち込めば、おっちゃんの手柄《てがら》になる。手柄を立てれば、いくばくかの褒美《ほうび》が出る。けど、ささやかな褒美なら貰《もら》わないほうがいい。

「目立たず、生きるいうのも大変やな」

「第十一夜✦おっちゃんと調査依頼」

冒険者ギルドの報告窓口に向かうおっちゃんの気は重たかった。

原因は大量の胡椒《こしょう》だった。報告窓口におっちゃんの身長の半分以上ある大きな袋《ふくろ》を置く。

元気もなく、暗い気分でアリサに告げる。

「依頼のあった胡椒、採ってきたで。換金《かんきん》してや」

報告窓口に置いた袋はいつも使っている袋の十倍の量が入る大きな袋だった。

「アリサはん、今回は特別やで。普段《ふだん》はこんなに採れんからね。あと、もう、指名依頼は止めてな。おっちゃん、好きな時にジャングルに入って、稼《かせ》ぐのが合っているんよ。期限とかある仕事だと、心が磨《す》り減《へ》るねん」

アリサが申し訳なさそうな顔で詫《わ》びる。

「無理を聞いてもらって、すいません。どうしても断れない依頼だったんです。それに、胡椒が欲しい時は、おっちゃんに頼むのが確実なんです。おっちゃんほど確実かつ安全に胡椒を採って帰ってくる冒険者はいないんですよ」

胡椒の値上がりが止まらず、市場から胡椒が消えかけていた。原因は需要《じゅよう》の増加と供給の減少。

いくら高くても香辛料《こうしんりょう》を扱う商人にとって、胡椒が手に入らない状況《じょうきょう》は死活問題だった。

「そんなに期待せんといて。今回、採れたのは偶々《たまたま》やで、こんなに上手くいくとは限らん。採取の女神《めがみ》様のお情けで採れたようなもんや。運の賜物《たまもの》、女神の贈《おく》り物《もの》や」

アリサが爽《さわ》やかな顔でさらりと発言する。

「採取の女神様が、どんな女神様か知りません。だけど、おっちゃんを気に入っているなら、きっと美人なんでしょうね。ちなみに私もおっちゃん好きですよ。ギルドの受付としてですけど」

「そんなら、もう少し冷たくしてくれてもええよ。おっちゃんは頼《たよ》られるの苦手やし、女性は少し冷たいほうが気楽に話せる」

アリサが微笑《ほほえ》んで意見する。

「おっちゃんはもっと自信を持ったほうがいいですよ。そのほうがもてますよ」

「もう、おっちゃん年やから人気はいらん。もてなくてもええ。気楽に気ままにグダグダ過ごしたい」

「ぼやきは駄目ですよ。計量するから、期待して待っていてください」

アリサが計量を終えて、感じの良い声で代金を告げる。

「金貨二十八枚と銀貨八十五枚です」

（また、胡椒の価格が上がりよった。あかん、これ、絶対、噂《うわさ》になる。どないしよう）

ダンジョンの深くに潜《もぐ》ればべつだが、一週間で金貨二十枚は新人の冒険者には稼げない。

倹約《けんやく》下手なおっちゃんの一日の生活費は、銀貨二枚。

金貨一枚が銀貨百枚なので、おっちゃんは数日で三年分以上の生活費を稼いだ計算になる。

目立ちたくはない。お断りを口にする態度は簡単。だが、渡世《とせい》には義理がある。

冒険者ギルドから頭を下げて「どうか、胡椒を取ってきてください」と頼まれて断れない流れだった。

ずっしりとする重みを財布《さいふ》に感じながら、暗い気持ちになった。

（まずいの、なにか上がった評価を下げる方法ないやろうか）

朝から高級なワインを飲んで、高い料理を頼んでも、美味しく感じなかった。

食事を終えて二階に上がろうとすると、アリサが呼び止めた。

「おっちゃん、ちょっと、いいですか？　お話があるんですが」

仕事の依頼受付カウンターに移動する。

「最初に断っておくけど、胡椒なら、もうしばらく採りに行かんよ。胡椒が化けて出てきそうなくらい、採ったからね。本当にこれ以上採ると胡椒が夢に出てきそうやわ」

義理は果たした。きちんと、釘《くぎ》を刺しておかないとなし崩しの依頼は困る。

アリサがニコッとして機嫌《きげん》も良く話す。

「安心してください。胡椒以外の仕事です。それでいて信用のおけるおっちゃんだからこそ頼める話でもあるんです。報酬はまあそれなりですが」

（アリサはんと少し仲良くなりすぎたかもしれんな。おっちゃんを見る目がどこかキラキラし

とる）

　アリサがハキハキした口調で話した。

「実は債権《さいけん》回収の依頼を引き受けた冒険者が、戻ってこないんです。そういう話なので胡椒や香辛料は関係ありません。どうです、ちゃんとおっちゃんの要望を聞いているでしょう。冒険者の話をきちんと覚えておくのも仕事ですから」

「回収に行った冒険者が金をパクって、とんずらしたんか、それで、ケジメを取らそう、いう話か。おっちゃんそういうピリピリした話にがてやわ。もっと、小動物と戯《たわむ》れるようなゆるふわ系の仕事がしたいんよ」

　冒険者ギルドの心情はわかる。だが、あまりやりたくない仕事だった。

　アリサが表情を曇《くも》らせ、声の調子を落として説明する。

「最初の方だけなら、持《も》ち逃げの線もあるんです。でも、事実確認《かくにん》に行った人も帰ってこないんです。なんか、怪《あや》しいでしょう。事件の匂《にお》いです。そこでギルドの秘密兵器のおっちゃんの出番です」

　ケジメを取らせるより、悪い話だ。ホラー展開か。

「それで。おっちゃんに三人目の犠牲者になれ、と。恐ろしいギルドやわ。あと、秘密兵器と思うならずっと秘密にしておいて。おっちゃん倉庫で埃《ほこり》被っているような兵器でありたい。ラブ・アンド・ピースや」

　アリサが控えめな態度で依頼する。

「犠牲者になれとはいいませんが、調査に行ってもらえないでしょうか。行ってくれると非常に助かります。本当に、晴れた暑い夏の日に降《ふ》ったにわか雨のように嬉《うれ》しいです」

調査に行く仕事は良いが、今は目立ちたくない。前回のグール騒動《そうどう》で株が上がってしまった。評判をクールダウンさせたい。

「他に行く奴がおらんの？　おっちゃんは胡椒を採取するしか能のない、単なるおっさんやで。にわか雨で地面に張り付いた落ち葉のように役に立たん中年冒険者やで」

アリサが拝むような態度で頼む。

「信頼《しんらい》ができて、腕の立つ冒険者。なおかつ、手の空いている冒険者は、おっちゃんしかいないんです。おっちゃんがやらずに誰《だれ》がやるんです？」

（望んでいないのに評価が上がっている。これ、まずいな）

砕《くだ》けた態度で、やんわりと他人を推薦《すいせん》する。

「嘘やろう。ほれ、酒場を見てみい。暇《ひま》そうにしている冒険者が三十人はおる。奴らに仕事を振《ふ》ってやればいいんちゃうの？　働きたい奴に仕事を斡旋《あっせん》するのがギルドの仕事やろう。ほら、あそこの、あいつ。仕事できそうやでー、名前は知らんけど」

アリサは渋々《しぶしぶ》の顔で引き下がった。

「わかりました。指名依頼ではないので、こちらも無理は言えません。どうしても駄目ですか？」

「おっちゃん胡椒で貢献《こうけん》したばかりやからね。ちょっと休憩したいわ。ほな、そういうことで、頼むわ」

翌朝に朝食を終えて部屋に戻ろうとすると、アリサから呼び止められた。

依頼受付カウンターに行くと、アリサが暗い顔で話《はな》し掛けてくる。

「昨日、館《やかた》に出かけた冒険者が戻ってきません。やっぱり何か起きているようです」

(また、戻ってこんかったのか、これは間違いなく危険やな、手を出《だ》さんほうがええ)

「アリサはん。三回も人を出して、三度とも戻ってこないって、これ絶対に訳ありやで。凄腕《すごうで》の調査員を送らな解決できんよ。しがない、しょぼくれ中年冒険者じゃ力不足や」

アリサが困った顔をして、言い辛《づら》そうに切り出した。

「それで、おっちゃんに調査しに行ってもらえないでしょうか。おっちゃんがやりたくない心情はわかっています。けど、そこを曲げてお願いできないでしょうか」

目の前で手を振って断る。

「ないない。話の流れからいって、行け、言うか？　これ、絶対にまずいって。もっと仰山《ぎょうさん》の人を出すか、有名な冒険者パーティに話を持って行ったほうが良いって、館で何か恐ろしい事態が起きているって」

「次、おっちゃんが失敗したら、有名な冒険者パーティを投入しようって、ギルド・マスターは言っています。つまり、おっちゃん次第《しだい》です。おっちゃん頼《だの》みです」

「おっちゃんは生贄《いけにえ》か。なんて、酷《ひど》い話を考えるギルドなん。三人も行方不明なんやろう。もう、ええやん」

アリサがしれっとした顔で、すらすらと訂正《ていせい》する。

「一回目が二人、二回目が二人、三回目が五人なので、九人が消えています」

　初耳だった。事態は思っているより深刻だった。

「え、なに、複数で送って、誰も帰ってけえへんの？　それ、むっちゃまずいやん。そんなところに、おっちゃん一人で向かわせるって、完全におっちゃんを、潰《つぶ》そうと思うてるやろう。アリサはん。いったいいくらで、おっちゃんを売ったん？」

　アリサが困った顔でお願いしてくる。

「そんな人聞きの悪いことを言わないでください。今日はギルド・マスターから、おっちゃんへの指名依頼の形を採っているんです。報酬《ほうしゅう》もきちんと出しますから、どうにか、お願いできませんか」

（あの、妖怪《ようかい》ババアが絡《から》んでいるのか。いつも、碌《ろく》な話を持ってこん）

「まあ、ギルド・マスターからの指名と言うなら、やらんこともない。でも、おっちゃんは危険な仕事はしないからね。危なそうだったら。こんな恐ろしい場所でした、って報告に帰ってくるだけよ」

　アリサが寂《さび》しげに微笑む。

「進むか帰るかの判断はおっちゃんに任せます。私だっておっちゃんには帰ってきて欲しい。でも、他の冒険者さんにも戻ってきて欲しい。そんな大きな仕事を任せられる人物はおっちゃんだけだと思っています」

「もう、なんでそこまで実績のないおっちゃんに期待するかな」

アリサが目に希望の光を灯《とも》して発言する。

「ジャングルの奥地《おくち》からでも無事に帰って来られるおっちゃんなら、危険な館からも帰ってこられると信じています」

「期待する心は自由やけど。現実はもっと厳しいよ。おっちゃんかて、常に期待に応《こた》えられると限らんからね。もうええ年やからね、若い子のほうが威勢《いせい》で解決できたりするよ。若さは力やからね」

アリサが力を込めて頼む。

「でも、行方不明になった冒険者さんは若い方ばかりです。なので、ここはやはり頼るべきはベテランのおっちゃんなんです。ベテランの力を見せてください。消えた冒険者を救ってください」

「だから、おっちゃんはベテランやないって、おっちゃんは年ばかり喰った新人や。もう、若くない分だけマイナス要素をもった新米冒険者やから、そこは勘違《かんちが》いしないでね」

「第十二夜・おっちゃんと不思議の館」

簡素な革鎧《かわよろい》に剣《けん》が一本。バックパックには五食分の保存食とロープを入れる。腰《こし》に水筒《すいとう》を提《さ》げて宿を出る。

恐怖《きょうふ》の館に挑戦《ちょうせん》するには軽装だが、おっちゃんは館の謎《なぞ》を解明する気は毛頭なかった。

(館の中をちょっと見て報告するだけにしよう。解決は他の冒険者の仕事や。できるところまでやったらええ。無理は禁物や)

歩いて一時間で問題の屋敷《やしき》が見えてきた。屋敷は二階建ての洋館。敷地《しきち》は二百メートル四方、背の低い生垣《いけがき》に覆《おお》われていた。敷地の半分は庭だったが、それなりに大きい洋館だった。

庭は荒れてきているが、全く手入れされていないわけではなかった。

(人の手が入らなくなって二週間いうところか。最近までは人が住んどったようやな)

敷地に入らず、周囲を歩いてみる。

敷地の周囲には畑が広がっていた。畑は小麦畑だった。小麦畑も二週間くらい前までは手が入っていたようだった。現在は手入れされている様子はなく、荒れていた。

(畑が荒れてきとるな。畑は洋館の持ち主の物だった。何かの理由で小作人が皆、逃げたな。または、全員を追い出したパターンや)

近くに人影《ひとかげ》を探すが誰もいなかった。

「近所の人がいれば、話を聞きたかったんやが、これは無理やね」

洋館の門の前に立つ。洋館の門は開いていた。

足跡《あしあと》を調べた。洋館の中へ入って行く人の足跡が複数あるが、戻ってきた足跡はなかった。

鉄の門を潜って玄関《げんかん》ドアの前まで進む。玄関ドアは開いていた。

ドアをそっと開けて声を上げる。

「ごめんください。冒険者ギルドから来ました」

洋館の広いエントランスの正面《しょうめん》の壁には、六十インチ角の大きな洋館の風景画が飾《かざ》ってあった。

風景画の他に物はなく、エントランスは静まり返っていた。

エントランスからは右へ伸《の》びる通路。左へ伸びる通路。二階の右側へ伸びる通路。二階左側へと伸びる通路があった。

おっちゃんは一歩下がって、ドアを閉めた。

「あかん、これ、ダンジョン化しておるで」

普通《ふつう》の人間にはダンジョン化しているかどうかわからないが、おっちゃんには理解できた。

おっちゃんはダンジョンをいくつも渡り歩《ある》いてきた。だから、一目ちらっと見ただけで、目の前の場所が、普通の洞窟《どうくつ》や廃墟《はいきょ》なのか、ダンジョンなのかが勘でわかる。

ダンジョンと廃墟や洞窟の違《ちが》いとはなにか。細かい内容はいくつもあるが、簡単に言えば管理者がいるかどうかだ。

モンスターが雇用《こよう》されている場所以外のダンジョンで働くとする。その場合はダンジョンの顔役に仁義を切るか、ダンジョン・マスターに挨拶《あいさつ》をするのが普通。礼を欠けば最悪、縄張《なわば》り荒らしと看做《みな》され袋叩《ふくろだた》きだ。

転職を繰《く》り返《かえ》す場合は、物件を一目見てダンジョンかどうかわからないと、流しのモンスターとしてはやっていけない。

「どうしよう、仁義を切るか。でも、おっちゃんは冒険者やしな」

「おひけえなすって」と仁義を切って中に入れば攻撃《こうげき》されないかもしれない。だが、冒険者が生きていた場合は仲間として助けられない。普通に入れば冒険者を見つけても救助できるが、妨害《ぼうがい》を受ける。

ずるい考えとしては、仁義を切って中に入る。一通り情報を集めて外に出て、冒険者の情報を流す。

だが、「モンスターです」と中に入って「実は冒険者の手先でした」は筋が通らない。

最悪、ダンジョンからも冒険者からも敵と看做される。

おっちゃんは今の自分の立場を傭兵《ようへい》だと考えていた。時にはモンスターと敵対し、時には冒険者と敵対する。

人間だって同じ種族同士で敵味方に分かれて戦争する。昨日の敵が今日の味方、今日の味方が明日の敵になる。

おっちゃんだけが例外で、どちらかだけの味方をしなければいけないとは考えない。

「でも、やっぱり、ダンジョンの中に入ってモンスターとやりあう仕事は気が引けるで」

冒険者ギルドのギルド・マスターの依頼で来ているので、冒険者スタイルで行くと決めた。

ドアを開けた。静まり返ったエントランスを眺《なが》める。

エントランスに入る前に『魔力感知《まりょく》』を発動させる。館ではなく、館の空気から魔力を感じた。

「魔力がだだ漏《も》れやで、館のどこかに強力なマジック・アイテムがあるな」

おっちゃんは館に一歩を踏み出し、ドアを閉めた。階段を上がって二階に進み、右側の通路から探索《たんさく》する。

まず二階を一周してから、主の部屋らしき場所を探した。

(意図的にしろ、意図的でなかったにしろ、館の主がなんの情報も知らん状況はない)

明らかに豪華《ごうか》な造りの扉《とびら》があった。館の主の部屋だと思った。館の主の部屋は鍵が掛かっていなかった。

扉を開けた。扉の向こうは十二畳《じょう》ほどの空間になっていた。窓にはカーテンが付いていた。

部屋の中には、ベッドと本棚《ほんだな》と机とイスがあった。

ベッドには誰かが寝《ね》ていた。ベッドの人物から魔力を感じた。

(ベッドに寝ている人間はアンデッドで、館の主っぽいな)

部屋の中に入ると、勝手に扉が閉まった。カーテンが閉まり、部屋が不自然に暗くなる。

次の瞬間、ぼんやりと青白く光る人影がイスに腰掛《こしか》けていた。青白く光る人影が話し掛けてきた。

「私の名はアルベルト・ハイゼンベルグ。この館の主である。どうか、冒険者よ。私を助けて欲《ほ》しい」

襲《おそ》ってくる気配がなかった。武器から手を放すが警戒は怠《おこた》らない。

「なんや、訳ありのようやな、おっちゃんでよかったら、話を聞こうか」

アルベルトが背中を曲げ、腕組《うでぐ》みして語り出した。

「ありがとう。冒険者よ。私は大変な過《あやま》ちをしでかした。そう、あれはだいたい三ヶ月ほど前になろうか――」

すぐに口を挟《はさ》む。

「おっちゃん、話が長いの駄目《だめ》やから、短く要点だけにしてや。話が長いと、話の途中《とちゅう》でも帰るで」

アルベルトが咳払《せきばら》いをして背筋を伸ばす。

「私は寿命《じゅみょう》を延ばそうとして儀式《ぎしき》に失敗して、アンデッドになった。原因は願いを叶《かな》えてくれる魔法の箱だ。魔法の箱は屋敷の地下にある。ただ、屋敷の地下は魔法の箱の力で迷宮《めいきゅう》化している。頼む。箱を捜して破壊《はかい》してくれ、もう時間がない。あと、二時間以内に箱を壊《こわ》さないと、箱から怪物《かいぶつ》が溢《あふ》れて街を襲う」

（よう、ぺらぺらと喋《しゃべ》りよる。おっちゃんが初めての話し相手ではないいな）

「二つほど確認していいか。箱を破壊したときの報酬ってあるの？」

「魔法の箱がある部屋は屋敷の宝物庫だ。私はもう死んでいる。箱を破壊した暁《あかつき》には、なんでも好きな品物を持って行くといい」

「おっちゃんは品物より、金が好きなんよ。金貨とかある？」

「百枚くらいなら蓄《たくわ》えがある」

（アルベルトは嘘《うそ》を吐《つ》いとるな。金貨を百枚も持っていたら、債権の取り立てに冒険者が来るかいうねん）

「もう、一つ確認な。ここにアリサいう子が来たやろう。アリサも箱を壊しに行ったんか」

「そんな、名前の冒険者がいたはずだ。アリサは私の願いを聞きダンジョンに入った。まだ、生きているかもしれないが、魔物《まもの》が溢れ出たら助からないだろう」

（アリサはギルドの受付嬢《うけつけじょう》で冒険者ではない。ダンジョンに入るわけがない）

おっちゃんは推測した。

（儀式に失敗いうのは嘘やな。望んでなった。魔法の箱と契約《けいやく》して、魔法の箱に人を喰《く》わしておるんやろう。小作人がいない理由も、きっと箱に喰わせたせいや。そんで、喰わせる人間がいなくなって冒険者が来るようになったから、今度は冒険者を喰わせよう、いう腹や。あと、二時間と煽《あお》っているのも、街に戻らせんためやな）

アルベルトを痛い目に遭《あ》わせたろうと、おっちゃんは決心した。

本心を隠《かく》して、自信たっぷりな演技をする。

「わかった、おっちゃんが、どうにかしたろう。それで、屋敷の地下にどうやって入ったらええんや？」

「この鍵を使ってくれ。この鍵で地下の封印《ふういん》が解ける」

おっちゃんの本心を知らないアルベルトが金の鍵を差し出したので、受け取った。

心の中で、おっちゃんは悪魔《あくま》の笑《え》みを浮《う》かべていた。

おっちゃんが屋敷のエントランスに戻ると、玄関扉《げんかんとびら》が施錠《せじょう》され閉鎖《へいさ》されていた。エントランスにあった窓を叩《たた》いてみるが、魔法で施錠され開かなくなっていた。

おっちゃんは『瞬間移動』の魔法を唱えた。次の瞬間、おっちゃんは冒険者ギルドの宿屋にいた。

「さあ、クソ腹の立つほど腕《うで》のええ冒険者を送り込むで。なにせ、今のおっちゃんには、金があるからの。ククック」

第十三夜　おっちゃんと凄腕《すごうで》冒険者

二階から下りて行くとアリサが声を掛けてきた。

「あれ、おっちゃん、もう帰ってきたんですか。早かったですね。それともこれから出発ですか。装備はきちんと調《ととの》えてから行ったほうがいいですよ。冒険《ぼうけん》は事前の準備が八割との言葉もありますから」

おっちゃんは見てもいない内容を臨場感たっぷりに話した。

「館やけど。もう、むっちゃ恐ろしいところやった。地下にダンジョンがあってな、恐ろしい化け物が仰山いてるねん。おっちゃん怖なって、ほうほうの体《てい》で逃《に》げ帰《かえ》ってきたんや。いやあ、思い出しただけで震《ふる》えてくる」

アリサが深刻な顔をした。

「やっぱりおっちゃんを派遣《はけん》してよかったです。そんな情報は全くギルドに上がって来てはいませんでした。そんなに酷いところだったのなら、きちんと対策を立てて人を送らないと」

「あかんって、そんな悠長《ゆうちょう》な話やない。今すぐどうにかせんといかん。なので、おっちゃんが、もう依頼を出すわ。指名依頼で、『雷鳴《らいめい》の剣』か『黄金の牙《きば》』にお願いするわ」

『雷鳴の剣』と『黄金の牙』はサバルカンドで一、二を争《あらそ》う冒険者だった。その実力は倍の数のグレーター・デーモンをものともしないと言われる凄腕だった。もし、『雷鳴の剣』や『黄金の牙』に倒《たお》せないモンスターがいたのなら、サバルカンドでは対処できない事態になる。

　アリサが困惑《こんわく》した顔をする。

「『雷鳴の剣』か『黄金の牙』ですか、依頼するなら、金貨三十枚が最低ラインですけど」

「おっちゃんが金貨二十八枚を出す。残り金貨二枚はギルドで負担して。どうせ、おっちゃんが失敗したら、報酬を積んで冒険者に依頼を出す話やったんやろう。今なら、たった金貨二枚の持ち出しで、確実に事件解決やで」

　おっちゃんが大金を出す理由は三つあった。

　一つ、おっちゃんの指名依頼を失敗の扱いにして評判を下げる。

　一つ、有名な冒険者の活躍劇《かつやくげき》を作り、胡椒で大儲《おおもう》けしたおっちゃんの話を掻《か》き消《け》す。

　一つ、アルベルトに煮《に》え湯《ゆ》を飲ませる娯楽《ごらく》が楽しい。

　好条件が出ているが、アリサは難しい顔をして「うん」と口にしなかった。

「おっちゃんの申し出はありがたいです。けど、そうしたらおっちゃんにだけ負担を掛ける事態になります。ギルドの受付としては、そんな一人の冒険者にのみ多大な負担を強《し》いる行いはできません。おっちゃんにだって生活があるでしょう」

　おっちゃんは本心を偽《いつわ》って気前のよい男になり切る。

「おっちゃんの懐具合《ふところぐあい》の心配なんかせんでもええ。おっちゃんは子供やない。金の使い方ぐらいわかる。そんでもって、いまが金の使い時やと、おっちゃんの心が騒《さわ》いどる。おっちゃんの心意気を買ってや」

「でも、金貨二十八枚は大金ですよ。そんな大金を他の冒険者《ぼうけんしゃ》のために使っても、お金は返ってきませんんよ」

「勘違いせんといて、これは投資やない。おっちゃんの生き方や。もし今後、稼げなくなって、野垂れ死にしても、おっちゃんは後悔《こうかい》せん。誰も恨《うら》まん。それがおっちゃんや。もっとも、稼げなくなるとは思うてへんけど」

「でも」と金額の大きさにアリサが渋《しぶ》る。

「引き受けるが良い」

振り返ると、冒険者ギルドのギルド・マスターが立っていた。

アリサが困惑した顔で確認する。

「いいんですか。ギルド・マスター。おっちゃん独りにギルドのツケをまわすような振る舞《ま》いをして。いくらなんでも、おっちゃんの負担が大きすぎます。おっちゃんが可哀想《かわいそう》です」

「おっちゃんの心意気に水を差してはいかん。人の決意を金貨に変えるのも無粋《ぶすい》じゃ。おっちゃんの意を汲《く》んでやるのじゃ。『黄金の牙』が帰ってきておる。儂の名前で指名依頼を出すのじゃ」

（ギルド・マスターはしわいの。元はといえばギルドの先見性のなさが招いた事態やろう。「儂も半分出そうか」くらい言えや。ここまで啖呵《たんか》を切った手前、おっちゃんからは言えんけど）

ギルド・マスターは命令を下すと、カウンターの奥《おく》に消えていった。

（まあ、ええか、当初の目的どおりに状況は運んでおる。ギルド・マスターの指名依頼なら、断らんやろう。最強の冒険者ゲットや）

「ほな、儂、『黄金の牙』が移動する馬車を用意してくるから、依頼の手配をよろしく頼《たの》むで。決まったらはよ動いたほうがええ、まだ何人か冒険者が生きとるかもしれん」

アリサが表情を曇らせて申し出る。

「でも。おっちゃん、いいの？　せっかく稼いだ大金なのに。金貨二十八枚もあれば二年は遊んで暮らせるわよ。おっちゃんの好きなダラダラ生活もできるわよ」

「ええねん、ええねん。おっちゃんはできない仕事はしない主義や。『黄金の牙』なら、まだ生きているかもしれん冒険者を救えるやろう。なら、ここが金の使いどきや。アリサはんは気分よく、いってらっしゃいと送り出してくれたらええ」

おっちゃんが馬車を用意してくると『黄金の牙』のメンバーが揃《そろ》っていた。

『黄金の牙』は六人パーティ。全員が強力な魔力の武器と防具で武装していた。おっちゃんの『魔力感知』の魔法はまだ続いている。おっちゃんには『黄金の牙』が放つ装備品の魔力の光が強すぎて、まともに『黄金の牙』の姿を見られなかった。あまりの眩《まぶ》しさに目を逸《そ》らした。

（どんだけ凄《すご》い装備を持っているねん。これ、半端《はんぱ》やないぞ。こんなん、ダンジョンで出会ったら、おっちゃんなんか、いちころや）

眩《まばゆ》い光から目を守りつつ、リーダーのコンラッドに金の鍵《かぎ》を渡した。

「この鍵で屋敷の地下にあるダンジョンに入れます。中には逃げられんかった冒険者もいるかもしれないので、見つけたら救助をお願いします。迷宮の奥に箱があったら壊してください。箱を壊したら、屋敷は元に戻《もど》ると思います」

ひときわ眩しい光を放つリーダーのコンラッドが「わかった」と真摯《しんし》な顔で鍵を受け取った。

おっちゃんは『黄金の牙』のメンバーから顔を背《そむ》けて馬車を走らせる。

御《ぎょ》する馬車が洋館に着いた。

洋館に光の一団が入っていく。ちょっと神秘的な光景だった。

「間違《まちが》いないと思うけど、どうなるんやろう」

『黄金の牙』が館に入って五分後、地面が揺《ゆ》れた。

「なんや、地震《じしん》か」

三度目の揺れが来た時に悟《さと》った。揺れは地震ではない。『黄金の牙』が戦っている余波だと感じた。

四度目の揺れは大きかった。馬が怯《おび》えた。

どうにか馬を制御すると、洋館が爆破《ばくは》解体されるように瓦礫《がれき》へと戻った。

「戦うだけで大地が震え、建物が倒壊《とうかい》する。これが、『黄金の牙』の実力か」

建物が瓦礫に変わったが、誰も出てこなかった。やむなく、冒険者ギルドへ戻った。

アリサが明るい顔で親しげに話し掛けてくる。

「お帰りなさい、おっちゃん。『黄金の牙』の方なら、行方《ゆくえ》不明の人を回収してもう帰ってきたわよ」

「先に帰ってきたん。どこで休んでいるん」

酒場に姿を捜すが『黄金の牙』らしき冒険者の姿はなかった。

「肩慣《かたな》らしは終わったと言って、ダンジョンに潜りに行きました」

（はは、もう、少し、下のランクの奴《やつ》でよかったんかな。アルベルトは悔《くや》しがる暇もなかったやろう）

「さすがはサバルカンドのトップパーティや、仕事が早いな。金貨三十枚分の仕事をきっちりやりおる。おっちゃんには真似《まね》できない対応や。まさに一流の対応やね」

アリサが晴れやかな顔で伝える。

「でも『黄金の牙』を動かした人間は紛《まぎ》れもなく、おっちゃんです。おっちゃんがいなかったら、犠牲者《ぎせいしゃ》はもっと多かったと思います。私はおっちゃんのこともっと好きになりましたよ。ギルドの受付として、ですが」

「そうか、それは嬉しいの。でも、指名依頼とか大量採取依頼とか止《や》めてや」

アリサが意地悪く微笑む。

「さあ、どうでしょう。私は好きな人には甘《あま》えちゃうほうですから」

「もう、勘弁《かんべん》してや。おっちゃんは細々、気ままに、ダラダラが性に合ってるんよ」

「第十四夜　おっちゃんとダンジョン・ウィスプ」

胡椒の採取で生計を立てていたおっちゃんだが、胡椒の採取を自粛《じしゅく》すると決めた。

「胡椒の採取は止める。でも、生きていれば金は掛《か》かる。別の飯の種が要《い》るな。やっぱり、ダンジョンに入るしかないんかな」

前職がトロル・メイジだっただけに、モンスターと戦う仕事には抵抗《ていこう》があった。ダンジョンには入りたくなかった。

だが、ダンジョンでしか働いた経験がないおっちゃんに、まっとうな人間の仕事は無理だった。

モンスターと戦いたくはないので、ダンジョンでの採取依頼を探す。ダンジョン・ウィスプの採取依頼に目が留まった。

（なに、人間の世界って、ダンジョン・ウィスプが売れるの。あんなの、どこにでもおるで。それが銀貨になるとはねえ。世界が変われば、価値観も変わるいう状況もあるねんな）

ダンジョン・ウィスプとは空を飛ぶ直径五センチほどのぼんやりと青白く光る玉で、ダンジョンの至る所に出没《しゅつぼつ》する。群れになると危険だが、単体では無害の存在だった。

ダンジョンで暮らしていたおっちゃんには、ダンジョン・ウィスプはありふれた存在であり、揚羽蝶《あげはちょう》のような存在。揚羽蝶が銀貨に化けるのだから、ちょっとした、カルチャー・ショックだった。

詳《くわ》しい内容を訊《き》くために、依頼窓口のアリサに話し掛ける。

「アリサはん。ダンジョン・ウィスプの採取をやりたいんだけど。これって常時、買い取って貰えるの」

アリサがニコニコした顔で、元気よく教えてくれた。

「ダンジョン・ウィスプは魔《ま》法《ほう》薬や魔道具を作る材料になります。常に需要がありますよ。ダンジョン・ウィスプの採取には、魔法の掛かった虫網《むしあみ》と専用容器が必要です。道具は貸し出しています」

「ちなみに、借りるとおいくら」

「虫網と容器をセットでレンタル費用は金貨二枚。掛かっている魔法の持続時間は十二時間なので。十二時間以内に帰ってきてください」

「ほー、なかなか、いい値段するんやな」

冒険者パーティで、ダンジョン・ウィスプの採取依頼を受けたとする。黒字にするためには、数が必要になる。ダンジョン・ウィスプはサバルカンドのダンジョンには必ずいる。だが、低層階ではダンジョン・ウィスプは群れをなさない。

深層階まで降りれば、群れをなしている状況はある。だが、深層階まで降りられる冒険者なら、モンスターと戦ったほうが遙《はる》かに儲《もう》かる。

（これ、一般的《いっぱんてき》な冒険者には不人気な仕事やな。裏を返せばライバルがおらん仕事や）

おっちゃんは基本的に独りで活動する。虫網に掛ける魔法も容器に掛ける魔法も、自前で使えた。初期費用を抑《おさ》えられ、少ない数で利益を出せる。おっちゃんにはダンジョン・ウィスプの採取はおあつらえ向きな仕事に見えた。

アリサは浮《う》かない顔をして意見した。

「ダンジョン・ウィスプの採取に挑戦するんですか。胡椒のほうが儲かると思いますよ。なにせおっちゃんは私の中では胡椒マスターですから。胡椒が欲しければおっちゃんですよ」

「おかしな称号《しょうごう》を付けんといて、儲かった状況は偶然《ぐうぜん》や。それに、おっちゃんは冒険者を始めてまだ間もない。せやから、興味ある仕事は色々やってみたい。いくつになっても挑戦者《ちょうせんしゃ》や」

「挑戦者か、良い言葉ですね。そうですね、冒険者なんだから色々やってみないとわからない情報や知識ってありますよね、私も応援《おうえん》しますよ。買い取り価格は応援できないけど」

「買い取りは適正価格でええよ。アリサはんはみんなのアリサはんやさかい。そんじゃあまあ、やってみるから普通の虫網と専用容器を売って。魔法の掛かってないやつでええよ。魔法は安う掛けてもらう当てがあるから」

冒険者ギルドから魔法の掛かっていない虫網と三リットルの透明《とうめい》な専用容器を銀貨五枚で購《こう》入《にゅう》する。ダンジョンに行くので、いつも着ている革鎧を着て、腰に剣を佩《は》いて、準備を整える。

アリサが元気良く声を掛ける。

「いってらっしゃい、おっちゃん。たくさん捕《と》れるといいですね。でも、ダンジョンはどこに危険が潜《ひそ》んでいるかわからないから油断しちゃ駄目ですよ。危険を感じたらまず帰還《きかん》を考えてください」

「おう、期待して待っていてや。ほな、行ってくるで」

ダンジョンに向かった。

旧市街にあるダンジョンは新市街にある冒険者ギルドから歩いて三十分の場所にある。道順は大きな道、通称《つうしょう》・ダンジョン通りを真《ま》っ直《す》ぐ進むので、迷う状況にはならない。ダンジョンの入口の二百メートル手前まで、商店が出ている。ダンジョンの入口付近は寂《さび》れた場所ではなかった。

ダンジョンの入口は高さ四メートル、幅《はば》八メートルの大きな長方形の石造り。地下壕《ちかごう》への入口のようになっていた。

近くには衛兵の詰《つ》め所《しょ》があり、常時四人か五人が詰めているが、基本的には何もしない。

ダンジョンの入口を潜る。天井《てんじょう》までの高さは四メートル、道幅《みちはば》は八メートルの石畳《いしだたみ》でできた通路が、おっちゃんの目の前に続いていた。

中は暗いので『暗視』の魔法を使う。次に、虫網と透明な専用容器に魔法を掛ける。魔法の掛かった虫網を片手に、ダンジョンの地下一階をおっちゃんは徘徊《はいかい》する。

ダンジョン・ウィスプが空を飛ぶ現場に遭遇《そうぐう》した。おっちゃんは魔力の籠《こ》もった虫網を優《やさ》しく振って、ダンジョン・ウィスプを捕《つか》まえる。腰に下げた透明な専用容器にダンジョン・ウィスプを収容する。

「簡単な作業やね。この調子で、さくさく行こうか」

作業の途中で五回ほど、大きな虫型モンスターや蝙蝠《こうもり》に遭ったが、初歩的な魔法で遠距離《えんきょり》から撃退《げきたい》できた。

四時間後、透明な専用容器に十二匹《ぴき》のダンジョン・ウィスプが入っていた。

「とりあえず、こんな物でええか」

ダンジョンから出て、冒険者ギルドの報告窓口に向かった。

アリサが明るい顔で迎《むか》えてくれる。

「お帰りなさい。おっちゃん、成果はありましたか」

報告窓口のカウンターでアリサに報告する。

「ダンジョン・ウィスプを捕ってきたで、換金《かんきん》してや」

「上々の収穫《しゅうかく》ですね。活《い》きもよさそうです。捕り方《かた》が丁寧《ていねい》な証拠《しょうこ》です。おっちゃんやりますね。どうでしたダンジョン初デビューは」

「地下一階やから一人でもそれほど危険がなかった。これならまた行けるね。慣れたら地下一階で採取する対象を増やしてみようかのう」

「おっちゃんには採取が向いているのかもしれませんね。採取を専門にやる冒険者は少ないけどいます。おっちゃんもこのまま実績をあげれば、いずれは採取マスターと呼ばれ、ギルドでも一目置かれるかもしれませんね」

「やめてー、おっちゃんはそんなに有能やないよ。なんとかマスターなんて烏滸《おこ》がましい。おっちゃんはちょっと運がよいだけのどこにでもいるおっちゃんや。慢心《まんしん》したらすぐに息の根が止まる」

腰に提げた透明な容器の中をアリサが確認する。

「全部で十二匹ですね。金貨一枚と銀貨八枚になります。胡椒《こしょう》ほどではないにしてもまずまずの成果ですね」

（四時間で銀貨百八枚。時給に換算《かんさん》すると、銀貨二十七枚か。胡椒より、こっちのほうがええね）

酒場で温かい食事を摂《と》りながら、独り北叟笑《ほくそえ》む。

（地下一階なら、モンスターも強くない。知り合いと遭う状況《じようきよう》もない。虫網を持って一時間ほど歩き回るだけで、十日以上も暮らせるなんて、ええ仕事を見つけたな）

第十五夜　おっちゃんと不吉な予兆

おっちゃんは十日ほど自堕落《じだらく》な生活をする。金が少なくなってきたので、再びダンジョンに潜《もぐ》った。ダンジョンに入って一匹目のダンジョン・ウィスプと遭遇する。次もまた、すぐに見つかった。そのまた次も見つかった。三匹目までなら運がいいと考えたが、四匹目、五匹目ともなると、考えが変わった。

（おかしい。地下一階程度でダンジョン・ウィスプがこんなに短時間で、見つかるわけない。これは、ダンジョン・ウィスプが明らかに前回より増えとるで。下の階に行ったら、大変な状況になっているんちゃうんか）

ダンジョン・ウィスプはダンジョンの魔力に反応して自然生成される。異常発生はダンジョンで何かが起きている事態を示す。

ダンジョン・ウィスプはダンジョンの異常に比較的《ひかくてき》に影響《えいきょう》を受けにくい。ダンジョン・ウィスプに影響が出れば、ダンジョンで既《すで》に深刻な何かが起きている可能性も示す。

おっちゃんは六匹目のダンジョン・ウィスプを捕まえる。

誰も人間が見ていない状況を確認してから、ダンジョン・ウィスプを口に入れた。

冒険者たちの間ではほとんど知られていないが、ダンジョン・ウィスプは喰える。

おっちゃんの口の中に濃厚《のうこう》な甘みが広がった。おっちゃんは背筋が寒くなった。

「あわわわ、酸《す》っぱいはずのダンジョン・ウィスプが激しく甘なっとる。これ、暴走の前触《まえぶ》れやで」

おっちゃんはダンジョンの暴走に遭遇した過去があった。なので、暴走寸前の予兆を知っていた。

ダンジョンが暴走すると、どうなるか。異常な数のモンスターがダンジョンで生まれる。生まれたモンスターに押《お》し出されるように、次々とモンスターが地上に大量に出てくる。

サバルカンドは迷宮の出入口が街の中にあるので、街中がモンスターだらけになる。

恐《おそ》ろしさで足が震えてきた。

「地獄《じごく》絵図や」

モンスターの異常発生を乗り切っても、問題はあった。モンスターの異常発生が止まらないと、ダンジョンの魔力はやがて枯渇《こかつ》する。サバルカンドのダンジョンは魔力によって構造物が支えられている。魔力が枯渇して構造物を支えられなくなったダンジョンは、下へ向かって一気に崩落《ほうらく》する。

上にある街は運が良くて半壊《はんかい》、最悪は街一つが地下に消える。

おっちゃんは仕事を切り上げて冒険者ギルドに帰った。

冒険者ギルドの前で深呼吸をして、気分を落ち着かせて報告窓口に行く。

「アリサはん、ダンジョン・ウィスプを買い取って」

何も知らないアリサがいつもと変わらぬ笑顔《えがお》で応じる。

「お帰りなさい、おっちゃん。どうです、ダンジョンに慣れましたか。慣れても気を抜《ぬ》いたら駄目ですよ。何が起きるかわからないのがダンジョンです。地下一階でもダンジョンですから」

「そうやね、何が起きるかわからんよね」

アリサが数を確認《かくにん》する。

「五匹ですか。銀貨四十五枚ですね。前回よりも少ないですね。おっちゃん、顔色が悪くないですか」

愛想笑《あいそわら》いで誤魔化《ごまか》す。

「今日は体調が悪いから、はよ引き上げてきてん」

「そうだったんですか、体調が悪い時に無理は禁物です。温かいスープでも飲んでゆっくり眠《ねむ》ったほうがいいですよ。あと、風邪《かぜ》にはジンジャー・エールがいいですよ。サバルカンドのジンジャーは風邪に良く効きますよ」

「それと、なんぞ、ダンジョンで異常が起きている報告が入ってないか」

「特にないですよ」とアリサが不思議そうな顔をする。

「そうか」と短く口にして、報酬を受け取ると部屋に戻った。

「どないしよう。誰《だれ》もダンジョンの暴走の前触れに気づいとらん。深層階に行った冒険者なら何かに気づいているかもしれん。せやけど、情報は冒険者ギルドまで上がってきとらんで」

ダンジョン・ウィスプの味は暴走が今日にも始まりそうなほど甘かった。

おっちゃんは荷物を纏《まと》めに掛かった。

「あかん。ここにいたら、溢れ出たモンスターに殺される。乗り切っても、崩落に巻き込まれたら助からん。今日中にサバルカンドを出な、死んでしまう」

荷物を纏めていると、冒険者になってから知り合った人間の顔が浮かんできた。

おっちゃんは頭を振《ふ》って、考えを追い出す。

「いかん、いかん、ダンジョンの暴走なんて話を喋ったところで誰にも理解してもらえん。どう足掻《あが》いたって、誰も助けられへんねん。ここは、一人で街を去るのが正しいんや」

おっちゃんの荷造りの手が止まった。

「せやけど――」

最後は言葉にならなかった。

「第十六夜　おっちゃんとギルド防衛戦（前編）」

元から荷物が少ないのですぐに旅立つ準備ができた。後は酒を革袋《かわぶくろ》に詰めるだけ。

革袋を持って酒を買いに下の酒場まで行く。酒場でいつも飲んでいるエールを詰めてもらう。

（ここのエールも、これが最後か。長いようで短い付き合いだったな）

おっちゃんはエールを持って二階に上がろうとした。

そのとき、冒険者ギルドの扉が大きく開き、男が駆《か》け込んできた。

「助けてくれ、ダンジョンのモンスターが街に攻《せ》めてきた」

男の言葉に酒場の中が騒然《そうぜん》となる。

（ついに始まったんか、サバルカンドの終わりや）

おっちゃんは震える脚《あし》で二階に上がろうとする。

（もう、街の出入口まで行けへん。せやけど、わいには『瞬間《しゅんかん》移動』がある。隣《となり》の街までなら楽に一瞬や。そう、わいだけなら助かる）

二階の自分の部屋に入ると、遠くから怒号《どごう》と人々の悲鳴が聞こえてきた。

冒険者ギルドは新市街にあり、ダンジョンの入口は旧市街にある。ダンジョンの入口と冒険者ギルドとの間に距離《きょり》はある。だが、いつ暴走したモンスターが襲ってきても不思議ではなかった。

「はよ逃げな」と思うが、『瞬間移動』を唱えられなかった。手に持ったエールの入った袋《ふくろ》に目が行く。

「ええい、なるようになれ」

おっちゃんはエールの入った革袋《かわ》をテーブルの上に放《ほう》り投《な》げた。

おっちゃんは装備に身を包《つつ》むと、一階に下りていった。

一階には二十人の冒険者がいたが、どうしていいかわからず戸惑《とまど》っていた。

おっちゃんはアリサを見つけると声を張り上げる。

「このままでは、まずい。ギルド・マスターはどこや」

アリサが狼狽《うろた》えて口早に答える。

「数日前から不在で、どこに行ったかわからないんです」

ギルド・マスターがいないなら仕方ない。

「ギルド・マスターは不在か。皆《みんな》、聞いてくれ。ここで防衛戦をやる」

酒場のスタッフとギルド職員に指示を出す。

「武器になりそうな物を集めてや。怪我人《けがにん》が出ると思うから、救護所の設置を頼む」

力のありそうな冒険者を指差して命令する。

「テーブルを窓際《まどぎわ》に寄せて、バリケードにしてや。足りない場所は魔法で閉じるで」

弓矢を武器にする冒険者に号令を掛ける。

「弓矢を持っている奴は矢を集めて、二階の窓辺から矢を撃《う》つ準備や」

魔法を使えそうな冒険者に要請《ようせい》する。

「『鉄の施錠《せじょう》』を覚えている冒険者は、バリケードが間に合わない場所に積極的に『鉄の施錠』を掛けてや。『鉄の施錠』がないときは『施錠』の魔法でもいい、とにかく、一階から侵入《しんにゅう》されそうな場所を塞ぐんや」

『鉄の施錠』は『施錠』の上位呪文《じゅもん》。閉じられる対象が木製でも鉄の板のような強度を持つようにして錠を掛ける魔法だった。

誰かが声を上げる。

「おっちゃんは戦争の経験があるのかよ」

誰かに怒鳴《どな》り返す。

「野戦の経験はない。だが、籠城戦《ろうじょうせん》なら、嫌《いや》になるほどやった。おっちゃんが住んでいた場所はぶっそうな場所でな。年中戦争をやっているような場所や。おっちゃんはそこで、ひたすら守りの戦いをやってきたんや」

嘘は吐いていない。おっちゃんは一生の内のほとんどをダンジョンで過ごした。毎日が冒険者を相手に防衛戦だ。

「ほら、早く準備しなきゃ、モンスターがやって来るで、もう時間がない」

おっちゃんの言葉を信じたのか冒険者が動き出した。

アリサが緊迫《きんぱく》した声でギルドの職員に指示を出す。

「ここは、おっちゃんの指示に従いましょう」

おっちゃんはギルドの裏口やトイレの窓を『鉄の施錠』で封鎖《ふうさ》していく。

一階への侵入口を塞《ふさ》いで酒場に戻ると、どうにか一階の封鎖が間に合った。

酒場には逃げてきた街の人間や冒険者が加わり。百名ほどになっていた。

二階の窓辺にいた狩人《かりゅうど》が、矢を撃ちながら叫《さけ》ぶ。

「モンスターが来たぞ。数は五十はいるぞ、正面の扉を閉鎖してくれ」

ドアを開けて逃げてくる人間がいないかを確認する。

赤《あか》ん坊《ぼう》を抱《かか》えた婦人が見えた。

「もうすぐや。ここまで来れば助かる」

婦人を激励《げきれい》する。婦人の背後を追ってくる人間大の蟷螂《かまきり》型モンスターに『眠り』の魔法を掛ける。

婦人の背後で巨大《きょだい》な蟷螂が倒れた。婦人が扉を潜るタイミングに合わせてドアに『鉄の施錠』を唱えた。

冒険者ギルドにいる人間は約百名。そのうち、半分が非戦闘員《せんとういん》。

(ギルドの壁《かべ》は厚いほうだが、木造建築物や。どこまでやれるか)

「近接武器しかない者はバリケードの付近で待機。バリケードからはみ出した敵の顔やら手を武器で刺《さ》す。非戦闘員は食料と水を、あるていど二階に上げてくれ。最悪、一階の階段を落として守るで」

二階で矢を撃っている人間が叫ぶ。

「駄目だ。敵が多すぎる」

「全《すべ》てを倒そうと思うたらあかん、こっちに向かってくる奴だけ撃つんや」

バリケードの一部が壊れる。巨大な百足の頭が入って来《こ》ようとする。悲鳴が上がった。

武器を持った戦士が斧《おの》で百足の頭を叩く。

「おちついて迎え撃つんや。バリケードを守るんや。ギルドの壁は厚い。攻城《こうじょう》兵器でもない限り、簡単には破れん」

おっちゃんの見立てだと、すぐには防衛態勢が崩《くず》れるように思えなかった。

(この建物でも、しばらくは保《も》つようや。もっと知能の高い奴や力の強いモンスターが出てくると、危《あや》ういな)

二階から魔法でモンスターを攻撃《こうげき》していた魔法使《まほうつか》いが音を上げる。

「いくら倒しても、出てくる。きりがない」

おっちゃんは二階に上がった。窓から外を観察する。

モンスターが次から次へと旧市街方面からやって来ていた。

「このままだと、まずい。おっちゃんは、新市街と旧市街を結ぶ門を閉じてくる。門を閉じれば、モンスターの流入を止められる。それまで持ちこたえてくれ」

旧市街は城壁《じょうへき》で覆《おお》われている。本来は外敵から身を守る城壁だが、中からモンスターが湧《わ》いているのなら城門を閉じれば、モンスターの流れを絶てる。

「おっちゃん、無謀《むぼう》よ」

アリサが悲痛な声で叫ぶ。

「無謀でも、やらなければいかん時がある」

おっちゃんは『飛行』の魔法を唱えて窓から飛び出した。

第十七夜　おっちゃんとギルド防衛戦（後編）

サバルカンドの街には北門と南門があった。冒険者ギルドに近い門は南門。南門さえ閉じれば問題ないとおっちゃんは考えていた。

（北門から冒険者ギルドに行くまでに相当に回り道しなければならん。溢《あふ》れ出るモンスターは、街を制圧しようとはしていない。北門から出たモンスターが、ぐるりと城壁伝いに回って冒険者ギルドを目指すとは考えづらい）

北門を出たモンスターはそのまま餌《えさ》を探して、四方に散って行くはずとの思惑《おもわく》があった。

おっちゃんは空を飛んで新市街と旧市街を結ぶ南門を目指した。

下を見れば巨大な虫が至る所にいた。虫の足音に交じって、悲鳴が聞こえている。

（予想していた以上に悲惨《ひさん》な状況や。どれくらい人間が生き残れるやろう）

巨大な蟷螂《かまきり》が空を飛ぶおっちゃんに向かってきた。おっちゃんは剣《けん》を抜く。

一突《ひとつ》きの許《もと》に巨大な蟷螂を始末した。落下した巨大蟷螂に巨大な虫のモンスターが群がり、蟷螂の死体を処理する。

高さ十五メートルの大きな門が見えていた。鋼鉄製の大きな門だった。門は開ききった状態だった。

（やはり、門は開いとったか）

門から続くダンジョン通りを、幾《いく》種類もの大型の獣《けもの》が歩いている光景が見えた。

（獣型が出てきよった。獣型は昆虫《こんちゅう》型より下の階にいるはずや。門を閉じて、新市街への流入を止めないと、まずい。新市街に亜《あ》人《じん》型、精霊《せいれい》型、悪魔型が出てきたら終わりやで）

門を観察する。トロルの力で押しても、閉まりそうに見えなかった。

（トロルが数人がかりで押しても、無理やな。人間が手で押して閉めるタイプの門ではない。どこかに門を閉めるための機械か、魔法の装置があるはずや）

門の右隣《みぎどなり》には高さ十七メートル、直径六メートルの円柱状の塔《とう》が設置されていた。塔の入口は門の横に存在した。扉《とびら》は固く閉ざされており、付近には多数の獣型モンスターがいた。

（塔の上から入れないやろうか）

塔の上端《じょうたん》に移動する。

床《ゆか》に、下へと続く跳《は》ね上《あ》げ式の扉があった。跳ね上げ式の扉を上げようと、取っ手に手を掛けた。

扉が開いた。覗《のぞ》き込もうとすると、剣が突《つ》き出《で》てきた。

間一髪《かんいっぱつ》、おっちゃんは剣の一撃《いちげき》を回避《かいひ》した。すぐに扉から離《はな》れた。

扉の下から剣が何度も突き出てきた。機械的な動きではないので、人間の仕業《しわざ》と見抜《みぬ》いた。

「ストップ、ストップ、わいは人間や。モンスターやない」

おっちゃんの声が聞こえたのか、剣の突き出しが止《や》んだ。

膝《ひざ》を突いて扉の下を覗き込んだ。

扉の下は部屋になっており、鎧兜《よろいかぶと》に身を包んだ衛兵がいた。

「わいはおっちゃん言う冒険者や。あんたはここの守衛さんか」

衛兵はしゃがみ込んだ。

「そうだ、門衛のライアンだ」

「ライアンさん、すまないが、門を閉めて欲《ほ》しいんよ。門が開いていると、新市街の南側にモンスターが溢れて、新市街の南側は全滅《ぜんめつ》よ」

ライアンが下を向き、苦しそうな声を上げて拒絶《きょぜつ》した。

「門は閉められない。命令がない」

「命令がないって、街はモンスターだらけやで。旧市街にあるお城だって、きっと包囲されている。城から伝令なんか、来るわけない。来たとしても、その頃《ころ》には新市街の住民はモンスターの腹の中や」

ライアンは苦痛に満ちた声で答える。

「それでも、命令がないと門は閉じられない」

「ライアンさん、もしかして、怪我《けが》しているん。だったら、冒険者ギルドまで運ぶよ。冒険者ギルドに行けば、治療《ちりょう》ができる。門は閉めてもらわんと、冒険者ギルドも陥落《かんらく》するんやけどね」

ライアンは苦しそうに呻《うめ》きながらも拒否《きょひ》する。

「駄目《だめ》だ、ここを動くわけにはいかない」

（強情《ごうじょう》な男やな。どうあっても動きそうにないね。騙《だま》すようで悪いけど、仕方ないね。こっちも百人の命が懸《か》かっているんよ）

「おっちゃん、魔法が使えるんよ。ちょっと傷を見せて」

跳ね扉から下の階に移動した。

ライアンのいる部屋には下に続く階段と、大きなレバーがあった。

「もしかして、あの、レバーを動かせば門は閉まるの？」

「そうだ」とライアンが苦しげに口にした。

おっちゃんはライアンの傷口を観察した。

ライアンの脇腹《わきばら》に大きな傷があり、出血していた。

（これは、あかん、重傷や。すぐに手当てをしないと）

部屋に使えるものがないか見回すが、使えそうな道具はなかった。

おっちゃんに傷を治す魔法は使えない。

「今、楽にしてやるさかいに」

『深き眠り』の魔法を掛ける。ライアンはすぐに眠りに落ちた。

おっちゃんはライアンの傷を処置して、眠らせたまま冒険者ギルドに運ぶつもりだった。

おっちゃんはレバーを握《にぎ》った。

レバーは堅《かた》かった。全体重を掛けてレバーを引く。歯車が軋《きし》む音がした。

跳ね扉から外に出ると、門がゆっくり閉まっていく姿が見えた。

「ちょっと待って、てや」

おっちゃんは飛んで、冒険者ギルドに戻った。

冒険者ギルドでは防衛戦が続いていた。皆はよく戦っていた。

窓から戻ったおっちゃんは、大きな声を上げる。

「アリサはん、魔法の傷薬を持ってきて。傷に掛ける即効性《そっこうせい》のあるやつ。急いで」

「わかった、すぐに用意するわ」

命令を受けたアリサが傷薬を持ってきた。傷薬を持ってライアンの許に急いだ。

「ライアンはん、今すぐ治療してやるさかいに」

ライアンの許に着いたときには、ライアンは事切れていた。

（やりきれんな）

感傷に浸《ひた》っている暇《ひま》はない。まだ、冒険者ギルド内で防衛戦が続いている。

おっちゃんは塔の最上階の跳ね扉に『施錠《せじょう》』の魔法を掛けて、冒険者ギルドに戻った。

「第十八夜✦おっちゃんと笑えない冗談」

おっちゃんが南門を閉めたおかげで、新市街へのモンスター流入が止まった。モンスターの数が増えなくなると、モンスターは冒険者《ぼうけんしゃ》ギルドの前から徐々《じょじょ》に姿を消していった。

夜になった。モンスターの声がどこからかする。

新市街にモンスターはいるが、冒険者ギルドから見える範囲《はんい》に、モンスターはいなかった。

おっちゃんは二階の部屋の窓から通路を見下ろした。いつもなら賑《にぎ》わう冒険者向けの食堂、酒場から明かりは消え、屋台も姿を消していた。代わりに通路にはモンスターの屍骸《しがい》が山のように並んでいた。

「ほんまに静かな夜やな」

ドアをノックする音がした。

「どうぞ」と声を掛けると、アリサが部屋に入ってきた。

アリサが不安げな顔を向け、消え入りそうな声を出す。

「おっちゃん、今日は指揮を取ってくれてありがとう。助かったわ。これからどうしたら良いと思う？　ギルド・マスターがいれば指示を仰《あお》ぐんだけど。いつ戻って来るかわからないわ」

「ギルド・マスターの行き先の見当はつかんか？」

アリサは悲しげな顔で首を横に振った。

「いない人間の話をしてもしゃあない。これからを考えないと駄目やな。食料は何日分くらいある」

不安の消えない顔でアリサは静かに語った。

「冒険者ギルドの地下には災害時用の食料備蓄《びちく》庫があるの。酒場にも食料と保存食があったから、百人いても、六ヶ月分の食料はあるわ。酒場の中には井戸《いど》があるから、飲み水の心配もないわ」

水と食料の心配をしなくても良い状況は、非常に助かる。

「あとは武器の心配か。矢はどれくらい残っているん、百本？　二百本？」

「地下蔵《ちかぐら》に弓が百張。矢は三万本ほどあるわ」

食料の備蓄も驚《おどろ》きだったが、弓矢の備えはもっと驚きだった。

「なんで、そんなに冒険者ギルドに弓や矢が備蓄されているん。戦争でもする予定あったんか。普通《ふつう》の量やないで」

「食料の備蓄もそうだけど、冒険者ギルドはお城の倉庫も兼《か》ねていたんだと思う」

旧市街にある城は大きくはないので、倉庫に使える空間があまりない。戦争になれば大量に武器と食料が必要になる。

いざ敵が攻めてくるとなった時に、物資を集めていては間に合わない。戦争間近に城に物資を運び込むための倉庫が新市街にいくつかあっても、おかしい話ではなかった。

「なら、籠城《ろうじょう》やな。冒険者ギルドの壁は思ったより頑丈《がんじょう》や。今日を乗り切れたらな、明日《あした》も乗り切れる。慌《あわ》てて、非戦闘員を連れて外に出てモンスターの群れに襲《おそ》われたらアウトや。六ヶ月もあれば、外から助けも来るやろう」

アリサが心配した顔で、声のトーンを落として、心情を語った。

「助けは来ると思う。建物も持《も》ち堪《こた》えられると思う。でもね、不安なの。何か大きな災《わざわ》いが起きるような気がして。私の不安は外れていて欲しいけど、でも嫌な胸騒《むなさわ》ぎがする。こんなの初めて」

アリサの不安は当たっている。救援《きゅうえん》は半年以内に来る。だが、ダンジョンの暴走による魔力《まりょく》の枯渇は、もっと早くに訪《おとず》れる。いくら、冒険者ギルドが堅牢《けんろう》でも、地面が崩落すれば終わりだ。

「笑えない冗談みたいな話があるんよ。聞いてくれるか」

アリサが乾《かわ》いた笑みを浮かべ、力なく口を開く。

「なに、言ってみて。面白《おもしろ》かったらちゃんと笑うわ」

「おっちゃんな、魔法を使えるんよ」

「うん、モレーヌさんから聞いた。初歩的な魔法が使えるって。おっちゃんは魔法戦士なんだって。凄《すご》いよね、おっちゃん。今日も空を飛んで出て行ったからビックリした」

「実は初歩的は嘘《うそ》なんよ。もっと、高度な魔法が使えるんよ。『瞬間移動』も可能なんよ。おっちゃんとあと一人くらいなら、隣の街まで逃《に》げられる」

アリサが困った顔で静かに語る。

「本当に笑えない、冗談みたいな話よね。ごめんね、笑えなかった」

「どうする？」

アリサは笑った。強がりな笑いだ。

「嬉《うれ》しいけど、私はここに残る。まだ、他の冒険者さんも、帰ってくるかもしれないから。誰かが冒険者ギルドに辿《たど》り着《つ》いた時に、誰もお帰りなさいって、言ってくれなかったら寂《さび》しいでしょ。私なら泣きたくなるわ。私はそんな思い冒険者さんにさせたくない」

アリサは受付嬢《うけつけじょう》として、仕事に誇《ほこ》りを持っていた。

おっちゃんの問いはアリサの心意気に水を差すものだと、恥《は》ずかしく感じた。

「余計なことを言ったな」

「そんなことないよ。嬉しかったよ、ギルドの受付としてそこまで思ってくれて嬉しいよ」

アリサは寂しげに微笑《ほほえ》んだ。

「おやすみなさい、おっちゃん」

アリサが出て行くと、おっちゃんは黙《だま》って机に向かった。

羊皮紙とペンを出して、簡単な履歴書《りれきしょ》を書いた。

翌朝、朝食の後に、おっちゃんは皆を前にして宣言した。

「おっちゃん、ダンジョンに行って、魔物《まもの》が溢れた原因を調べてこようと思うとんねん。元から魔物を止められれば、戦況《せんきょう》は逆転するやろう」

甲冑《かっちゅう》に身を包んだ金髪《きんぱつ》の男性がすぐに立ち上がった。

「ハンスだ。俺《おれ》も行こう」

「おっちゃん一人のほうが身軽で見つからなくていいねん。それに、ここからあまり人を割《さ》く作戦はよくない。弓を射る人間は一人でも多いほうがいいねん。おっちゃん一人だけで行ってくる。だから、ここのリーダーを決めてくれ」

「ハンスがいい」「ハンスさんかな」「ハンスだな」。ハンスの人気が高かった。

「じゃあ、決まりだ、ハンスはん、ここを頼《たの》む」

おっちゃんが仕度《したく》をしていると、部屋にアリサが来た。

アリサが丈夫《じょうぶ》な紙を差し出して、優しい声をおっちゃんに掛《か》ける。

「本当は有料なんですが、持って行って。でも、無理はしないで。私はおっちゃんにも、ちゃんとお帰りなさいを言いたい」

紙の中身を見ると、ダンジョンの地図だった。

おっちゃんは『記憶』の魔法を唱えて、地図を完全に覚えた。

「ありがとう、全部、覚えたわ。では、行ってくる」

おっちゃんは地図を返して部屋を出ようする。

アリサが冒険者を送るときに掛ける「いってらっしゃい」の大きな声を掛ける。

おっちゃんはアリサに微笑んだ。

おっちゃんは冒険者ギルドの二階から『飛行』の魔法を唱えて旅立った。

第十九夜　おっちゃんと履歴書

旧市街に入る前に『飛行』の魔法《まほう》が掛かった状態で『透明《とうめい》』の魔法を唱えた。

南門を越《こ》える。旧市街は新市街よりモンスターが多かった。

旧市街では新市街に多かった昆虫《こんちゆう》型モンスターが姿を消す。代わりに大型の獣型モンスターが通りを闊歩《かつぽ》していた。

多種多様な動物型のモンスターがいたが、亜人型モンスターの姿は見られなかった。

（妙《みよう》やな。亜人型や巨人《きよじん》型がいない。お城でも、攻めとるんかな。視界に知能が高いモンスターがいない状況はラッキーやけど、なんか気になる）

おっちゃんはモンスターの目に付かない場所に降り立った。裸《はだか》になると、装備品を隠《かく》して、トロルの姿になった。トロルの姿になったおっちゃんは、腰《こし》巻きを装備する。あとは、履歴書が入った鞄《かばん》を小脇《こわき》に抱えて街を歩いた。

動物型モンスターはおっちゃんに気付くと視線を向ける。だが、堂々と歩くおっちゃんには敵意を向けなかった。

（ちゃんと人間だけを襲うように訓練されている。訓練は亜人型モンスターの仕事のはずや。訓練を施《ほどこ》しているはずの亜人型モンスターがいない状況は妙やな。人食い鬼《おに》のオーガくらいは、

いてもよさそうなもんやけど)

ダンジョンの入口に到達《とうたつ》した。ダンジョンの入口には多数の熊《くま》型モンスターがいた。

やはり、おっちゃんを襲わなかった。ダンジョンの入口を潜った。

(ここからが本番や、気を引《ひ》き締《し》めて行くで)

おっちゃんは気負ってダンジョンに脚を踏《ふ》み入《い》れた。すぐに、地下十階まで到達した。

途中《とちゅう》にモンスターの姿はほとんど見なかった。ダンジョン・ウィスプも見なかった。

(なんや、これ、どういうことや。既に魔力の枯渇が始まったんか。でも、暴走から一日や二日で、魔力の枯渇はない。不思議や、このダンジョンで、いったい何が起きているんや)

アリサが見せてくれた地図は地下九階までは完成していた。地下十階はまだ半分しか完成していなかった。

地図の南側の中央にある大きな部屋に『ボス部屋注意』の印があった。

(ボス部屋に行ってみようか。上手《うま》く行けば、話が通じる奴《やつ》がおるかもしれん)

地下十階の通路は広く大きかった。天井《てんじょう》までが二十メートルあり、幅《はば》も二十メートルあった。トロルの巨体《きょたい》でも問題なく進めた。問題の部屋に到達した。部屋の扉を開けて中に入った。中は四百メートル四方の強大な空間だった。

部屋の中を進む。背後でドアに鍵《かぎ》が掛かる音がした。次いで、突風《とっぷう》が起こった。

風は部屋の中央に集まった。風は身長十二メートルの半透明《はんとうめい》な巨人になった。巨人の頭は辮《べん》髪《ぱつ》を後ろで縛《しば》って纏めていた。長い顎髭《あごひげ》もあった。上半身は筋骨逞《たくま》しい裸の男性だったが、下半身は逆巻く風だった。

（エア・ジャイアントか。かなり強い個体やけど、ダンジョン・マスターではない）

エア・ジャイアントはおっちゃんを見ると、首を傾《かし》げた。

「ウチの従業員ではないようだな。何しに、ここに来た？」

気をつけの姿勢で頭を下げる。

「わいはおっちゃん言いまして、流しでモンスターしている者です。今日は就職活動で来ました。ダンジョン・マスターはんは、おられますか」

ダンジョン側の情報を一番よく知っている存在はダンジョン・マスターだ。上手く会えれば、状況が掴《つか》める。

エア・ジャイアントの身長が縮んで、トロルのおっちゃんと、同じ身長になった。エア・ジャイアントがおっちゃんをじろじろと見ながら、砕《くだ》けた口調で訊《き》いてきた。

「私の名はザサン。この『サバルカンド迷宮《めいきゅう》』でダンジョン・マスター代行をやっている。就職活動に来たのなら、履歴書を持っているはず。ちょっと見せて」

おっちゃんは鞄から昨日さらっと書いた履歴書を取り出して、両手で差し出した。

ザサンは履歴書をチェックする。さりげなく、おっちゃんはザサンに質問する。

「ダンジョン・マスター代行って言われましたけど、ダンジョン・マスターさんは不在なんですか」

ザサンは履歴書を読みながら、気軽な口調で「今いないね」と答える。

（まじか。自分とこのダンジョンが暴走しているのに、ダンジョン・マスターが不在って無茶《むちゃ》苦茶《くちゃ》に危険やん。なんで、戻《もど》ってきいへんの）

ザサンが顎鬚《あごひげ》を撫《な》でながら、砕けた調子で訊いてきた。

「前職は『タタラ洞窟《どうくつ》』でトロル・メイジね。結構よいところに勤めていたようだけど、離職《りしょく》した理由は何？」

嘘の離職理由を伝える。

「仕事の量がおかしかったんですわ。最初はよかったんですけど、どんどん仕事が増えましてね。業務量に従《つ》いていけなくなりまして、それで辞《や》めました」

ザサンが浮《う》かない顔をして、独り言のように話す。

「ウチも暇なほうではないんだけどね。勤まるかな」

ザサンが難しい顔で黙ったので、おっちゃんから話題を振った。

「ここに来るまで亜人型のモンスターの姿を見なかったんですけど。亜人やトロルは採用していらっしゃらないんですか」

ザサンは、シレッとした態度で平然と口にした。

「種族による採用の差別はないよ。差別とハラスメントに対してウチのダンジョン・マスターが五月蝿《うるさ》い人だからね。だけど、今は問題を抱えていてね。儂を残して、巨人型は死亡。精霊型と悪魔《あくま》型も全滅。亜人型は九割死亡で、残りは逃亡《とうぼう》したね」

（この人、平気でとんでもない内容を話すの。むっちゃブラックな職場やん。搾取《さくしゅ》工場も真っ

青よ。情報を集めに来たから拒否せんけど、普通なら、こんな職場では働きたくないよ)

ザサンがおっちゃんの履歴書の一箇所《かしょ》に目を留める。

「『瞬間移動』を使えるのか。良い特技を持っているね」

「以前、出張が多い職場にいた過去があるんですわ。そん時に、交通費と宿泊費《しゅくはくひ》を削減《さくげん》するために『瞬間移動』を教え込まれました」

ザサンはサバサバした態度で気軽に口にした。

「昨日、儂を除く全ての管理職が殉職《じゅんしょく》か逃亡してね。管理職が欲しかったところだ。今なら役付きで採用するよ。肩書《かたが》きはダンジョン・マスター補佐《ほさ》で、どう。実質ウチのナンバー3」

(今日、履歴書を持ってやって来た人物を即時《そくじ》採用でナンバー3って、とんでもない職場やね)

本来なら理屈《りくつ》を付けて帰りたいところだった。だが、お城や冒険者ギルドに解決するだけの力はない。ダンジョン・マスター側に入らないとサバルカンドを救えない。

「偉《えら》くなれる状況《じょうきょう》は嬉しいですけど、実際の仕事はどんなんです?」

ザサンは平然とした顔で、気軽な調子で語った。

「目下のところ、暴走したダンジョンを元に戻す仕事だね。給与《きゅうよ》は年俸制《ねんぽうせい》で、百二十万ダンジョン・コインを保証。ダンジョンの暴走の問題を解決できたら、ボーナスは望みのまま。ただし、失敗したら職場ごと心中になるから」

(ダンジョンの崩壊《ほうかい》を止めると腹を括《くく》って来ているから就職する。けど、ほんまに飛び込みで来たんなら、逃げ出すところやね)

おっちゃんは笑みを浮かべて、頭を下げる。

「わかりました。今日から、お願いします」

ザサンは指をパチンと鳴らし、空中から一枚の紙を出現させた。紙は地図だった。

「ダンジョン・マスターが行きそうな場所の地図。まず、ダンジョン・マスター捜してきて」

ザサンの言葉に、驚きを隠せなかった。

「ダンジョンが暴走中なのに、ダンジョン・マスターがどこに行ったかわからないんですか」

ザサンはあっけらかんとした口調で口にする。

「だから、困っているんだよ。捜索《そうさく》の期限は定めないけど、ダンジョンが崩落《ほうらく》するまでに、連れて帰ってきて」

（まじかー、冒険者ギルドのギルド・マスターも不在なら、ダンジョン・マスターも不在って。危機管理はお偉いさんの仕事やろうー、仕事せいやー）

ザサンがもう一度、指を鳴らす。トロルのサイズに合った大きなベルト・ポーチを出現させた。ザサンがおっちゃんにベルト・ポーチを渡《わた》した。

ベルト・ポーチの中を確認すると、包装紙に包まれた青い飴玉《あめだま》のような物体が入っていた。

「それ、魔力回復用の飴《あめ》。『瞬間移動』で魔力が少なくなったら、使って」

「ありがとうございます」と笑みを浮かべて、ベルト・ポーチを受け取る。内心は違《ちが》った。

（これ、めっちゃ、体に悪い薬や。一気に飲み過ぎると、トロルの体でも死ぬで。そんな、薬を渡すところをみると、ザサンも結構、追い込まれているね）

第二十夜 おっちゃんとダンジョン防衛策

「あかん、ここにもおらへん」

ダンジョン・マスターを捜して五日が経過していた。おっちゃんは地面にへたり込んだ。

腰《こし》に下げたベルト・ポーチから、魔力回復用の飴を取り出した。

体に悪い飴なのであまり、使いたくはなかった。だが、使わないと魔力が回復しない。

おっちゃんは『瞬間移動』を使えるが、一日二回が限度だった。それ以上は、魔力が保《も》たない。

飴を舐《な》めると『瞬間移動』が一回使える分だけ魔力が回復した。魔力回復の飴は一日に三個までと決めて使っていた。おっちゃんは本日で三個目の飴を舐める。

「全部、空振《からぶ》りや。人捜しに無駄足《むだあし》は付き物。でも、今回は応《こた》えるな。サバルカンドに戻ろうか」

回復した魔力で『瞬間移動』を唱える。

地下十階のボス部屋に、おっちゃんは戻ってきた。

「ザサンはん、おられますか。おっちゃんです、ただいま戻りました」

部屋に突風が吹《ふ》き込み、ザサンが姿を現した。

「戻ったか、おっちゃん。それで、ダンジョン・マスターには会えたか？」

おっちゃんは力なく首を振《ふ》った。

「行く先々で聞きましたが、全員、そこには来ていないと」

ザサンが表情を曇《くも》らせて、顎髭を触《さわ》る。

「そうか、心当たりは全て行ったが、駄目か」

「ダンジョンの暴走のほうは、どうなっていますか」

ザサンから緊迫した態度は感じない。だが、ザサンは呑気《のんき》な一面がある。

「モンスターの異常生成は止まった。だが、二日前からモンスターが全く生成されない状態になった」

人間側にとっては良い内容だが、ダンジョン側にとっては大きな危機だった。

おっちゃんは思わず、早口になった。

「それ、まずいですやん。冒険者がダンジョンにやって来たとしますよ。モンスターがいなければ、すぐにダンジョン・コアまで来ますやろう。冒険者は勝手がわからない素人《しろうと》です。ダンジョン・コアを弄《いじ》って、壊《こわ》しでもしたら、ダンジョン崩壊するんと違いますか」

ザサンはおっちゃんの指摘《してき》に平然とした顔で応じる。

「可能性は大いにあるね」

おっちゃんは心の中で怒《おこ》った。

（なんで、この人は他人事のように言うん？　あんたが、現在の最高責任者やろう。もっと責

任を感じてなあかんて。ダンジョンも街も終わってしまうやろう）

怒《いか》りと態度は分ける。おっちゃんは怒りを抑《おさ》えつつザサンに意見した。

「そんな悠長《ゆうちょう》な態度で、いいんですか」

ザサンがおっちゃんの言葉を半ば無視するように、簡単に頼《たの》んだ。

「良くはない。我々には時間が必要だ。そこで、おっちゃんは隣《となり》のダンジョンから強い悪魔型、精霊型、巨人型、ドラゴン型のモンスターを借りに行ってくれ」

ダンジョン間での取引は存在する。魔力の融通《ゆうずう》や、魔道具の貸借《たいしゃく》がそうだ。「モンスターを貸してくれ」と頼んだりもする。

だが、モンスターの貸し借りを嫌がるダンジョン・マスターは多い。特に強いモンスターほど貸したがらない。数が多くても断られる。今回のように、質も数も、となると確実に拒否される。

おっちゃんは成功しない仕事には後ろ向きだった。

「頼みに行くのはいいですよ。でも、普通なら難しい頼み事ですやん。なんぞ、隣のダンジョンに大きな貸しとか、あるんですか」

ザサンは真顔できっぱりと断言した。

「ない。頼《たよ》りはおっちゃんの交渉力《こうしょうりょく》だけだ」

頼られる態度は嫌《きら》いではないが、物には限度がある。

（難しい仕事は丸投げする態度は止めて欲しいわ。これ、おっちゃんがもっと実効性のある絵

を描《えが》かんと駄目やな）

　強い口調で進言する。

「そんな、行き当たりばったりな策には賛成しかねます」

　ザサンの眉《まゆ》がピクリと上がったので、言葉を続ける。

「実はおっちゃんに冒険者の動きを封《ふう》じる腹案がありますねん」

　ザサンが興味のありそうな顔をした。

「なんだ、聞かせてもらおうか」

「街に潜入《せんにゅう》して、冒険者に街の復旧作業をするように仕向けます」

「なるほど。だが、それだけでは不安だな」

「さらに、街で不安を煽《あお》る情報を流します」

　ザサンは懐疑《かいぎ》的《てき》な顔で、疑問を口にした。

「不安を拡《ひろ》げただけで、冒険者はダンジョンに入らなくなるか？」

　ザサンの疑問はもっともだった。おっちゃんとて、何も考えていない訳ではない。

「不安を煽る対象は、冒険者じゃありません。お城の人間です。偉い人間は不安になれば、身を守ろうとするはずです。でも、お城の衛兵の数に限りがあります。そこで、冒険者を配備するように促《うなが》し、冒険者の動きを封じます」

　ザサンが難しい顔で否定的な言い方をする。

「モンスターは街に出ないのだぞ。すぐに、配備を解かれて冒険者がダンジョンにやって来るだろう」

「そこで、作戦その二です。街にはグールを呼び出す首飾《くびかざ》りがあります。この首飾りをお城に隠します。お城にグールが湧くとわかれば、不安はすぐには収まりません。これで時間を稼《かせ》げます」

ザサンが顎《あご》に手をやり笑う。

「なるほどな。モンスターを借りずとも、時間を稼げるかもしれん。よし、おっちゃんは人間側の街に間者として潜伏《せんぷく》して、不安を拡めるのだ。その間にダンジョンを正常化させられるように努力しよう」

（なんや、立場がごちゃごちゃになってきたな。まあ、ダンジョンの崩壊を止めれば、人間にもモンスターにも利益になるんやけど）

「ほな、行ってきます。それと、なんでもいいんで、金の首飾りとか余っていませんか？　呪《のろ》われた首飾りを盗《ぬす》む時に、ダミーとして現場に残しておきたいんですけど」

ザサンが指を鳴らす。空中からそれらしい、ただの金の首飾りを取り出した。

「そら、持っていけ」

「ありがとうございます」

ただの金の首飾りを受け取って、トロルの姿で外に出た。五日前と比べると、モンスターの数は減ったが、まだ、モンスターが街中を徘徊《はいかい》していた。おっちゃんは服を回収して着替《きが》えて、冒険者ギルドに戻った。

「第二十一夜　おっちゃんとお城」

冒険者ギルドに飛んで帰った。帰る途中に南門を見る。まだ、門は閉まっていた。空から見ると、新市街にモンスターはいるが、数はかなり少なかった。

冒険者ギルドの周りにはモンスターの影《かげ》はなかった。冒険者ギルドも陥落した様子はなかった。

冒険者ギルドの二階の窓から中に戻った。

「ただいま、戻ったで。皆《みんな》、聞いてくれ、街へのモンスターの流入は止まった」

おっちゃんの声に冒険者ギルド内でどよめきが起こる。

アリサがすぐに、顔を綻《ほころ》ばせて寄ってきた。

「おっちゃん、無事だったんだね。よかったわ。ずっと心配していたのよ。でも信じていた。おっちゃんならやってくれるって」

「心配をかけたな。ぴんぴんしとるよ」

おっちゃんは二階から号令を掛ける。

「今度はこっちから討《う》って出る番や。街をモンスターから取《と》り戻す。街のモンスターを掃討《そうとう》するで。ハンスはん、おるか？」

「ここだ」とハンスが一階で声を上げた。

「ギルドの建物を防衛する部隊と掃討する部隊の編成を頼む。おっちゃんはお城に行って話を詰《つ》めてくる」

ハンスが自信もたっぷりに、胸を叩《たた》いて発言した。

「わかった。街を取り戻す準備は任せておけ。ここは俺たちの街だ」

「ほな、ちょっとお城の人間と話してくるわ」

おっちゃんは空を飛んで、旧市街にあるお城に向かった。

城壁《じょうへき》に囲まれた旧市街の中心に、お城はあった。お城の広さは直径二キロメートル、周囲を幅二十メートルの空堀《からぼり》と高さ十メートルの壁が囲んでいる。正門の左右に一つずつと、四方に高さ十四メートルの見張り塔があった。

旧市街を囲む城壁は人がすれ違えるほどの幅がある。お城の城壁は人が乗れないほど薄《うす》い。それでも、大型の獣の侵入《しんにゅう》を阻《はば》むくらいの効果はあったのか、城は落ちてはいなかった。

(これ、巨人とか出てきていたらアウトやったな)

おっちゃんは弓矢の届かない位置から、『拡声』の魔法を唱えてから叫《さけ》んだ。

「冒険者ギルドの使いで来ました。ダンジョンの情報を持っています。攻撃《こうげき》しないでください」

同じメッセージを三度、叫んで、『拡声』の魔法を切った。ゆっくり攻撃をされない状況を確かめながら進む。

矢は飛んでこなかった。お城に近づきながら下を窺《うかが》う。モンスターの屍骸が空堀を埋《う》めていた。

正門の向こう側に下りた。門の向こう側には兵士が大勢いて槍《やり》を向けてきた。攻撃はしてこない。警戒《けいかい》はされていた。

警戒される状況はわかっていたので、驚きはしなかった。

「話のわかる方おられませんか。ちょっと、明るい将来について話をしませんか」

兵士たちが道を空けた。高そうな銀色の甲冑を着て、マントを羽織った、壮年《そうねん》の男性が現れた。

男性の身長は約百八十センチメートル。太ってはおらず、痩《や》せてもおらず、適度に筋肉が付いていた。年齢《ねんれい》は四十代くらい、赤みがかった髪《かみ》をして、口髭《くちひげ》を生やしていた。

壮年の男性に挨拶《あいさつ》をする。

「わいはオウルと言います。冒険者の間では、おっちゃんの愛称《あいしょう》で呼ばれている冒険者です。冒険者ギルドを代表して来ました」

男性が険しい顔で「サバルカンドの領主のエドガーだ」と名乗った。

（お城はお偉いさんがおるんか。しかも陣頭《じんとう》で指揮を執《と》っていたようやね。好感が持てるわー）

「領主さんですか、実は冒険者ギルドでダンジョンから溢《あふ》れてくるモンスターを止めました」

兵士たちが顔を見合わせた。エドガーの眉が跳《は》ねた。

おっちゃんは言葉を続けた。

「冒険者ギルドでは新市街を奪還《だっかん》するために、これから掃討作戦を開始します。それで、お城の兵隊さんも、城を出て旧市街の奪還を始めてもらえませんでしょうか」

おっちゃんはエドガーが提案を受け入れるとは思っていなかった。だが、今後の話の持って行き方もあるので提案した。

エドガーは難しい顔をして、よく通る声で確認《かくにん》してきた。

「ダンジョンから溢れ出る魔物が止まった状況は本当か」

「しっかり、止めました。モンスターはこれ以上ダンジョンから出てこられません。それで、話を先に進めます。新市街を奪還する行為《こうい》はいいんですが、うちらは冒険者です。報酬《ほうしゅう》が欲《ほ》しいんですわ」

エドガーの顔が曇り、唸《うな》るような声で訊いてきた。

「この、非常時にか。いくらだ」

「そんな構えんでもよろしいがな。大してお城の懐《ふところ》は痛みません」

おっちゃんは指を一本すっと立てる。

「報酬その一、モンスター素材の所有権です。街に溢れるモンスターの屍骸から剥《は》ぎ取った素材は、剥ぎ取った者の物と認めてください。税金はもちろんなし。そのほうが、討伐《とうばつ》も屍骸の処理も進みます」

おっちゃんは二本目の指を立てる。

「報酬その二、冒険者ギルドに備蓄してある食料と武器をください。食料があれば新市街で困っている人間の救済に使えます。武器は掃討に必要なので使用を認めてください」

おっちゃんは笑顔《えがお》を作って畳《たた》み掛けた。

「どうでっしゃろ、たったこれだけで、新市街が戻ってきます。安い買い物だと思いませんか」

エドガーは難しい顔をしていたが、凛《りん》とした声で決断した。

「あい、わかった。その報酬で新市街奪還の依頼《いらい》を出そう」

おっちゃんは少々意外だった。

（なんや、もっと迷うとか、値切るとかすると思うとったけど、決断は早いな）

おっちゃんは冒険者ギルドに戻った。一階に冒険者を集める。酒場で座《すわ》っての説明会を開いた。

「お城から新市街復興の仕事を取ってきたでー。報酬はモンスター素材の所有権。素材は剥ぎ取った者のもんや」

誰《だれ》かが愚痴《ぐち》った。

「それだけ」

「アホ。街が危ない時に欲を掻《か》いたらあかん。それに、ダンジョンに入っても金は貰《もら》えんやろう。モンスターを倒《たお》して、素材を売って稼ぐ。それが冒険者や。ただ、今回はモンスターがいるのが、ダンジョンじゃなくて、街なだけ。稼ぎたければガンガン倒して、じゃんじゃん剥ぎ取ったらええ」

他の誰かが疑問を投《な》げ掛ける。

「でも、買い取りはどうする？　店が閉まっている状況じゃ、素材が売れないぞ」

「冒険者ギルドで買い取る」

アリサが表情を曇らせて、声を上げた。

「おっちゃん。そんなに大量の素材を買い取る資金は冒険者ギルドにはないわ」

「そこでや、モンスター素材の買い取りは食料や武器との現物交換《こうかん》や。冒険者ギルドに備蓄されている食料と武器は冒険者ギルドで使っていいと許可を貰った」

周囲の顔を見渡《みわた》して、不満がない状況を確認してから話を続ける。

「次に、ギルドに素材が溜《た》まったら隣の街まで売りに行く。品物を仰山《ぎょうさん》持って行って安く売る。安く買えるとわかれば、商機を見た商人のほうからサバルカンドにやって来る」

冒険者を見回すと全員が頷《うなず》いた。

「商人が金を持ってサバルカンドにやって来れば、冒険者ギルドに資金も溜まる。サバルカンドに金があるとわかれば、生活必需品《ひつじゆひん》を売りに他の商人も来るやろう。そうなれば、街の復興は早くなる」

冒険者の一人が威勢《いせい》よく発言する。

「そうとわかれば、さっそくモンスターを狩《か》りに行こうぜ」

「掃討は素材の加工場がある地域からにしてや。加工場が早く使えるようになれば、モンスター素材の付加価値も上がる。職人も仕事ができる。さあ、復興の始まりや」

おっちゃんが立ち上がった。急に立《た》ち眩《くら》みがした。そのまま、視界がブラックアウトして気を失った。

「第二十二夜 おっちゃんと善意の裏側（前編）」

目が覚めた。おっちゃんが借りている部屋のベッドの上だった。

「やっぱり、あの魔力回復薬は体に良くないな」

水を飲むために下の階に下りた。アリサが心配そうな顔をして駆《か》け寄《よ》ってきた。

「大丈夫《だいじょうぶ》なの、おっちゃん。急に倒れたりして」

「心配ない。年も考えずに無理したせいや。もう、大丈夫や。それより水を一杯《いっぱい》、貰えるか」

アリサがすぐに水を持ってきた。

「すまんな。おっちゃんはどれくらい寝《ね》ていた？」

「丸三日よ。もう眼《め》を覚まさないかもと考えると、こっちは眠《ねむ》れなくなったわ。おっちゃんに何かあったらどうしようって」

思いの外、魔力回復の薬は体に負担になっていた。

「それは、悪かったの。ちと寝すぎやな。街のほうはどうなっている？」

「加工場のある地区はモンスターの掃討が終わったわ。加工場も稼動《かどう》し始めている。モンスター素材の買い取りと日用品の販売《はんばい》をする商隊の第一陣《じん》も、こっちに向かっていると報告を受けているわ」

復興が早すぎる。街の人間からすれば良い話だが、ダンジョン側が困る。

「復興のスピードが速くないか」

街が元通りになれば、冒険者《ぼうけんしゃ》は金を稼ぐためにダンジョンに潜《もぐ》り始める。

「『黄金の牙《きば》』が帰って来たわ。さすがは『黄金の牙』よ。半日と掛からずに、加工場のある地区からモンスターを一匹《ぴき》残らず駆逐《くちく》したわ」

（まずい時に、厄介《やっかい》な奴らが戻ってきよった。『黄金の牙』は要注意やで。『黄金の牙』がダンジョンに入ったら、ザサンでは止められん。おっちゃんの仕事は『黄金の牙』をできるだけ、引き留めることや）

「『黄金の牙』に会ったら、頼みたい仕事があると伝えてくれ」

おっちゃんは水を飲むとすぐに、二階の部屋に戻ろうとした。

アリサが心配そうな顔をして、おっちゃんを引き止めた。

「おっちゃん無理しないで。おっちゃんはダンジョンのモンスターを止めたんだもの、休んでいていいのよ。おっちゃんの他にも冒険者はいるわ。おっちゃんだけが頑張《がんば》らなくてもいいのよ」

休んではいられない。このままではダンジョン側の態勢が整う前に冒険者が来る。すぐに、次の手を打たなければ。

「皆が働いておるのに、休んではおられん。モレーヌの安否がちと気に懸《か》かるから見てくる」

「わかったわ。でも、疲《つか》れたら戻ってきて休んでね」

おっちゃんは三十食分の食料を銀貨で買って袋《ふくろ》に入れる。食料の入った袋とダミーの金の首飾りをバックパックに詰めて冒険者ギルドを出た。

足早にモレーヌが所属する大地の神を祭る教会に急いだ。

商売の神と法の神の教会は旧市街にある。大地の神を祭る教会は新市街にあった。大地の神の教会がある地区では、モンスターの危険性がなくなったせいか通りに人が出ていた。

街の人は協力して荷車にモンスターの屍骸《しがい》を乗せて運んでいく。本来なら、モンスターの屍骸なんて触りたくないだろう。だが、モンスターの屍骸を冒険者ギルドに運んでいけば食料と交換してくれる。加工場に持っていけばお金になる。利益は人を動かす。

教会の前にはモンスターの屍骸はなかった。教会は頑丈《がんじょう》な石造りだった。多少は壊れているが、建物は無事だった。

「御免《ごめん》ください」と声を掛《か》けて、教会の玄関《げんかん》の扉《とびら》をそっと開ける。

昼前だが中には誰もいなかった。

「誰かいませんか」と声を掛けて、不在を確認する。教会の中に入った。

さて、侵入しようとしたところ。背後で扉が開く音がした。

ビクッとして振り返《かえ》ると、モレーヌがいた。

「なんや、モレーヌはん、おったんか」

モレーヌがほっとした声を出す。

「おっちゃん、無事だったんですね」

「おお、無事よ。声を掛けても、誰も出てこんかったけど、どこか行ってたん？」

モレーヌの顔が悲しみに曇った。憂《うれ》いを帯びた声で、モレーヌは言葉を発した。

「モンスターに襲《おそ》われた人を埋葬《まいそう》していました。大勢の人が亡《な》くなりました。今、信者の方と一緒《いっしょ》に亡くなられた方の埋葬をしています。ですが、まだ埋葬が追い付かない状況です」

おっちゃんはバックパックから食料が入った袋を取り出した。

「そうか、大変やな。これ、おっちゃんから、少ないけど差し入れ。信者の方と一緒に食べて」

モレーヌが心底、安堵《あんど》した表情をした。

「食料の喜捨は何よりも助かります」

「どうした、モレーヌ、何か困った問題があるのか」

モレーヌが泣きそうな顔で、苦しそうに語った。

「今回の件で、大勢の人が教会に救いを求めてやってきました。ですが、救わなければいけない人は多い。でも、教会には蓄《たくわ》えがないんです。生き延びた信者の方も、他人に手を差《さ》し伸《の》べる余力はありません。私に、もっと力があれば」

「おっちゃんが一肌脱《ひとはだぬ》ごう。前に手に入れた金の首飾りがどこにあるか、わかる？」

モレーヌが怪訝《けげん》そうな顔で確認する。

「でも、あれは呪われている品ですよ」

「おっちゃんが呪いを解こう。今なら、できる気がするんよ。きっと神様も力を貸してくれる」

モレーヌが鍵を持ってきた。モレーヌに教会内を案内してもらう。半地下へと続く階段を下りた。

階段の先にあった扉をモレーヌが鍵で開けた。おっちゃんは『光』の魔法で空間を照らした。三畳《じょう》ほどの空間に、大きく頑丈そうな箱があった。箱を開けると、鈍《にぶ》く光る金の首飾りがあった。

おっちゃんはバックパックを背中から下ろす。金の首飾りを前にして、モレーヌに指示を出す。

「さあ、目を閉じて、強く神様に祈《いの》って。祈りが届けば呪いは解ける」

モレーヌが目を閉じて祈り出した。

おっちゃんは『解呪』の魔法を掛ける。金の首飾りに掛かっていた呪いが、一時的に姿を消す。

「あかん、駄目《だめ》や。モレーヌはん、もっと強く祈って。恥《はじ》も外聞もない。助けてくださいって、神様に救いを求めるんや。真摯《しんし》な祈りはきっと伝わる」

モレーヌが身をぎゅっと縮めて、祈りの言葉を呟《つぶや》く。おっちゃんはそーっと、バックパックから、ザサンが作った、ただの金の首飾りを取り出した。箱の中の呪われた金の首飾りとザサンが作ったただの金の首飾りを交換した。

おっちゃんはもう一度、『解呪』を仰々《ぎょうぎょう》しくかつ大声で唱える。魔法を唱える時に、おっちゃんは、さも苦しく、辛《つら》そうな演技をした。最後に「ハアハア」と息をする。

「できたで。モレーヌはん。これで、こいつはただの金の首飾りや。もうすぐ、街に商人が来るから、お金に換《か》えたら、ええ」

　おっちゃんの声を聞いて、モレーヌが目を開けた。モレーヌは信じられないといった顔で確認する。

「本当ですか？」

「司祭様に確認したらいいよ。呪いはない、と仰《おつしや》るはずよ。あと、今日はたまたま上手く行ったけど、奇《き》跡《せき》が簡単に起こると思うたら、あかんよ。今回は神様が特別に助けてくれたと思わんと駄目よ。ほな、わいはまだ行くところがあるから」

　さっさと立ち去ろうとモレーヌに背を向ける。モレーヌが真摯な声で確認する。

「おっちゃん、本当に、これ、貰っていいんですか」

（貰う？　やと。ああ、こればれたな。こっそり侵入して交換すればよかったかな）

　だが、今さら、交換した品を返そうと思わなかった。

（ここまで来たら、しらを切り通すまでや。なるようになれ）

　おっちゃんは首だけ軽く振り返ると、とびっきりの笑顔を繕《つくろ》う努力をした。

「貰う、なんのことや？　首飾りは前からあった。今、呪いが解けて、ただの金の首飾りになった。それだけやで。感謝するなら、神様に感謝しいや」

　モレーヌの頰《ほお》を涙《なみだ》が伝わる。

「ありがとう、おっちゃん」

（あ、この子なんか誤解している。せやけど、チャンスやわ。さっさとと立ち去ろう）

「ほな、おっちゃん、行くからな」

第二十三夜　おっちゃんと善意の裏側（後編）

呪われた金の首飾りは手に入れた。呪いはおっちゃんの『解呪』の魔法《まほう》で一時的に消えている。だが、いつまで『解呪』の効果が保《も》つか、わからない。

（こんなもの、いつまでも持っていたら、あかん。さっさとお城に隠《かく》さな）

お城がある旧市街と新市街を結ぶ南門が開いていた。門の付近にモンスターの姿は見当たらなかった。

旧市街にモンスターの屍骸はあれど、生きたモンスターの姿はなかった。代わりに、門からお城まで続く城門通りには、衛兵の姿が見えた。

（なんや、エドガーのやつ、旧市街の奪還に乗り出したんか。これは街のモンスターが片付くのも時間の問題やぞ）

お城の空掘《からぼり》に架《か》かる橋は下りていた。入口に立つ衛兵に声を掛ける。

「冒険者ギルドを代表してきました。おっちゃんと言います。領主さんはおいでですか」

衛兵が丁寧《ていねい》な口調で応じる。

「ダンジョンのモンスターを止めた冒険者の方ですね。少々お待ちください」

衛兵はすぐに戻ってきた。歩いて行くと、中庭に甲冑《かっちゅう》姿のエドガーがいた。

エドガーが笑みを浮《う》かべ、気さくな態度で話しかけてくる。

「おっちゃんか。冒険者ギルドの活躍《かつやく》は聞いているぞ。新市街の半分を奪還したそうだな。生活必需品を積んだ商隊もサバルカンドに向かっていると聞いた。うまく、モンスター素材を取引できれば、他の都市の援助《えんじょ》がなしでも、サバルカンドは立ち直れそうだ」

「それは僥倖《ぎょうこう》です。今日はお願いが三つあって、お伺《うかが》いしました。一つは、ダンジョン前にあった衛兵の詰め所を復帰させてください。ダンジョンへの出入りを、禁止してもらえないでしょうか」

エドガーが腕組《うでぐ》みして不思議がった。

「ダンジョンへの出入り禁止を冒険者ギルドから求めてくるとは、珍《めずら》しいな」

「はい、復興を第一にしたいんです。それに、せっかくモンスターが出ないようになった処置を破らせないためでもあります」

嘘《うそ》だった。ダンジョンから人を遠ざけたいのなら、公権力に頼るに限る。今は復興の目的と仕事があるから、いい。だが、その内に復興の仕事はなくなる。

おっちゃんが「ダンジョンに入ったらあかん」と命令しても、言うことを聞かん奴《やつ》は聞かない。冒険者ギルドの代表といっても、有事の際の暫定的《ざんていてき》なものだ。なので、領主命令にしておいたほうが、ダンジョンに人を入れさせないためには良い。

「わかった、さっそく触れを出す。それで、二つ目はなんだ」

「冒険者ギルドに『黄金の牙』が帰ってきています。『黄金の牙』は優秀《ゆうしゅう》です。なんぞ、お城でお困りの仕事はないでっしゃろか」

『黄金の牙』の動きを封じるには仕事が必要だった。冒険者のギルド・マスターがいない現状では、縛《しば》っておける口実はお城からの依頼だ。

『黄金の牙』が渋《しぶ》っても、今後も冒険者ギルドとお城が上手《うま》くやるためと頼《たの》めば、嫌《いや》とは言い辛《づら》い。人間、いくら強くなっても、柵《しがらみ》からは逃《のが》れられない。

エドガーがこれ幸いにと口を開いた。

「実は旧市街の一角でモンスターの掃討に梃子摺《てこず》っている。衛兵だけでは荷が重いようだ。『黄金の牙』が協力してくれると嬉《うれ》しい。それで、最後の頼みはなんだ」

「ちょっと、調べたい知識がありまして、お城の資料を見せてもらえないでしょうか。調べたい内容があるんですわ」

金の首飾りを隠すに際して見つからない場所を知りたい。行き当たりばったりで隠してもすぐに見つかる。わかり辛い場所を知りたいが、おっちゃんにはお城について知識がない。

受け入れればエドガーを苦しめる話だが、エドガーは全くおっちゃんを疑わなかった。

「なんだ、そんな些事《さじ》か。おい、ヨハン、おっちゃんをお城の資料室に案内せよ」

ヨハンと呼ばれた若い衛兵に連れられて、お城の資料室に移動する。

資料室に到着《とうちゃく》すると、ヨハンは仕事があるためか席を外した。

おっちゃんは独り資料室で、お城の見取り図を探した。二時間も探して、それらしい資料を見つけた。

（あったで。お城の図面や。さて、隠し部屋はどこかの）

早速《さっそく》『記憶《きおく》』の魔法でお城の図面を記憶する。

お城には、たいてい、隠し部屋や隠し通路がある。財宝を隠す。落城の時に城主が隠れる。逃走用《とうそう》。用途《ようと》は様々だ。図面になくても構造を見ればそれらしい場所は勘《かん》でわかる。

（ここ、怪《あや》しいな）

地下牢《ちかろう》の一角に怪しいものを感じた。記憶しているダンジョンの地下一階の地図を思い出す。

（なるほど、地下牢の壁に秘密の扉があれば、ダンジョンの地下一階に抜《ぬ》けられるね。そこから、旧市街にあるダンジョンの入口に出て、外に逃《に》げる経路が存在するな）

おっちゃんはお城を出て、ダンジョンの入口に移動した。まだ衛兵が立っていなかったので、ダンジョン内に侵入した。

ダンジョンの地下一階から、地下牢に入れる場所まで来た。

壁を調べると、壁は動いた。壁をそっと移動させた。向こう側に人気《ひとけ》のいない状況《じょうきょう》を確認する。お城の地下牢に呪われた金の首飾りを隠した。

「ふう、これで一安心や」

ダンジョンから出て、冒険者ギルドに移動した。

冒険者ギルドで食事をしていると、一人の男が寄ってきた。短い金髪《きんぱつ》。意志の強そうな瞳《ひとみ》と眉。背が高く、引《ひ》き締《し》まった体。芯《しん》の一本入った立ち姿は一流の剣士《けんし》を思わせた。最初、おっちゃんは誰かわからなかった。

「おっちゃんだろう。俺《おれ》たちに頼みごとがあるんだって」

声を聞いて思い出した。相手は『黄金の牙』のリーダーのコンラッドだ。前に会った時は光でよく顔を見られなかったので、気づくのが遅《おく》れた。

食べている飯を横によけて、挨拶する。

「コンラッドさんか、すいませんね。ちょっとお願いがあるんよ。旧市街で掃討作戦をしているお城の衛兵さんが、困っているんよ。衛兵は人と戦う仕事は慣れていても、獣《けもの》相手だと勝手が違《ちが》って苦労しているらしい。すぐに助《すけ》っ人《と》に行ってもらえんかな」

コンラッドはお安い御用《ごよう》だといった調子で引き受けた。

「別に構わない。それだけか」

「心苦しいけど、あと一つ、いいかな。こっちも急ぐんやけど。生活必需品を積んだ商隊がサバルカンドに向かっているんよ。こっちも迎《むか》えに行ってもらえんかな。商隊の護衛はお城の仕事と違って、現物支給になるかもしれんけど、お願いしたいんよ」

コンラッドが気楽な口調で訊《き》いてくる。

「俺たちが迎えに行く必要があるか？　隊商だって護衛は付けているぞ」

「失敗できないからと、こっちも急ぐからよ」

言葉を切って、コンラッドを見据《みす》えてお願いする。

「モンスターが街に溢れたとき、おらんかったから知らないと思う。モンスターがけっこう、街の外に出て行ったんよ。だから、道中はいつも以上に危険なん。もし、生活必需品物資を積んだ商隊が全滅《ぜんめつ》になれば、すぐに次の商隊は来ん。そうなったら、街の人の生活に影響《えいきょう》が出る。それを避《さ》けたいんよ」

おっちゃんの狙《ねら》いは別にあった。同時に二つの依頼を出した狙いはパーティの分断だった。パーティを分断したところで、『黄金の牙』が仕事を失敗するとは思えない。だが、戦力が分散すれば、それだけ仕事が遅《おそ》くなる。

衛兵の助っ人に行ったメンバーには追加でグールの駆除《くじょ》の依頼が来る。もし、グールを駆除しようとするときに魔法使《まほうつか》いや僧侶《そうりょ》がいなければ、『黄金の牙』とて、仕事はもたつくだろう。

コンラッドは気前よく了承《りょうしょう》した。

「街の人には世話になっているからな。こんな時くらいは協力しよう」

「おおきに、コンラッドさん、ほんま、恩に着るわ」

「第二十四夜　おっちゃんと祖龍」

おっちゃんは街の復興に誰より張り切って冒険者を派遣《はけん》した。冒険者に頭を下げ、宥《なだ》め、取引して、とにかく街のためになる仕事以外は冒険者にさせなかった。

だが、そうはいっても、復興が進めば、仕事はなくなる。コンラッドに依頼を出してから十二日目。街の通路からはモンスターの屍骸が消えた。

冒険者ギルドには『雷鳴《らいめい》の剣《けん》』も戻《もど》ってきた。冒険者の力を借りなくても自力再生が可能な段階に達した。当然、ダンジョンへの出入りが禁止されている現状に不満も出てくる。

（やばいな。これは、もう、おっちゃんでは抑え切れん）

おっちゃんはトロルの姿で『瞬間移動《しゅんかん》』を唱え、ボス部屋にいるザサンの許に急いだ。

「ザサンはん。あかん、もう冒険者を留《とど》めておけん。モンスターは、どれくらいできたん？」

ザサンが悪びれもなく「一体だ」と答えた。

「はあ？」。上司には悪いが思わず素で口にした。

散々たる状況に、思わず喰《く》ってかかった。

「ちょっと、待って。二週間以上も時間があって、一体しかできないって、どういう状況？」

ザサンがなんら悪びれた様子もなく口にする。

「ダンジョン・コアを復帰させようとして失敗した。結果、一体のモンスターが生成された」

（さらりと言ってくれる。なけなしの一体はモンスター生成事故でできたモンスターやん。これは、やってられんぞ）

モンスター生成事故。ダンジョンで魔物《まもの》を生み出す過程で起きる事故である。

時に、生み出そうとしたモンスターより強い個体や、全く予期しない個体が生成される。だが、そのほとんどが、制御《せいぎょ》できなかったり寿命《じゅみょう》が短かったりといった短所を持つ。

期待を持たずに質問する。

「それで、どんなモンスターが生まれたん？」

「祖龍だ」

ザサンの言葉に耳を疑った。祖龍は太古の昔に滅《ほろ》んだとされる伝説のモンスターだった。

現存する龍種で最強といわれる。ゴールド・ドラゴンにならおっちゃんも会った経験がある。だが、祖龍はゴールド・ドラゴンすら上回る能力がある。伝説では神話に出てくるような英雄《えいゆう》が神様の協力を得て初めて倒せる存在だった。

「祖龍って、龍の祖先の、あの祖龍？　祖龍なんて生成できんの？」

ザサンは厳《いか》つい顔で、平然と発言した。

「普通《ふつう》はできん。だが、できた。それが全《すべ》てだ」

（現物を見ていないから疑わしい。もし、ザサンの言葉が本当ならダンジョン学会で報告して賞が取れるで）

希望が湧《わ》いた。伝説が本当なら、祖龍一頭は万の軍隊に勝《まさ》る。冒険者に負ける訳がない。

「ほんまに祖龍やったら、超強《ちょうつよ》いモンスターでっしゃろ。祖龍一頭でダンジョン・コアを防衛できるんと違いますか」

「防衛はできない。祖龍はこちらの命令を受けつけない。現にダンジョン・コアの守護を命じても、命令に従わず、外周をずっと歩き回るだけだ」

爆弾《ばくだん》発言だった。

「そんなん、どうするんですか？」

ザサンの態度に焦《あせ》りは見られなかった。ザサンは重大な内容をサラリと伝える。

「どうにもできない。さらに悪いことに、祖龍は体を維持《いじ》するのに膨大《ぼうだい》な魔力《まりょく》を使う、おそらく、あと三日以内に祖龍を討伐できないと、ダンジョンは限界を迎え崩落《ほうらく》する」

天国から一転して地獄《じごく》だった。祖龍を倒す行為は国家に戦争を売るに等しい。三日で倒せ、なんて無理だ。

「そんな、ダンジョンにモンスターがほとんどいない状況で、どうするんですか？」

ザサンが威厳《いげん》のある表情を向け、鷹揚《おうよう》な口調で命令した。

「冒険者に頼《たよ》るしかないな。というわけで、おっちゃん、冒険者を誘導《ゆうどう》して祖龍を討つのだ」

（もう、なんや、口だけ偉《えら》そうに。この人、まったく仕事できんやん。それに、祖龍を討たれたら、ダンジョン・コアを誰が守るん。祖龍に勝った冒険者にザサンはんが勝てると発言するなら、ザサンはんが祖龍を倒してくれや）

心の中でどう怒《おこ》ろうが問題は解決しない。問題解決能力が全然ない奴と仕事をしても無駄《むだ》だ。

冒険者ギルドに戻った。冒険者ギルドの部屋に戻り、人間の姿で寝転《ねころ》んで「どないしよう」と悩《なや》んだ。


部屋のドアをノックする音がする。返事をするとアリサが深刻な顔で入ってきた。

「あのね、ギルド・マスターを見た人がいるの。信憑性《しんぴょうせい》が高い情報よ」

少し良い話だった。冒険者ギルドにギルド・マスターが戻る。

ギルド・マスターなら、おっちゃんの相談に乗ってくれる気がする。もしかしたらだが、祖龍の封印《ふういん》方法を知っているかもしれない。事情を打ち明ければ、冒険者がダンジョン・コアに手を出《だ》さないように計らってくれるかもしれない。

(明るいニュースやな。暗い話ばかりでやってられんかったところや)

一人で重い荷物を持つより、二人で持ったほうが荷物は軽い。

「本当か、よし、わいが捜しに行ったるで。どこや」

「おっちゃんに、かつて調査を依頼した洋館のあった場所よ」

意外な場所だった。

「なんで、そんな場所にギルド・マスターがおるん?」

「さあ」とアリサが困った顔で首を傾《かし》げた。

「わかった。とりあえず、おっちゃんが行って見てくる」

「第二十五夜　おっちゃんとマスター権限」

冒険者ギルドから一時間を掛けて、アルベルトが住んでいた館の跡地《あとち》に移動する。

館の跡地や畑は長期間に亘《わた》って放置されていたので、原野と全く変わらなくなっていた。

「ギルド・マスターさん。おられますかー。おっちゃんです。迎えに来ましたー」

おっちゃんの声だけが原野に響《ひび》いた。返事はなく、ただ虫の声だけがする。

一時間ほど粘《ねば》った。返ってくる音は虫の声だけ。おっちゃんは草の上に座り込んだ。風が気持ちよかった。

（あと、三日か。『黄金の牙』や『雷鳴の剣』は確かに強い。だが、相手は祖龍や。勝てんやろう。ダンジョンにもモンスターはおるが、昆虫《こんちゅう》型や獣型でどうにか対処できるとは思えない。八方塞《ふさ》がりや）

「困ったな」と思っていると、強い風が吹《ふ》いた。視界を向けると風は逆巻き、ザサンが姿を現した。

（ダンジョン・マスター代行のザサンはんが、何でここにおるん？）

草叢《くさむら》に隠れて、様子を窺った。

ザサンが口笛を吹く。口笛が長く原野に響くとザサンの前に光る物体が現れた。光る物体から光が消える。

光の正体は小柄《こがら》な紫《むらさき》のローブを着て、捩《ねじ》れた金属の杖《つえ》を持つ人間だった。

（あれ、うちの冒険者ギルドのギルド・マスターやん。なんで、ザサンはんと会っているん？）

ザサンが膝《ひざ》を突《つ》いて頭を垂れた。

「捜しましたよ。ダンジョン・マスター。ダンジョンの一大事です。ダンジョンが暴走を開始しております。私では手に負えません。すぐにお戻りください」

（冒険者のギルド・マスターとダンジョン・マスターが同一人物やと⁉）

おっちゃんは黙《だま》って草叢で成り行きを見守った。

ダンジョン・マスターがしわがれた声で喋《しゃべ》る。

「そこに、隠れておるの。出てきなさい」

ザサンが身構えた。どの格好で出ていくか迷った。

冒険者のおっちゃんの姿のまま出て行くと、ザサンが険しい顔で怒鳴《どな》った。

「冒険者か、この場を見られたからには生かしてはおけぬ」

「わあ、待ってください。ザサンはん。わいです。おっちゃんですよ」

ザサンが眉《まゆ》を吊《つ》り上《あ》げて、怒声《どせい》を上げた。

「おっちゃんはトロルだ。人間ではないわ」

「間者として冒険者に入り込め命令した人物はザサンはんでしょう。これがおっちゃんの人間バージョンの姿ですねん。化けていますねん」

ザサンが思い出したように右手で拳《こぶし》を作って左の掌《てのひら》を打つ。

「そういえば、そんな命令していたな。そうだった。つい、うっかり」

「うっかりで、殺されそうなったら、堪《たま》りませんよ」

ザサンがダンジョン・マスターにおっちゃんを紹介《しょうかい》する。

「こちらは、おっちゃんです。管理職がダンジョンの暴走により全滅しましたので、新しく雇《やと》い入れたモンスターです」

ダンジョン・マスターは頷く。

「おっちゃんなら、よく知っておる。採用は問題ない」

ダンジョン・マスターがザサンに向き直った。

「ザサン。儂はまだ戻れぬ。戻れるようになるまで、まだ六日は掛かる」

ザサンが険しい顔で、強い口調で意見した。

「なんと、それはダンジョンが保ちませぬぞ」

「うむ。そこでじゃ。おっちゃんよ」

急に呼ばれたのでビクッとした。

ダンジョン・マスターは言葉を続ける。

「冒険者とモンスターを動員して、祖龍を討伐しサバルカンドを救うのだ」

無茶振《むちゃふ》りだ。できたら、こんなに悩まなかった。

「そんな、無理ですやん。おっちゃんの言葉で冒険者を動かすいうても、限度があります。モンスターかて、ネタ切れです」

ダンジョン・マスターが杖を軽く振《ふ》った。おっちゃんの前に一枚の紙が現れた。紙には『委任状』と書いてあった。

中を読むと、祖龍討伐《そりゅうとうばつ》に関して、冒険者ギルド・マスターの権限の一切《いっさい》を委譲《いじょう》すると書いてあった。

「おっちゃんよ、その委任状で冒険者を動かすのだ。ギルド・マスターの権限をフルに利用せよ」

ダンジョン・マスターが杖をもう一振《ひとふ》りする。おっちゃんの前に、二十センチ四方の箱が現れた。

「それは、パンドラ・ボックスというモンスターじゃ。パンドラ・ボックスはモンスターを生み出せる。それで、モンスターを生み出して戦うのじゃ」

パンドラ・ボックスが幼女のような声で喋る。

「私はパンドラ・ボックス。どんな願いも叶《かな》えてあげるよ。本来なら人を喰わせてくれたぶんだけ働くよ。でも、今回は特別サービスで願いを叶えてあげるね」

(うわ、これ、アルベルトを破滅《はめつ》に追い込んだ箱やん。こいつ、破壊《はかい》されたんやなかったんか)

ダンジョン・マスターが威勢よく命令した。

「さあ、おっちゃんよ、冒険者とモンスターを使って祖龍を討伐《とうばつ》するのじゃ」

命令を下すと、ダンジョン・マスターは光と共に消えていた。

「第二十六夜　おっちゃんと説明責任」

ザサンと別れて、冒険者《ぼうけん》ギルドに戻った。

ギルドに戻ると、酒場には百人以上の冒険者が待ち構えていた。コンラッドがおっちゃんの前に進み出て、強い口調で切り出した。

「おっちゃんが、街の人のために働いているのは理解している。街の人のために働く尊さもわかっている。だが、俺たちは冒険者だ。いつまでも、復興の名目に囚《とら》われた仕事だけはできない」

ついに冒険者の不満が爆発《ばくはつ》したと思った。コンラッドが冒険者の代表だ。

アリサがはらはらした顔で見守っている。

コンラッドが眉間《みけん》に皺《しわ》を寄せて言葉を続けた。

「それにダンジョンの出入りを禁止にした人間はおっちゃんだと聞いた。もういいだろう。ダンジョンの封鎖《ふうさ》を解くように領主に頼んでくれ。冒険者は冒険の日常に帰るべきだ」

「そうだ。そうだ」といくつもの合いの手が入る。

冒険者の顔を見渡す。冒険者のほとんどがコンラッドに賛成していた。

（ここいらが良いタイミングやな。おっちゃんの演技力を見せたろう）

おっちゃんは床《ゆか》に膝を突いて土下座した。

「すまん、みんな。おっちゃん、皆《みんな》に隠していた情報があるんや。ダンジョンでモンスターの流出は止まった。だが、それはおっちゃんの仕業《しわざ》じゃない」

コンラッドが真剣《しんけん》な顔で訊《たず》ねる。

「それは、いったいどういう意味だ」

「実は皆に隠していたんやけど、ダンジョンの地下十階に祖龍が出現したんや。祖龍のせいでダンジョンが今おかしくなっている」

誰《だれ》かが不審《ふしん》も露《あらわ》に口にする。

「おい、ちょっと待て、祖龍なんて本当にいるのか?」

おっちゃんは顔を上げて、真剣な表情を作る。

「確かな筋からの情報や」

他の誰かが口にする。

「もしかして、祖龍がダンジョンに出現したから、モンスターが逃げ出そうとして街に出てきたのか」

ちょうど良い具合に間違《まちが》っているので、誤った道に話を持っていく。

「そうかもしれないし、違うかもしれん。だが、ダンジョンから魔物はほとんど姿を消し、祖龍が居座《いすわ》っている状況に変わりはない」

コンラッドが腕組みして、咎《とが》める口調で訊ねる。

「なんで、黙っていたんだ」

「祖龍がいると話しても、誰にも信じてもらえんかったやろう。それに、祖龍がいたとしても、倒《たお》せる実力があるもんが、当時はおらんかった。幸いに祖龍は地下十階の外周をうろうろしているだけや。ダンジョンから出てこん。なら、ダンジョンを閉鎖《へいさ》したほうが、被害《ひがい》は少ないと思ったんや」

「なら、なんで、今になって祖龍の話を」

「祖龍を放っておけん事態になった。祖龍を三日以内に倒さないと、サバルカンドが滅びる」

酒場がざわめいた。コンラッドが振り向《む》いて場を静める。

コンラッドが腕組みしたまま、懐疑的《かいぎてき》な口ぶりで聞いてくる。

「その話は本当なのか？」

「本当や」とおっちゃんは答えて、立ち上がる。ギルド・マスターから貰《もら》った委任状を、コンラッドの目の前に突きつける。

「ギルド・マスターにはダンジョンの現状を報告してある。判断を仰《あお》いだら、ギルド・マスターに指揮を任せられた」

再びざわめいた。

おっちゃんからアリサが委任状を受け取る。委任状を確認《かくにん》したアリサが真剣な表情で口早に話す。

「この委任状は本物です。ギルド・マスターは祖龍の出現を知っていたのね。まさか、ギルド・

マスターは祖龍が現れる未来を予想して、対策を講じようとしていたんですか」

真相はわからない。もしかしたら、故意に祖龍を出現させた可能性もあった。ダンジョン・マスターは祖龍の素材を頂こうとしているのかもしれないが、真意は不明だ。

おっちゃんは困っている態度を力強く熱演した。

「ギルド・マスターの胸中はわからん。祖龍の出現を相談したら、委任状を渡《わた》された。こんなことを言えた義理やない。でも、頼む、サバルカンドを救うために、皆の力を貸して欲《ほ》しい」

冒険者たちの間でざわめきが大きくなった。コンラッドが振り返り場を静める。

コンラッドが難しい顔で訊いてきた。

「おっちゃん、作戦はあるのか」

「ない。祖龍に通用する策があるとは思えん。相手は伝説の祖龍や。勝ち目のある戦いやない。おっちゃん、死にたくない人間を無理に戦わせたくない。祖龍戦は志願制にする。祖龍と戦ってもええパーティはアリサに申し出て欲しい」

すぐに、アリサに声を掛ける者はいなかった。頃合《ころあ》いよしと思ったので、皆に背を向ける。

「それじゃ、おっちゃんはお城の人に事情を説明してくる」

冒険者ギルド内で議論が開始される。冒険者をコンラッドが纏《まと》めてくれる空気だったので任せた。

冒険者ギルドを出て、お城に移動し「火急の用や」と衛兵に伝える。

エドガーはまだ起きていたので会ってくれた。エドガーは平服を着て、おっちゃんと向かい合う。

夜中に会いに来たにも拘《かか》わらず、エドガーは不機嫌《ふきげん》な顔一つしないで応じた。

「こんな夜更《よふ》けになんの用だ。夜中に届く報告だ、良いものではないのだろう」

「実は頼《たの》みたい内容があって来まして。ダンジョンの出入り禁止を解いてください」

「ダンジョン出入り禁止解除の触《ふ》れを出す行為《こうい》は構わない。そろそろ、いい時期だと思っていた。用件はそれだけか」

「実はダンジョンに祖龍が出ました。祖龍を三日以内に倒さないと、サバルカンドは滅びると、冒険者《ぼうけんしゃ》ギルドのギルド・マスターは断言しています」

エドガーが疑いも露《あらわ》に訊ねる。

「祖龍が出たなどと、本当なのか？」

おっちゃんは頭を下げた。

「本当だから、こんな夜更けに来ました。冒険者ギルドは持てる限りの力で、明日《あした》から戦います。ですが、相手は伝説の祖龍。勝てるかどうか、わかりません」

エドガーは険しい顔で唸《うな》ってから命じた。

「そうか、わかった、下がっていいぞ」

おっちゃんは一礼してお城を出た。

第二十七夜・おっちゃんと祖龍戦（前編）

夜が明けた。おっちゃんは一階に下りていった。注文した食事ができるまで待っている。

真剣な顔をしたコンラッドが寄ってきた。コンラッドが淡々《たんたん》とした調子で告げる。

「祖龍討伐に行くパーティが出揃《でそろ》った。『黄金の牙《きば》』『雷鳴の剣』『疾風《しっぷう》の翼《つばさ》』『蒼天《そうてん》の槍《やり》』だ。四パーティは今日の正午に、ダンジョンに突入《とつにゅう》する」

『黄金の牙』と『雷鳴の剣』がサバルカンドのツートップ。『疾風の翼』は前二つより劣《おと》るが優秀な冒険者だと聞いていた。『蒼天の槍』については実力がよくわからない。

（冒険者は冒険者ギルドに百人以上おる。せやけど、志願した人数は合わせて二十三人か。祖龍相手に戦うには少なすぎる。でも、無理《むり》強《じ》いはできんな。督戦隊《とくせんたい》を作って戦わせる真似《まね》はおっちゃんにはできん）

「サバルカンドのために立ち上がってくれて、ありがとうな。指揮を執《と》れと、ギルド・マスターから命令されても、おっちゃんには統率力《とうそつりょく》がない。コンラッドはんが冒険者を纏めてくれて助かったわ」

コンラッドが気負った様子もなく喋る。

「礼を言われるまでもない。俺たちは冒険者だ。ダンジョンに入るのも、強い魔物と戦うのも冒険者《ぼうけんしゃ》の性《さが》みたいなもんだ。祖龍は任せろ」

コンラッドは用件を伝えると立ち去った。

おっちゃんは立ち上がり、去り行くコンラッドの背に頭を下げた。

（典型的な冒険者症候群《しょうこうぐん》やな）

冒険者症候群とは、ダンジョン・モンスターに伝わる言葉。常に勝利を重ねてきた冒険者が陥《おちい》る、特有の心理状態。どんな困難でも自分たちなら勝てると信じ、敗北を疑わない。

薬は手痛い敗北だが、死と隣《とな》り合《あ》わせのダンジョンでは、ほとんどの場合は死なので付ける薬はない。

（コンラッドはんは祖龍をどこかで甘《あま》く見《み》とる。俺たちなら、祖龍を倒せる思うとるようやな。残念やが、祖龍には勝てん。ほんまなら、止めるのが親切やけど、おっちゃんにはできん。全ては街のためや、堪忍《かんにん》な）

街を救うために犠牲《ぎせい》を払《はら》わなければならない。ダンジョン側には余力がない。パンドラ・ボックスとて、どこまで役に立つか、不明。ならば、街の人間を代表して、冒険者に犠牲になってもらうしかない。

（冒険者の犠牲は二％の勝率を四％に上げるようなもの。本来は採用したくない策や。けど今は、二％でも勝てる可能性が欲しい。すまんな、コンラッドはん）

朝食に味なんてなかった。冒険者の正午の出立に合わせて、おっちゃんも準備をした。

冒険者ギルドを出る時刻になった。多くの冒険者が見守る中、アリサが前に出る。

アリサは不安を押《お》し殺《ころ》した顔で精一杯《せいいっぱい》「行ってらっしゃい」と大きな声を掛《か》ける。

おっちゃんは笑って「行ってきます」と声を掛けて、冒険者ギルドを出た。

ダンジョン通りを真《ま》っ直《す》ぐ進む。前ほどではないが、街には活気が戻ってきていた。混乱はない。

「平和だな」と誰かが口にする、別の誰かが「明日も平和さ」と返してくる。遊んでいる子供を目にしながら、ダンジョンの入口に到着した。

衛兵が整列して「お気をつけて」と声を掛けてくれた。「ありがとう」と返して、ダンジョンに入った。

モンスターは地下十階に到達《とうたつ》するまで、一体も現れなかった。

コンラッドが緊張《きんちょう》の籠《こ》もった声で静かに発言する。

「静かだ。静か過ぎる。何かしらの異常が起きているのは確かだ」

「コンラッドはん、おっちゃんが一緒《いっしょ》に行っても、戦力には全然ならん。おっちゃんはここで別れる」

コンラッドが自信のある顔で、力強く発言した。

「わかった。祖龍の素材を持って帰るから、待っていてくれ」

コンラッドたち四つのパーティは、祖龍がいる地下十階の外周に入っていく通路に向かった。

コンラッドが見えなくなると、ボス部屋に急いだ。ボス部屋に入り、施錠《せじょう》された状態を確認して、ザサンを呼ぶ。

「おっちゃんです、冒険者の誘導を完了《かんりょう》しました」

逆巻く風と共にザサンが現れた。ザサンは鷹揚《おうよう》に頷《うなず》くと威厳のある声で褒《ほ》めた。

「よくぞやってくれた、では、我々は高みの見物と行こうか」

ザサンが魔法を唱える。転移用のマジック・ポータルを開いた。

マジック・ポータルを潜《くぐ》った。そこは五十メートル四方の部屋だった。部屋の中央には直径五メートルの二つの龍の形をしたリングを持つ、青い球体が浮かんでいた。ダンジョンの機能を維持するダンジョン・コアだ。

ザサンがおっちゃんと同じ人間大の姿になる。ザサンが球体に「映せ」と命じた。

何もない空間に三メートル四方のパネルが表示された。パネルには地下十階のダンジョンの地図が描《えが》かれていた。

地図の外周には大きな黄色い点があった。そこに向かう、赤い二十三個の点が表示される。

ザサンが説明してくれた。

「黄色い点が祖龍。赤い点が冒険者だ」

黄色い点と赤い点が接触《せっしょく》する。

(頑張《がんば》ってくれ、コンラッドはん)

おっちゃんとて、冒険者に死んで欲しいわけではない。祈《いの》りは本心から出たものだ。

おっちゃんの祈りも虚《むな》しく、すぐに、四つの赤い点が消えた。一つの赤い点が逃げ出した。

(あ、あかん)と思っている間に、さらに三つ赤い点が消滅《しょうめつ》する。

じっと画面を凝視《ぎょうし》した。赤い点はどんどん数を減らしてゆき。祖龍と戦う冒険者を示す赤い点は残り八個となった。八個の点は、簡単には消えなかった。

「もしかして、行けるか」と思っていると、一つ赤い点が減った。さらに赤い点が一つ減った。次は一気に三つ減った。また、一つ赤い点が減り。残り二個の赤い点も消えた。

「全滅や」

おっちゃんは心のどこかで「もしかすると、冒険者がやってくれるのではないか」と期待していた。だが、結果はおっちゃんが当初、想像していた通りの全滅だった。

ザサンが渋い顔で険しい声を上げる。

「祖龍の動きが変わった。祖龍の経路を予測しろ」

パネルに青い線が現れる。青い線の到達先はおっちゃんたちがいるダンジョン・コアの部屋だった。

「まずいな。祖龍がここに来るぞ」

ダンジョン・コアを破壊されれば、破壊された時点でダンジョンは崩壊《ほうかい》。街は地下に消える。

(感傷に浸《ひた》る行為は後や。今は祖龍をどうにかせな)

おっちゃんはバックパックからパンドラ・ボックスを取り出した。

おっちゃんはパンドラ・ボックスにお願いした。

「こうなっては、パンドラ・ボックスはんだけが頼りや。頼む、祖龍を倒せるモンスターを出してください」

パンドラ・ボックスが赤く光った。空間の裂《さ》け目《め》が出現して、モンスターが出現する。出現したモンスターは次々と部屋から出て行く。祖龍を迎《むか》え撃《う》つべく配置に着いた。

出現したモンスターの数は十六部隊。

①グレーター・デーモンが十二体。②グレーター・デーモンが十二体。

③グレーター・デーモンが十二体。④ファイヤー・ジャイアントが六体。

⑤アース・ジャイアントが六体。⑥フロスト・ジャイアントが六体。

⑦ポイズン・ジャイアントが六体。⑧サンダー・ジャイアントが六体。

⑨ファイヤー・ドラゴンが二体。⑩アース・ドラゴンが二体。

⑪フロスト・ドラゴンが二体。⑫ポイズン・ドラゴンが二体。

⑬ミスリル・ゴーレムが二体。⑭テラー・ドラゴンが一体。

⑮炎《ほのお》の王が一体。⑯デス・ロードが一体。

出現した魔物に、おっちゃんは度肝《どぎも》を抜かれた。

「なんや、このモンスター。強い言うグレーター・デーモンだけで三十六体。上位巨人《きよじん》種が三十体に、軍隊に匹敵《ひってき》するドラゴンが八体。超兵器《ちょうへいき》のミスリル・ゴーレムが二体。テラー・ドラゴン、炎の王、デス・ロードいうたら、ダンジョンの最終防衛ラインにいる奴やぞ」

パンドラ・ボックスから自慢《じまん》する声が聞こえる。

「どうでしょう。すごいでしょう。やるでしょう」

「ほんま、パンドラ・ボックス様様やで。行ける。これなら、大国にだって喧嘩《けんか》を売れる水準や」

おっちゃんは気が大きくなった。おっちゃんはパネルを見て叫《さけ》ぶ。

「さあ、来い。祖龍。この十六段構えの陣《じん》を破れるもんなら、破ってみい」

パネルから部隊①が消えた。「なに」と思っていると②、③の部隊も消滅する。

「馬鹿《ばか》な、グレーター・デーモンが足止めにもならんやと」

祖龍を表す黄色い点がモンスターを示す青い点と接触する。次々、青い点が消えていく。

おっちゃんは目を剥《む》いて見る。どんどん青い点が消えていく。

「あわわわ、第八部隊まで全滅や」

ザサンは何も言わない。パンドラ・ボックスも黙った。

「ちょっと、パンドラ・ボックスはん、もっとモンスター出して、強いの出して」

パンドラ・ボックスがおどけた口調で発言した。

「それは無理かな。魔力を全部、使っちゃった」

パンドラ・ボックスが当てにできないと知った。

パネルを見る。いつのまにか、⑫の部隊まで全滅していた。

「落ち着け、おっちゃん。いくら祖龍いうても、ここまで無傷で来ているわけやない。ここからは洒落《しゃれ》にならん実力の奴《やつ》らや、きっと止めてくれる」
⑬部隊が消滅した。
「超兵器がー」の、おっちゃんの叫びが木霊《こだま》する。

⑭部隊と祖龍が接敵した。祖龍の進軍が止まった。
おっちゃんは自分自身に言い聞かせるように呟《つぶや》く。

「そうや、ここから、実質ボス・ラッシュの三連戦や。ここからつろうなるはずや。テラー・ドラゴンいうたら、ゴールド・ドラゴンに次ぐモンスターや、そう簡単には負けん」

はらはらしながらパネルを見ていると、⑭の部隊が消えた。誰もが無言になった。

祖龍が⑮の部隊が待っている場所に進む。

「勝ってください」と勝利を祈り、固唾《かたず》を呑《の》んで見守る。⑮の部隊がパネルから消える。

ザサンが事も無げに発言する。

「すまん。急に用事を思い出した。ちょっと出掛《でか》けてくる」

「ちょっと、ザサンはん、ダンジョン崩壊の危機より重要な用事って、なに？」

おっちゃんの声に耳を貸さずザサンは『瞬間移動』で消えた。現場から責任者が逃亡《とうぼう》した。

パンドラ・ボックスに視線が移った。パンドラ・ボックスが逃げるように発言した。

「これね、無理だわ。契約《けいやく》解除ってことで、帰りますね。残っているモンスターは違約金《いやくきん》代わりに置いてくから、好きに使ってください。それじゃあ、また生きていたら、会いましょう」

「ちょっと、待ちや、パンドラ・ボックス。おっちゃんの願いを叶えろや。祖龍を倒せるモンスターを置いてけや」

おっちゃんの言葉を無視して、パンドラ・ボックスも消えた。ダンジョン・コアの部屋にはおっちゃんだけが残された。

第二十八夜　おっちゃんと祖龍戦（後編）

祖龍が来る。逃《に》げなければ殺される。だが、逃げれば、もうダンジョン・コアを守る存在はいない。おっちゃんが『サバルカンド迷宮《めいきゅう》』の最終防衛ラインのモンスターになっていた。

今なら、ザサンのように『瞬間移動』で逃げられる。おっちゃんは逃げなかった。

「冒険者も大勢が犠牲になった。モンスターもや。ここで、おっちゃんだけ逃げるわけにはいかん。初志貫徹《しょしかんてつ》や。勝ち目はゼロではない。祖龍とて冒険者と戦い、強いモンスターと戦い、消耗《しょうもう》しているはずや」

願望でしかない状況《じょうきょう》は理解している。だが、願望に縋《すが》る決断をした。

おっちゃんが祖龍に攻撃《こうげき》できるとしても、出会いがしらの不意を突いた一撃《いちげき》が限界。祖龍の反撃《はんげき》に遭《あ》えば、どんな攻撃であれ、おっちゃんは一撃で即死《そくし》する。

「一撃で祖龍を倒すしかない」

おっちゃんは剣を抜《ぬ》いた。おっちゃんの剣は長さ百十センチ。先端《せんたん》に行くほど細くなる突き用の剣だった。巷《ちまた》でクランベリー・エストックと呼ばれるものだ。

クランベリーは街の名前で。クランベリーで作られるエストックは品質が良い。クランベリー・エストックは突きを得意とする、中級冒険者によく愛用されている武器だ。

言《い》い換《か》えれば、上級冒険者を満足させる威力《いりょく》がない、弱い武器ともいえる。普通なら祖龍に傷一つ付けられない。だが、おっちゃんには祖龍に通じるかもしれない技が存在した。

ダンジョン流剣術《けんじゅつ》『金剛穿破《こんごうせんは》』。

ダンジョンに住むモンスターにも、剣術を使うモンスターはいる。『狂王の城』と呼ばれるダンジョンにいた時に、おっちゃんは十年ほど剣術を習った。ダンジョンで使う剣術はダンジョン流剣術と呼ばれていた。

おっちゃんが伝授された技の中に『金剛穿破』は存在する。『金剛穿破』は決まれば鉄の剣で金剛石《ダイヤモンド》に穴を開ける威力がある。甲冑《かっちゅう》に身を包《つつ》んだ冒険者でも、決まれば一突《ひと》きに殺せる。

言うのは簡単だが、実行は難しい。きちんと技が決まった過去など、両手で数えるくらいしかない。トロルになれるようになってからは、トロルの豪腕《ごうわん》で殴《なぐ》ったほうが成績がよかった。なので、剣術はほとんど使っていなかった。

おっちゃんは祈る気持ちで、剣を両手で握《にぎ》った。

「お師匠《ししょう》さん、今だけでいいです。どうか、力を貸してください」

パネルを確認する。⑯の部隊が消えた。これで、サバルカンドを守る存在は、おっちゃんだけになった。

剣を構えて、祖龍を待ち構えた。遠くから何か大きな生き物が足を引きずる音がした。

少しだけ、希望が見えた。

（やはり、祖龍《そりゅう》は傷ついている。おそらく、ダンジョン・コアを目指している行動も、ダンジ

ヨン・コアから魔力を吸収するためや。ひょっとしたら、行けるもしれない）

いつでも、『金剛穿破』を打てる状態で待つ。

段々と音が大きくなる。気配を消す。リラックスを心懸《こころが》ける。それでいて、細心の注意を巡《めぐ》らす。

（チャンスは一度きり）

部屋の入口から、祖龍の真っ白な顔が現れた。祖龍の顔は、二メートル。真っ白な髪《かみ》はあるが、髭《ひげ》はない。ぎょろりと光る黒い目。突き出た口から白い牙が覗《のぞ》いていた。

祖龍は気配を消して待ち構えていたおっちゃんに気付かなかった。

おっちゃんは強く踏《ふ》み込む。龍の眉間に目掛《めが》けて『金剛穿破』を打ち込む。手応えがあった。

金属が折れる音がする。おっちゃんの剣《けん》が祖龍の眉間に刺《さ》さって、折れた。

「あかん、かったか」

祖龍が目に怒《いか》りの色を浮《う》かべた。祖龍の口に光が見えた。必殺のドラゴン・ブレス。

祖龍クラスのドラゴン・ブレスなら、消し炭すら残らない。「やられる」とおっちゃんは思った。

剣の刺さった祖龍の眉間にヒビが入った。ヒビが祖龍の顔全体に広がった。祖龍の顔が爆発した。

ドラゴン・ブレスが暴発した。傷付いた祖龍の体では祖龍自身のドラゴン・ブレスに耐《た》えられなかった。

おっちゃんは祖龍の肉片《にくへん》と血を浴びた。暴発の衝撃《しょうげき》で部屋の中央まで吹き飛《と》ばされた。暴発の威力が強過ぎた。

おっちゃんは意識を失いそうになった。

(あかん。体が動かん。これ、まずいかもしれん)

ぼやける視界の中、祖龍の血肉が光に変わっていく。返り血を浴びたおっちゃんの体からも光が立ちのぼる。

「綺麗《きれい》やな」と正直に感じた。体がぽかぽかと温かくなる。

「やったで、アリサはん、サバルカンドは守ったで」

おっちゃんの意識が途切《とぎ》れた。その後は、夢の中の心境だった。

ぼやっとした意識の中で誰かが、おっちゃんを背負《せお》う。

「誰や?」と小さく声を掛けた。

「おっちゃんには以前、村で世話になったからな。冒険者ギルドまで運んでやるよ」

「おおきに」

おっちゃんを背負った背中は人間のものではなかった。獣《けもの》の臭《にお》いがした。

だが、人型モンスターはダンジョンにはもういないはず。誰やろう、とぼんやりした頭で考えた。すぐに、意識は再び途切れた。

気が付くと、冒険者ギルドにある自分の部屋だった。体の調子は悪くなかった。

一階に下りる。全員がおっちゃんの姿を見て、ひそひそと話をする。

（なんか、感じ悪いな）

「ちょっと、いい？」とアリサが複雑な顔をして寄ってくる。アリサと一緒に密談用の個室スペースに移動する。アリサが困った顔で躊躇《ためら》いがちに聞いてきた。

「おっちゃんが、祖龍を倒したって本当？」

「おっちゃん一人の力ではないよ。皆で力を合わせて、倒したんよ」

パンドラ・ボックスの働きが大きかったが、伏《ふ》せておく。

「あのね、おっちゃん、気を悪くしないで聞いて。実は祖龍は本当にいたのか、話題になっているの。おっちゃんと一緒に出て行った冒険者のほとんどは帰ってこなかったわ。それに他の冒険者が捜したけど祖龍の痕跡《こんせき》がなかったのよ。だから、大いなる謎《なぞ》なのよ」

人は何かしらの証拠《しょうこ》の品を欲しがる。祖龍は全《すべ》て光になって消えた――では、納得《なっとく》しない。

「冒険者で帰ってきた人間は、おっちゃんと、おっちゃんを運んできた『蒼天の槍』のアベルさんだけ。アベルさんはおっちゃんが祖龍を倒したと言い残して、どこかに行ってしまったわ」

「なるほど、おっちゃんしか祖龍に遭った人間がおらんくなった訳や」

祖龍がいなかったとなっても、おっちゃんは困らない。

別に手柄《てがら》が欲しかったわけではない。ただ、街を救うため成り行きで、祖龍と戦っただけ。

「おっちゃんの働きに関しては、好きに言わせておけばええ。ただ、祖龍と戦って散っていった冒険者がいた事実は、忘れてはいかんよ。コンラッドはんたちがいなければ、街は救われんかった」

アリサが表情を曇《くも》らせて、躊躇いがちに訊《き》いてきた。

「おっちゃんは本当にそれでいいの？　祖龍を倒して街を救ったとなれば、お城から報奨金《ほうしょうきん》が出るかもしれない。有名な冒険者パーティから誘《さそ》いが来るかもしれないわよ」

「ええねん。おっちゃんは、胡椒《こしょう》やダンジョン・ウィスプを採取するしか能がないしがない、しょぼくれた中年冒険者でええ。そういうわけで、飯を喰《く》ってくる」

アリサが真剣な顔でハッキリと話した。

「おっちゃん。私はおっちゃんを信じているから。ギルドの受付の人間としてではない、一人の人間として信じているから。私はおっちゃんの味方だから」

（えらく信頼《しんらい》されたものやな、信用してくれるぶんには嬉《うれ》しい。だが、おっちゃんはしょせんはモンスターや。好意以上の感情には応《こた》えられん）

「ありがとうな」とおっちゃんは個室スペースを出て、ビーフ・シチューを注文する。

その後、他の冒険者から祖龍の討伐について、あれこれ聞かれた。

おっちゃんは「祖龍は確かにいた」「倒すと光になって消えた」「最後の一撃だけおっちゃんが入れた」「他の冒険者の功績が大きかった」と言うだけで、詳《くわ》しい内容を口にしなかった。

おっちゃんが余りに祖龍について語らないので、だんだん「おっちゃんが祖龍を倒した業績は嘘《うそ》ではないか」との噂《うわさ》が立ち始めた。おっちゃんは黙って評判が落ちていく事態を甘んじて受けた。

〈ええ感じに、評価が下がっている。しばらくすれば、「嘘吐《うそつ》きのおっちゃん」と呼ばれるやろう。それでいい。業績があやふやになれば、静かな生活に戻《もど》れる。そしたら、また虫網《むしあみ》を持って、ダンジョン・ウィスプでも捕って暮らそう〉

第二十九夜　おっちゃんと祝勝会

六日後、酒場でおっちゃんが食事をしている時だった。冒険者ギルドにギルド・マスターが帰ってきた。

久方ぶりのギルド・マスターの帰還《きかん》に冒険者がざわつく。

ギルド・マスターはアリサと話し込むと一度カウンターの奥《おく》へ消えた。

おっちゃんが食事を終え、食後のミルクティーを飲んでいる時だった。

ギルド・マスターとアリサが寄ってきた。

ギルド・マスターは一振りの剣を持っており、アリサは盆《ぼん》の上に小さい袋《ふくろ》を載《の》せていた。

「おっちゃんよ、よくぞ、祖龍を倒した。冒険者ギルドを代表して礼を言う」

ギルド・マスターの言葉に酒場が再びざわつく。

(うわ、なに、この人、余計なことを発言してくれるの。そんな、お偉《えら》いさんが認めたら、事実として認定《にんてい》されるやろう。せっかく下がった評判が変わる)

おっちゃんが黙っていると、ギルド・マスターは言葉を続けた。

「おっちゃんが祖龍を倒したときに使った剣には、貴重な祖龍の血が付着していた。祖龍の血を吸った剣については、冒険者ギルドで買い上げさせてもらいたいが、どうだろう」

ざわめきがどよめきに変わった。

（全部が光になったわけやなかったのか、証拠が残っとったんか、油断したわー）

「祖龍の血なんて持っていても、おっちゃんの役に立ちませんから、ええですよ。ただし、おっちゃん一人の手柄ではないので、金は散っていった冒険者の身内に配ってください」

「わかった。では、折れた剣の代わりの剣を授《さず》けよう」

剣を受け取る。剣はおっちゃんが使っていたクランベリー・エストックと似ていた。鞘《さや》から抜いて見る。

おっちゃんは抜き身《み》から受ける印象で理解した。

（うわ、これ、真クランベリー・エストックやん。クランベリー・エストックが百本は買えるで。こんな高い剣、要《い》らんて）

武器作りが盛んなクランベリーの街では、年一回、武器の品評会が行われる。品評会でその年一位を取った武器にのみ、真クランベリーの銘《めい》を付ける行為が許される。それが、真クランベリー・エストックだった。

おっちゃんは価値がわからない振りをして、「ふーん」と口にして鞘に仕舞《しま》う。

ギルド・マスターが畏《かしこ》まった口調で告げる。

「さて、おっちゃんよ。お城からの褒賞《ほうしょう》だ。金貨百枚が入っている。受け取るがよい」

アリサが明るい顔で「おめでとう」と金貨の入った袋を差し出した。

袋を受け取って中を開けると、金貨が詰《つ》まっていた。

（これ、まずいわ。祖龍を倒した証拠が出てくるわ、偉い人が認めるわって、下がった評判が盛り返す）

祖龍殺しは必ず評判になる。おっちゃんは決断した。

（これ、街を出て行くしかないわ。いい街やけど、おっちゃんは有名になるわけにはいかん）

出て行くと決めたから、おっちゃんは威勢《いせい》よく発言した。

「よし、今日は祖龍を倒した祝いや。おっちゃんが好きなもの奢ったる。金ならある。みんな、飲め」

酒場に歓声《かんせい》が響《ひび》いた。酒場で祖龍討伐の祝勝会が開かれた。

ギルド・マスターの計らいで、祖龍を倒した武器も展示された。祝賀会は夜まで続いた。

おっちゃんは会計を済ませると部屋に戻って荷物を纏めた。

朝方、冒険者が酔《よ》い潰《つぶ》れるなか、一人、宿をチェック・アウトする。

白髪《しらが》のフロントの老人が訊いてくる。

「アリサに挨拶《あいさつ》しなくていいのかい」

「いいねん。アリサはんの行ってらっしゃい、を聞くと、ただいまを言いたくなる」

（アリサはんは悲しむやろうか。でも、これでええねん。モンスターと人の間には越《こ》えてはいけない壁《かべ》はあるねん。おっちゃんは定住できない流れ者や。アリサはん、達者でな）

「そうか、遠くに行ってしまうんだな」

「おっちゃんは冒険者やからね。生きていれば、またどこかで会う事態もあるやろ。それでは、さよなら」

冒険者ギルドを出た。サバルカンドの六つの教会に寄って金貨を十枚ずつ寄付した。

ダンジョンに入り、『瞬間移動《しゅんかん》』を唱えて、ボス部屋に移動する。

ボス部屋に入ると、ザサンの代わりに、ダンジョン・マスターが現れた。

おっちゃんはダンジョン・マスターに辞職を申し出た。

「短い間でしたが、お世話になりました。ダンジョンを辞《や》めさせてください」

ダンジョン・マスターは頷いた。ダンジョン・マスターはしみじみと語った。

「わかった。おっちゃんの離職《りしょく》を認めよう。おっちゃんがいなくなる状況は寂《さび》しくもある。世話になったな。また、いつでも遊びに来るとよい。『サバルカンド迷宮』は歓迎《かんげい》しよう」

「では、さよなら、ですわ」

おっちゃんは頭を下げて、迷宮から『瞬間移動』で出た。

食事と保存食を買い、適当な乗合馬車を探して馬車に乗る。

遠ざかるサバルカンドの街を見ながら、感慨《かんがい》に耽《ふけ》る。

「足の向くまま、気の向くままか。さて、次はどこに行こうかの」

【サバルカンド編了《りょう》】

第三十夜 おっちゃんとマサルカンド

薄暗《うすぐら》い空に噴煙《ふんえん》が上がり火山灰が舞《ま》い落《お》ちる中、一人の中年男性が走っていた。男性の身長は百七十センチ、バックパックと軽装の革鎧《かわよろい》を着て、腰《こし》には細身の剣を佩《は》いている。歳《とし》は四十と、行っている。丸顔で無精髭《ぶしょうひげ》を生やしており、頭頂部が少し薄《うす》い。おっちゃんと名乗る冒険者だった。

おっちゃんは逃げていた。おっちゃんを追っているモンスターは体長八メートルの、二足歩行する黒い恐竜《きょうりゅう》だった。

恐竜は『ボルガン・レックス』と呼ばれるモンスターだった。知能は低いが力は途轍《とてつ》もなくある。食欲旺盛《おうせい》で人間や牛馬を好んで食べる恐竜だった。『ボルガン・レックス』は見かけによらず脚《あし》が速い。持久力もある。

おっちゃんは『ボルガン・レックス』の接近に百メートル前から気付き逃げている。だが『ボルガン・レックス』との距離《きょり》は今や二十五メートルまで縮まっていた。

「あかん、このままでは追いつかれる」

戦う選択肢《せんたくし》は無謀《むぼう》。中級冒険者のパーティでも『ボルガン・レックス』を相手にすれば全滅《ぜんめつ》は避《さ》けられない。ましてや、一人では勝ち目がない。距離がこれ以上詰められる前に、おっちゃんは鳥の姿を念じた。

走っていくおっちゃんの体が縮む。革鎧の頭から一羽《わ》の鷹《たか》が飛び出した。おっちゃんは人間ではない。

『シェイプ・シフター』と呼ばれる姿形を変化させられる能力を持ったモンスターだった。

鷹に変身したおっちゃんが空へと上昇《じょうしょう》する。『ボルガン・レックス』が逃がすまいとジャンプした。

背筋にぞわりとした物を感じた。精一杯に羽搏《はばた》いて上昇する。ガチンという歯を噛《か》み合わせる音が、すぐ真下で聞こえた。

間一髪《かんいっぱつ》、おっちゃんは『ボルガン・レックス』の牙を逃《のが》れた。速く波打つ心臓の音を感じつつ、それでも上昇を続ける。

五十メートルも飛び上がって真下を見る。

『ボルガン・レックス』が悔《くや》しそうに、おっちゃんを見上げていた。

「助かった。判断がもう少し遅《おく》れたら『ボルガン・レックス』の腹の中やった」

『ボルガン・レックス』が諦《あきら》めたのか、おっちゃんから視線を外した。『ボルガン・レックス』はおっちゃんが着ていた革鎧とブーツを、不味《まず》そうに食べる。

次いで、水の入った皮袋《かわぶくろ》、財布《さいふ》、服と下着を食べた。最後に背負っていたバックパックを一飲みにした。食べるものがなくなると『ボルガン・レックス』は次の食事を探して、移動を開始する。

『ボルガン・レックス』が去った後には剣だけが残された。ボルガン・レックスが去ってからも一時間は降りなかった。完全に『ボルガン・レックス』の気配が消えたのを確認《かくにん》する。

おっちゃんは地面に降りた。人間の姿を取る。地面に剣だけが残った。

「あかん、財産のほとんどが『ボルガン・レックス』に飲まれてしもうた。まあ、『ボルガン・レックス』に遭って命があっただけでも、幸運かもしれん」

おっちゃんは来た道を戻り、『ボルガン・レックス』と出会った時に投げ出した袋を取りに行った。袋の中には『岩唐辛子《とうがらし》』と呼ばれるマサルカンド近郊《きんこう》で採れる香辛料《こうしんりょう》が入っていた。投げ出された袋は無事だった。

袋の中を確認すると、胡桃《くるみ》ぐらいの大きさのある真っ赤な干《ひ》からびた丸い物体があった。『岩唐辛子』であった。

「鉱物以外はなんでも食べる『ボルガン・レックス』でも、こいつだけは食わんのやなあ。案外、『ボルガン・レックス』は辛《から》い食べ物は苦手なのかもしれんの」

おっちゃんは右手に剣を持ち、左手に袋を抱《かか》えて街のある方角に向かった。

街まで一時間の距離まで来た。

袖《そで》の長いシャツを着て、長ズボンを穿《は》いて、箕《み》の笠《かさ》を被《かぶ》った老人に会った。老人は火バサミを持ち、目の細かい駕籠《かご》を背負っていた。

老人はおっちゃんを見ると声を掛けてきた。

「海から離《はな》れたこの場所で、どうなされた？」

「はは、事情があって、身包《みぐるみ》剥《は》がされまして。何か着る物か、布を持ってないでしょうか。あったら、岩唐辛子と交換《こうかん》してもらえませんか」

「長タオルなら持っているが、それでええかの」

「ええ、お願いします。それで、長タオルは岩唐辛子いくつと交換ですか」

老人は頭を振《ふ》って答えた。

「要らんよ。困った時はお互《たが》い様《さま》じゃ。ほれ、持って行きなさい」

老人から長いタオルを受けとり、腰に巻く。

「ありがとうございます。わいは、おっちゃんという冒険者です。冒険者と言うても、こんな格好じゃ様になりませんか。冒険者ギルドにいるんで、困ったことがあったら相談に来てください」

「儂《わし》はサワ爺《じい》と呼ばれる採取家じゃ」

「サワ爺さんですか、ここから先は『ボルガン・レックス』が出ますから、気を付けたほうがいいですよ」

サワ爺は驚《おどろ》いた顔をした。

「お主、『ボルガン・レックス』を見て、生きて帰ってきたのか。だとすると、腕《うで》は立つようじゃな」

おっちゃんは冒険者としては腕が立つ部類に入る。あまり技量には触《ふ》れて欲《ほ》しくなかった。

おっちゃんは曖昧《あいまい》に笑って答える。

「腕は立ちません。しがない、しょぼくれ中年冒険者《ぼうけんしゃ》です。それでは失礼します」

『火龍山《かりゅうざん》』と呼ばれる標高千八百メートルの山の麓《ふもと》にマサルカンドの街はあった。

『火龍山』には『暴君テンペスト』と呼ばれる火龍が住んでいた。『火龍山』には『暴君テンペスト』の塒《ねぐら》へと繋《つな》がる『火龍山大迷宮』があった。マサルカンドもまた火龍の宝を狙《ねら》う冒険者が溢《あふ》れる街だった。

マサルカンドは黒レンガでできた黒い街である。マサルカンドの黒レンガは地震《じしん》に強く、耐《たい》火性《かせい》に優《すぐ》れている。

丸いお椀《わん》状の屋根を持つ、黒レンガでできた古い二階建ての大きな四角い建物が冒険者ギルドである。

マサルカンドは緩《ゆる》やかな斜面《しゃめん》に建った街だった。下に港があり、港を始点に扇形《おうぎがた》に広がっている。冒険者ギルドは中心から山側に行った場所に建っていた。

冒険者ギルドの建物の大きさは、一辺が八十メートル。二十四時間いつでも開いている酒場を併設《へいせつ》していた。

酒場は一階席と二階席を併《あわ》せて百六十席ある大きな施設《しせつ》だ。宿屋はないが、付近には冒険者や船乗り向けの安い宿が軒《のき》を並べている。

腰にタオルを巻いた状態で、冒険者ギルドの入口を潜った。他の冒険者がおっちゃんの姿を見て、鼻で笑う。

おっちゃんは笑うような視線を気にせず、ギルドの報告窓口に向かった。

ギルドの窓口には一人の女性がいた。年齢《ねんれい》は二十代後半、褐色《かっしょく》の肌《はだ》に短い黒髪《くろかみ》に黒い瞳《ひとみ》。黒のキャミソールを着て、黒のズボンを穿いている。黒いキャミソールの上からは赤のコルセット・ベストを着用して、紅白のカーディガンを羽織っていた。

ギルドの受付嬢《うけつけじょう》であるクロリスだ。

クロリスがおっちゃんの姿を見て、笑いを堪《こら》えるようにして発言した。

「どうしたの、おっちゃん。そんな格好して。博打《ばくち》で全財産をすったの。それとも海に行って海賊《かいぞく》にでも遭った？　どっちでも、そんな状態にまでになった人は初めて見たわ」

「似たようなもんかな。それより、『岩唐辛子』を採ってきたで、換金《かんきん》してや。金がないと、服も着られん。さすがにこの格好でうろうろしていたら捕《つか》まる」

クロリスが半笑いの表情になる。

「ちょっと待って、ボロでもよければ、服はあるわ。お客の忘れ物だけど、ないよりマシでしょう。どんな事情があるにせよ。さすがにその裸同然《はだかどうぜん》の格好には哀《あわ》れみを覚えるわ」

お客がどんな客で、なぜ服を忘れていったのかは訊かない。きっと服を忘れるような事件が有ったんだろうと納得する。

クロリスから船乗りの物と思われる服を受け取った、とりあえず着る。

クロリスがニコニコしながら語る。

「あら、おっちゃん、似あっているわね。元は船乗りか何か？　私は海の男が好きよ。小さなことでくよくよしないところがいいわ。度胸がある点も好き。ただ、ちょっと迷信《めいしん》深いところが玉《たま》に瑕《きず》だけど。おっちゃんはどんな船に乗っていたのかしら」

おっちゃんは笑って答えた。

「残念やなあ、船乗りやったらクロリスはんにもてたのかー。船乗りはやった経験がないな。まあ、色々やって、冒険者やっている。それで堪忍《かんにん》してや」

前職は『トロル・メイジ』だが、ダンジョンでモンスターをやっていた過去は秘密である。

クロリスが陽気に話す。

「船乗りもいいけど、一番好きな職業は冒険者よ。だから、ギルドの受付なんてやっているんだけどね。でも、冒険者もピンからキリよね。上はいいけど下は駄目《だめ》ね」

「それは残念。おっちゃんは底辺冒険者や」

クロリスが穏《おだ》やかな顔で意見を述べる。

「あら、どうかしら、そんなセリフをぽんと言えるところを見ると違《ちが》うと思うけど」

クロリスはそれ以上、おっちゃんの過去には触れなかった。冒険者をやる人間は必ずしも真っ当な人生を歩んできていない。ギルドの受付嬢をやっていればわかる話だ。

クロリスが秤《はかり》を出す。おっちゃんの持っていた袋から『岩唐辛子』を出して量る。

「けっこうな量があるわね。金貨三枚と銀貨二十八枚ね。これは、底辺冒険者が採ってこられる量じゃないわよ。立派な冒険者の仕事よ。自信を持っていいわ」

良い値段が付いた。だが、剣以外の装備一式を『ボルガン・レックス』に喰われたとあっては、完全な赤字だ。

（『岩唐辛子』は胡椒並みに稼《かせ》げる。けど、行く度に装備を食われていたら、完全な赤字やな。それに『ボルガン・レックス』に遭えば、命の危険もある。良い稼ぎとは言えんな）

クロリスが気軽な調子で尋《たず》ねる。

「それにしても、凄《すご》い量ね。こんなにたくさん、どこで見つけたの」

「ここから南東に行ったとこにある、『ガンガル荒野《こうや》』やけど」

クロリスが厳しい視線を向けた。物腰《ものごし》は柔《やわ》らかいが、頑《がん》とした口調で忠告してきた。

「運が良いわね、おっちゃん。でも、『ガンガル荒野』は止《や》めておいたほうが良いわよ。『ガンガル荒野』には『岩唐辛子』がたくさん自生している。けど、『ボルガン・レックス』の住処《すみか》よ。『ボルガン・レックス』に遭ったら、生きて帰れないわ」

「知っている」とは答えられない。下級冒険者が『ボルガン・レックス』と遭って生き延びた。となると、どうやって生き延びたか人は知りたがる。鷹に変身して逃げたとは答えられない。

「そうか、運が良いのかな。でも、おっちゃんは採取しか能がない、採取しかできないからな」

クロリスが優《やさ》しい顔で、親切な口調で教えてくれた。

「マサルカンドで、初級冒険者が採取で稼ぐとなると、海岸で浅蜊《あさり》を採るのが一般的《いっぱんてき》ね。時折、高価な漂流物《ひょうりゅうぶつ》が流れ着くこともあるわ。龍涎香《りゅうぜんこう》なんか拾えば、引退できるほどの金になるわよ。漂流物に関しては、刻印があるもの以外は拾った者のものよ」

クロリスが茶目《ちゃめ》っ気のある顔でウインクして付け加える。

「もし、龍涎香を拾ったら街の香料屋《こうりょうや》に売らないで、ギルドに持って来てね。そうしてくれると私も嬉しいわ」

第三十一夜　おっちゃんと漂流物

翌日、おっちゃんは冒険《ぼうけん》者の装備を扱《あつか》う店で安い装備を新調した。新しい装備として、厚手の白いシャツを着る。その上から、冒険者用の茶のベスト風の革鎧を羽織った。ズボンは好きな色の青がよかったがなかったので、紫《むらさき》の厚手のズボンを買った。手袋《てぶくろ》も購入《こうにゅう》した。

後はバックパック、ベルト・ポーチと一般的な品を買う。宿屋に一週間分の前金を払《はら》う。金貨は消えてなくなった。

冒険者ギルドによって依頼《いらい》掲示《けいじ》板《ばん》を確認する。特段やりたい依頼はなかった。

「なかなか、目を引くような採取依頼はないなー」

クロリスが暇《ひま》なのか話《はな》し掛《か》けてきた。

「簡単にお金は手に入らない状況はどこも一緒《いっしょ》よ。簡単に儲《もう》かるなら私だって冒険者に転職するわ」

「クロリスはんが冒険者になったら、引く手が数多《あまた》やろうな」

クロリスがムッとした顔で静かに尋ねる。

「あらどういう意味かしら。私の美しさに男が寄って来るって話？　だとしたら随分《ずいぶん》と安い冒険者ね」

「冒険に美貌《びぼう》は関係ないよ。魔術《まじゅつ》や剣の腕は生き残れれば自《おの》ずと従《つ》いて来る。でも本当に大事な能力は、要領、判断力、交渉力《こうしょうりょく》の三つや。この三つをクロリスはんは持っているやろう」

　クロリスが褒《ほ》められて顔を綻《ほころ》ばせる。

「おっちゃんは随分と私を買ってくれているのね。でも、褒めても買い取り価格は上がらないわよ。上げてあげたい気はするけど」

「買い取り価格は皆《みんな》と同じでええよ。クロリスはん皆の女神《めがみ》やからね。クロリスはんのお帰りなさいを聞くために冒険者は帰ってくるんやでえ」

　クロリスが照れる。

「もう、上手《うま》いわね、おっちゃんは」

「なに、ホントの話やからね。ほな、ちょっと海岸を散歩してくるわ」

　海岸に行く前に魚市場に寄って、浅蜊の値段を調べる。

（売値が一キログラムで銅貨五十枚。買い取ってもらおうとすると半値。四キログラムとって銀貨一枚か。生活費が一日につき銀貨二枚やから、八キログラムは採らないと生活できんな。浅蜊を八キログラムも採取するって大変やぞ。となると、『岩唐辛子』がやっぱり儲かるな）

　さて、どうやって金を稼ごうか、と思案して浜辺《はまべ》を歩いた。

　浜辺では子供たちが浅蜊を採っていた。人がいる場所は避けた。そうして人がいない場所まで来ると街からかなり離れた場所に来た。

　試《ため》しに、砂を少し掘《ほ》ってみる。すぐに大降りの浅蜊が顔を出す。

「ここらへんなら大量やけど、街まで帰るのが大変やな。それに、浅蜊がどれほど保《も》つかわからん。死んでしまったら最悪ゴミを持って街に帰る事態になる。魚を採ればもっと金になると思うけど、漁業権の問題は必ずあるしな」

「さて、どうしたものかと」と思案していた。遠くに何かが流れ着いているのを見つけた。

「なんか、まさか、あれが噂の龍涎香か」

周りに誰《だれ》もいないのを確認する。急いで走り寄った。砂地で走りづらいが、文句は言っていられない。

(先に拾われたら、そいつの物になる)

結論からいえば早合点《はやがてん》だった。漂流物は大きな樽《たる》だった。

「なんや、樽か。走って損したわ」

樽の表面にあった焼き印には『クール・エール』とあった。『火龍山大迷宮』は暑い。普通《ふつう》に動けば、一時間も経《た》たない内に人間はへばってしまう。

暑さから逃れる方法は、いくつかある。『放熱』の魔法《まほう》、『耐暑《たいしょ》の実』『クール・エール』である。

『放熱』の魔法は一番に効果がある。火山地帯でも『放熱』の魔法を掛ければ寒いくらいに熱を奪《うば》う。だが、『放熱』の習得は『浮遊《ふゆう》』の魔法と同じくらい難しい。効果範囲《はんい》も一人で持続時間も二時間なので、冒険者には人気がなかった。

『耐暑の実』は効果時間が十二時間あり、保存も利《き》く。だが、金貨一枚と高い。『耐暑の実』

は『火龍山』の全域に自生している。自生箇所《かしょ》には危険モンスターも多く採取は困難であった。

『クール・エール』は飲むと暑さに強くなれる。効果は一時間と短いが、一リットルで銀貨一枚と安い。マサルカンドの冒険者は水筒《すいとう》に水やワインを入れる代わりに、『クール・エール』を入れておくのが一般的だった。

「『クール・エール』か。これ中身がちゃんと入っていても銀貨百六十二枚にしかならんな。漂流物やから、期待ができんけど」

おっちゃんが期待せずに樽に手を掛けた。樽には重みがあった。感触《かんしょく》から液体ではないと悟《さと》った。

「なんや」と思って、剣を使って蓋《ふた》を開ける。中には人が入っていた。中の人間は船乗りの格好をした三十歳くらいの男性だった。

おっちゃんが男性を樽から引き出す。男性が「水」と呻《うめ》いた。

「おい、しっかりせいや」

おっちゃんは男の口にエールを含《ふく》ませる。男は目を覚ました。

男はおっちゃんから水筒をひったくる。よほど喉《のど》が渇《かわ》いていたのか、一気に中のエールを飲み干した。

男は「はあはあ」と息をする。おっちゃんを見ると「何か食い物はないか」と訊いてきた。

「あるで」おっちゃんはバックパックからパンと干し果物を取り出す。

男は貪《むさぼ》るように食った。喰い終わると男は笑い声を上げて「生きているぞー」と叫《さけ》んだ。

男はひとしきり笑うと起き上がった。

「いや、すまなかった。つい生きているのが嬉しくてな。俺《おれ》の名はポンズ。しがない船乗りだ」

「わいはおっちゃん、どこにでもおるようなしがない、しょぼくれ中年冒険者や」

ポンズはおっちゃんを抱《だ》きしめて感謝した。

「おっちゃんか、ありがとう。おっちゃんは命の恩人だな。今は手持ちがないが、この借りはいつか返すよ」

ポンズがおっちゃんの財布を掏《す》ろうとしているのを知った。すぐに引《ひ》き離す。ポンズの盗《ぬす》みに気付かないふりをして申し出る。

「いいってことよ。それと、金に困っているんか。少しなら貸すで」

ポンズが驚いた顔で反応した。

「いいのかよ。こんな見ず知らずの人間に」

「ええって、困った時はお互い様や」

おっちゃんはポンズに後ろ暗い匂《にお》いを嗅《か》ぎ取《と》っていた。

(面倒《めんどう》な事態になる前に別れたほうがええな)

「これ、とっとき」と銀貨十枚を渡《わた》す。

ポンズは手の中の銀貨を見つめてから、済まなそうな顔をする。

「命を助けてもらって、金まで貸してもらえるとは恩に着る」

ポンズは立ち上がると、街とは逆方向に向かって歩き出した。

「街は逆やで」と声を掛けると、ポンズは軽く手を上げて「またな」とだけ答えた。

(街には入れん人間か。お尋ね者《もの》か、訳あり者やな)

ポンズが立ち去った後に樽を調べるが、目ぼしい物はなにもなかった。

「浅蜊を採る気分でもないし、昼飯も飲み物もなくなったから、帰るとするか」

第三十二夜 おっちゃんと『クール・エール』

翌日、翌々日とマサルカンドには雨が降《ふ》った。雨の日に外に出るのが躊躇《ためら》われ、宿屋でごろごろしていた。

三日目に雨は上がった。冒険者ギルドに朝食を摂《と》りに行く。

宿屋でも言えば飯を出してくれる。だが、味が合わなかった。冒険者ギルドにある酒場のほうが、値段は少し高いが美味《おい》しい食事が出る。

昼食に浅蜊の煮付《につけ》をガーリック・トーストに載せて食べる。クロリスが寄って来た。

「おっちゃん、ちょっと頼《たの》みがあるんだけど、頼まれてくれないかしら」

クロリスが頼み事《ごと》をして来たのは初めてだった。きちんと釘《くぎ》を刺しておかねばと思った。前の街で頼まれるままに仕事を引き受けていたら、大変な事態になった。

「仕事の話なん。おっちゃん、気の向いた時に香辛料を採りに行くのが合っているんよ。それ以外の仕事は正直、したないな。断ってもええ?」

クロリスが決まり悪そうに答える。

「仕事の話じゃないの。頼み事みたいなもの。話だけでも聞いてくれると嬉しいわ」

何事にも、付き合いは大事だ。目立たなく生きていくつもりだが、誰とも関係を絶って生きていけるほど世間は甘《あま》くない。孤立《こりつ》すればいずれは行《い》き詰《づ》まる。

「なんや、気になるな。話すだけ、話してみい。困っているなら相談に乗るで」

クロリスが手招きして、密談用の個室スペースに移動した。

「実はね。冒険者ギルドでストックしている。『クール・エール』が残り少ないのよ」

「それ、まずくないか。『クール・エール』は火山で戦う冒険者の必需品《ひつじゅひん》。『クール・エール』が切れたら冒険者がダンジョンに行けんくなる。下手したら暴動が起きるで」

クロリスが困った顔でお願いしてきた。

「そうなのよ。ここの冒険者にとって『クール・エール』は必須《ひっす》。そこで『クール・エール』を納めているマスケル商会に催促《さいそく》に行ってもらえないかしら」

クロリスの態度が解《げ》せなかった。

「別にマスケル商会に行く状況《じょうきょう》はええ。けど、おっちゃんじゃなくて、冒険者ギルドの職員が行ったほうがええんちゃう。顔見知りのほうが話が早いと思うけど」

クロリスが曖昧《あいまい》に笑って答えた。

「まあ、そこはそれね。色々あって、色々ないというか、どうしても『クール・エール』が欲しいというか。仕入れ先が代わったりしても問題ないようにとか、なんとか、かんとか」

ピンと来たので確認する。

「『クール・エール』の納入に関する契約《けいやく》が、冒険者ギルドとマスケル商会にあるんやな。マスケル商会から安く仕入れる代わりに、他の店からは買わない契約やろう。マスケル商会が少々遅れたぐらいで契約は切れん。それでも、『クール・エール』は欲しい、というところか」

クロリスが半笑いの表情で「ええ、まあ」と明言を避ける。おっちゃんは推理を述べる。

「だが、契約には冒険者《ぼうけんしゃ》からの買い取りは決まりがなかった。それで、冒険者に『クール・エール』を仕入れさせ、冒険者ギルドに卸《おろ》させる。冒険者ギルドは冒険者が持ち込んだから仕方なく買い取った態度を装うっちゅうわけか。あこぎやなー」

クロリスが笑顔《えがお》で手を合わせて喜ぶ。

「さすが、おっちゃん。飲み込みが早くて、助かるわ。冒険者ギルドを助けると思って、お願いしていいかしら」

断ってもいいが、引き受けてもいい仕事に思えた。この仕事、おそらく評判を気にする一般《いっぱん》冒険者は、引き受けたがらない。冒険者ギルドと大口の取引をするマスケル商会は、かなり大きい商会だ。

この仕事は普通に成功させれば、マスケル商会の面子《メンツ》を潰す。失敗すれば冒険者ギルドからの評価を落とす。どっちに転んでも悪い影響《えいきょう》がある。賢《さか》しい冒険者なら敬遠する仕事。

普通の依頼を受けず、採取一本で行っているおっちゃんは違う。マスケル商会に嫌《きら》われて悪評が流れても、仕事に影響はない。冒険者ギルドから多少は使えない奴《やつ》と思われたほうが静かに暮らせる。

失敗しても成功しても、どっちでもいい。

（問題はクロリスが恩に着るタイプかどうかやな。貸しても返さないタイプだと、やりづらい

な）

腕組《うでぐ》みしてクロリスをじっと見る。クロリスが合わせた手を頭上に上げて頼んできた。

「おっちゃんは交渉事《こうしょうごと》が得意じゃないけど、それでもええなら、どうにかしたる」

「そう言ってくれると、助かるわ」

マスケル商会に足を運んだ。マスケル商会では『クール・エール』が手に入らない未来は見えている。でも、売ってくれなかった事実を積み重ねる状況は大事だ。

マスケル商会は商人たちが集まる商人地区に拠点《きょてん》を構えていた。黒レンガ造り三階建の建物がそうである。敷地《しきち》は冒険者ギルドの三倍はあり、使用人は百人近くが働いている。入口で用件を伝える。

「冒険者ギルドの使いで来ました。『クール・エール』早く納品してください」

マスケル商会の番頭なのか、頭が禿《は》げ上《あ》がった四十くらいの身なりが良い男性が、対応に出てきた。

番頭は澄《す》ました顔で答える。

「マスケル商会の番頭のピエールといいます。生憎《あいにく》、『クール・エール』を積んだ船の入港が遅れておりまして。出荷《しゅっか》できない状態です」

「わいはおっちゃんや。そうは言うても倉庫には何樽かはあるでしょう。それ、出荷してくださいよ」

ピエールがツンとした態度で拒否《きょひ》する。

「倉庫の分はすでに売約済みでして、お売りすることはできません」

「噓《うそ》やな」と直感的に思った。だが、商人と「売れ」「売らない」のやり取りをする行為《こうい》は賢《かしこ》くない。

おっちゃんは怒《おこ》った振りをした。

「もういい。なら、蔵元《くらもと》から直接、買います。蔵元はどこですか」

ピエールが見下した顔で答える。

「シバルツカンドです。醸造元《じょうぞうもと》はエメリア醸造になります」

シバルツカンドは知っている。ここより北西に三百キロメートルほど行ったところにある寒い街だ。

「え、そんなに遠くに行かないと、ないの」

「『クール・エール』はマサルカンドでは造られていない輸入品なのです。ですから、船が入港しないと、どうにもならないんです」

おっちゃんは啖呵《たんか》を切った。

「なら、陸路で運んだるわ」

陸路では運べるわけがない。地図は知っている。シバルツカンドから港を経由しないとテンシャン山を迂回《うかい》して運ばなければならない。そうなれば輸送距離は優に九百キロメートルを超《こ》える。安い『クール・エール』なら、運んでも元が取れない。

ピエールはおっちゃんを木《こ》っ端《ぱ》冒険者《ぼうけんしゃ》だと侮《あなど》ったのか、冷たい態度で応じる。

「陸路で運んでも運べないこともないですが、難しいと思いますよ。運べるならどうぞ、とし
か、いいようがありませんが」

「どうぞ」の言葉を聞いた。ここにはもう用がない。

おっちゃんが背を向けた。背後からピエールが冷たい言葉を投げかける。

「クロリス嬢《じょう》にお伝えください。いくら催促されても、船が入港しないと『クール・エール』は手に入らないと。毎度毎度、やって来る冒険者を断るのも大変なのです」

おっちゃんはマスケル商会を後にした。マスケル商会ではなく、他の商会にも話を持って行った。どの商会も『クール・エール』は売れない、の態度を取った。

「売《う》り惜《お》しみが半分、在庫が本当にないところが半分やな。在庫が不足しているのは事実のようや。マサルカンドはこれから夏や。夏の暑い時季に『クール・エール』を飲むのが庶民《しょみん》の娯《ご》楽《らく》や。お得意さん向けにとっておきたい態度は商人でなくてもわかる。だが、ピエールの態度は癪《しゃく》に障《さわ》る。おっちゃんの意地を見せたろ」

おっちゃんはシバルツカンドまでの地図を買い、エメリア醸造の場所を調べた。知りたい内容を確認すると、担《かつ》ぎ紐《ひも》を買い、その日は安らかに眠《ねむ》った。

第三十三夜　おっちゃんと放熱研究家

朝起きて冒険者ギルドに行く。朝食を摂っていると、冒険者の噂話《うわさばなし》が聞こえてきた。

「幽霊船《ゆうれいせん》が出た」「海賊《かいぞく》が出た」「『クール・エール』が街から消える」

総合すると、「近海に幽霊船と海賊船が出たために『クール・エール』の搬入《はんにゅう》が不可能になった」となる。真相はわからない。でも、『クール・エール』が消える情報は、かなり出回っているらしかった。

そんなものかと噂話を聞いていると、変わった情報があった。『放熱』の魔法を研究しているリントンと名乗る魔術師《まじゅつし》がいる。リントンはマサルカンドでも造れる『クール・エール』の製造方法を開発した。

「リントン、ねえ。冒険者の噂話だから信用できないけど、一応、行ってみるか」

朝食が終わったので、魔術師ギルドに行って受付で用件を伝えた。

「仕事の話でリントンに会いたいんやけど、どこに行ったらええ?」

魔術師ギルドの受付嬢は溜息《ためいき》をついた。

「また、リントンさんの居場所ですか、教えてもいいですけど『クール・エール』製造法の話なら、嘘ですよ」

うんざりと言わんばかりの受付嬢の態度から推測して、リントンが『クール・エール』の製造法には関《かか》わっていない事実は本当だ。

嘘なのは予測していた。されど、火のないところに煙《けむり》は立たない。何か噂が立つ原因があるに違いない。

「話は『クール・エール』の製造法ではないです。『放熱』の魔法に興味がありまず。『放熱』の魔法の使い手であるリントンさんにお話を聞けたらと思いまして」

嘘だが学術的な話だと口にしなければ、教えてくれない雰囲気《ふんいき》があった。

魔術師ギルドの受付嬢はリントンの居場所を教えてくれた。

人が誰も来ないような街外れに、リントンは住んでいた。リントンの家はマサルカンドでは珍《めずら》しい石造りの小さな家だった。家のドアの前には『クール・エールは、ありません』と張り紙がしてあった。

(これ、訪ねて来た人間はおっちゃんが初めてじゃないね。かなり訪問客が来ているね)

「誰かいませんか」と声を掛ける。

家の裏から「いません」と女性の怒鳴《どな》り声《ごえ》が聞こえてきた。

家の裏に行ってみる。家の裏には高さ三メートル、縦横五十センチほどの真っ赤に燃える鉄《てっ》塔《とう》が建っていた。

鉄塔の周囲は暑く、家の裏庭は真夏の日のように暑かった。裏庭には全身甲冑《かっちゅう》を着た背の低い人間がいる。

「そんなものを着て、暑うないですか？」

全身甲冑から突《つ》き放《はな》すような女性の声がした。

『放熱』の魔法が掛かっていますから、中は涼《すず》しいです。それより、貴方《あなた》、全身甲冑を着ないで近くにいると危ないですよ。そこに甲冑があるから、着たらどうです」

おっちゃんは指定された場所にある全身甲冑に触れる。あまりの熱さに手を引っ込めた。

「熱、これ、冷まさんと着られんわ」

おっちゃんは『放熱』の魔法を唱えた。『放熱』の魔法が掛かると、甲冑の表面は熱いが裏《うら》面《めん》がひんやりとした。おっちゃんは全身甲冑を着て、甲冑の女性に近づいた。

「わいはおっちゃんといいます。リントン先生はこちらですか」

女性がおっちゃんを見ずに、熱くなった鉄塔を見詰《みつ》めて答えた。

「リントンなら私です。少し黙《だま》っていてもらえますか」

リントンが熱せられた鉄塔に、何かしらの魔法を唱える。

鉄塔が光った。真っ赤だった鉄塔が黒光りする冷えた鉄塔に変わった。

次の瞬間に鉄塔の一部が爆発《ばくはつ》して折れた。鉄の破片《はへん》が激しく飛んで来た。確かに、全身甲冑を着ていないと怪我《けが》するところだった。

「また、失敗だ」。リントンが膝《ひざ》を突き、項垂《うなだ》れた。

「なんの研究ですか」

「あんた誰？　なんの用？」と、リントンがおっちゃんに向き直る。

「わいはおっちゃんいう冒険者でして、冷たくなる方法を探しています」

リントンが甲冑のマスクを取った。そこには、二十歳《はたち》くらいの褐色肌《かっしょくはだ》をした女性の顔があった。女性の眉《まゆ》は細く、目はぱっちりと大きかった。

「あなたも『クール・エール』の製造法を聞きに来たんですか？　言っときますけど、私は醸造家ではなく、熱の研究者ですよ。わかったら、もう帰ってください。今日は疲《つか》れました」

リントンはそれだけ吐《は》き捨《す》てるとマスクを着けて家の中へ帰っていった。

「なんや、実験が失敗してご機嫌斜《きげんなな》めか、しゃあないな」

リントンの機嫌がよくないので、全身甲冑を脱《ぬ》いで、リントン家を後にした。

マサルカンドでできる『クール・エール』の製造方法の話が嘘だとわかった。

「なら、当初の予定通りに、エメリア醸造まで行くしかないか」

第三十四夜　おっちゃんと蔵元直販《くらもとちょくはん》

おっちゃんは魔法が使えた。どれほど使えるかというと、小さな魔術師ギルドのギルド・マスターが務まるくらいに魔法が使えた。

おっちゃんの魔法のレパートリーの中には『瞬間移動《しゅんかんいどう》』の魔法が存在した。『瞬間移動』には一度に跳《と》べる距離《きょり》に限界がある。三百キロメートルなら、ぎりぎり飛べる。

おっちゃんは『瞬間移動』を唱えてシバルツカンドに飛んだ。

シバルツカンドの郊外《こうがい》に無事に到着《とうちゃく》し、おっちゃんは街へと入った。シバルツカンドはマサルカンドと違い、気候は冷涼《れいりょう》で住宅地は木製の家が多かった。

街に入ってエメリア醸造へと向かう。塀《へい》に囲われた背の高い平屋の建物が見えてきた。入口で掃除《そうじ》する、青い羽織を着た丸刈《まるが》りの年を取った男性に声を掛ける。

「『クール・エール』を一樽、売ってもらえませんか」

年を取った男性は威勢《いせい》よく答える。

「なんだ、一樽でいいんかい。馬や牛が見えないようだけど、担いでいく気かい？」

「大した距離じゃないんで、担いでいきます」

男性が笑って否定した。

「樽の重さは百六十キログラム以上あるんだよ。担いではいけないよ。馬を用意しな」

「大丈夫《だいじょうぶ》ですって。早く売ってください」

年を取った男性は顎《あご》に手をやる。

「わかった。そこまで言うなら、売ってやるよ。持てなくても知らないぞ」

年を取った男性は玄関《げんかん》から中に声を掛ける。

「おい、『クール・エール』を一樽、持って来てくれ」

「それで、おいくらですか」

「銀貨五十枚でどうだ」

蔵元だけあって、安く買えた。財布《さいふ》を開けて料金を払う。荷車がやってくる音がした。

おっちゃんは年を取った男性の気が荷車に向いた時に、『強力』の魔法を唱えた。

店の若い衆が荷車に載《の》せて大きな樽を持って来た。おっちゃんは担ぎ紐を樽に掛ける。

「えいやっ」とばかりに背負《せお》った。人間の姿で『強力』を使ったが、なんとか持てた。

魔法を使った経緯《けいい》を知らない、年を取った男性が感心する。

「なんだ、見かけによらず力持ちだな」

「では、これで失礼します」

年を取った男性から見えない位置に移動する。『瞬間移動』を唱えた。冒険者ギルドに併設されている酒場の裏口に飛んだ。

担ぎ紐をバックパックに収納してから裏口をノックした。見慣れた男性店員が出てきたので頼む。

『クール・エール』を仕入れてきたで、クロリスはんを呼んできてや」

すぐにクロリスが跳んで来た。

「おっちゃん、これ、これ、どうしたの」

「どうしたって、仕入れて来いって、頼んだ人間はクロリスはんやろう。マスケル商会に断られて腹が立ったから、独自ルートで仕入れてきたんよ。買い取って」

クロリスが神妙《しんみょう》な顔で男性店員に指示を出す。

「これ、急いで運んで。すぐに開けて店に出すのよ。『クール・エール』を持たずにダンジョンに冒険者を行かせては駄目よ」

持って来た品をすぐに店頭に持って行った。店にはもう在庫がないようだった。

表から店内に入る。

『クール・エール』を売る酒場には、買い求める冒険者で列ができていた。

クロリスが密談スペースで手招きして、おっちゃんを呼ぶ。

密談スペースに移動する。クロリスが金貨二枚を渡して、お願いしてきた。

「これは今回の仕入れ分と報酬《ほうしゅう》。仕入れが報酬込みで金貨二枚で足りる？　ねえ、おっちゃんその独自ルートってどこ？」

蔵元直販が正解だが、『瞬間移動』を使える能力は秘密にしておきたかった。おっちゃんはしがない、しょぼくれ中年冒険者で通したい。『瞬間移動』を使えるとわかれば、おっちゃんをパーティに入れたがる人間が出て来る。

「金貨二枚ならおっちゃんが持ち出しいうことはない。独自ルートは秘密のルートやからクロリスはんかて、教えられんわ。聞かんといて」

クロリスが身を乗り出して食い入るように尋ねた。

「おっちゃん、その秘密のルートでもっと『クール・エール』を仕入れられないかな」

『瞬間移動』は使える。とはいっても、一日に二回が限界。持てる重さにも限界がある。

一樽を背負っておっちゃんが移動するのが限界だった。

「今日はもう無理やね。明日《あした》ならまた別やけど」

クロリスが切迫《せっぱく》した顔で迫《せま》る。

「お願い。また、明日も一樽でいいから、仕入れてきて。冒険者ギルドには『クール・エール』が必要なの」

（これ、まずい展開やな）

ここで引き受ければ、ずっと仕入れが続く気がした。

（一回二回ならいいけど、続けたら秘密がばれる）

おっちゃんが「うん」と言わないと、クロリスが顔を近づけて頼んできた。

「『クール・エール』なしで『火龍山大迷宮《めいきゅう》』に挑《いど》んで戻《もど》って来ない冒険者が出始めているのよ。ここで安価な『クール・エール』を冒険者《ぼうけんしゃ》ギルドから供給できなくなれば、もっと犠牲者《ぎせいしゃ》が出るわ」

おっちゃんの心配をするなら、引き受けないほうが身のためだ。されど、クロリスは必死になって頼んでいる。冒険者の身の上を心配するクロリスを見捨てるようで、気分が悪い。

クロリスが悲しみの籠《こ》もった顔で発言する。

「私はギルドの受付に過ぎないわ。冒険者にしてあげられる支援《しえん》は限られている。私にできる仕事なんてお帰りなさいを言うくらい」

クロリスが沈《しず》んだ顔で続ける。

「だからこそ、お帰りなさいを言うために冒険者の生還率《せいかん》を上げたいの。『クール・エール』を持たせて冒険者を送り出したい」

冒険者ギルドは仕入れに金貨二枚を出している。さっき、ギルドで売っている『クール・エール』の値段が見えた。値段は据《す》え置《お》きで一リットルで銀貨一枚だった。売れば売るほど赤字になるのに、頼んできている。

（冒険者ギルドは赤字覚悟《かくご》で冒険者を生かすために、『クール・エール』を売っている。見上げた心意気や。できれば、おっちゃんかて協力したい）

「わかった、とりあえず、明日は明日で、どうにかしよう」

クロリスの顔に安堵《あんど》の色が浮《う》かんだ。

「よかった、助かったわ、ありがとう、おっちゃん。ギルドを代表してお礼を言うわ」

（『クール・エール』入荷の目処《めど》が立たんからな。これずっと続くんやないやろうか。そうなると困るんやけどなー）

「第三十五夜　おっちゃんと密貿易」

おっちゃんの心配は当たった。マスケル商会は船が入港しない理由をもって納品を拒否した。

そのために、おっちゃんは次の日も、また次の日も、『クール・エール』を蔵元に買いに行った。

そんな日が、一週間も続いた。

『クール・エール』の運搬《うんぱん》を終え、昼食を摂っていた。クロリスが寄って来る。

「なんや。クロリスはん。納品は一日一回、一樽だけよ。これ以上は納品できないよ」

クロリスは困った顔をして「ちょっと」と密談スペースに移動する。

「実は盗賊《とうぞく》ギルドのバネッサさんが、おっちゃんに会いたがっているのよ。会ってもらえないかしら。冒険者ギルドにとっても大事な話だから」

「バネッサさんて誰？　偉《えら》い人なん？」

「うん、盗賊ギルドの最年少幹部で、盗賊ギルド・マスターの実の娘《むすめ》よ。なんでも、おっちゃんが密貿易に手を出しているのではと、疑っているのよ」

『クール・エール』は税関を通していない。だが、マサルカンドの法律によれば冒険者が背負って持ち込める量なら、酒に税金は掛からない。

税法を作った人間は百六十キログラムの重さの樽を『強力』の魔法で担いで『瞬間移動』で

やって来るなどとは考えてはいない。法の抜《ぬ》け道《みち》だが、おっちゃんの行為は合法であり密貿易には当たらない。

密貿易ではないから、盗賊ギルドに筋を通さなくていいと考えていた。

「冒険者ギルドの事情を考えると『クール・エール』の出所は問わないわ。納入者が犯罪者でもいいの。でも、もし、密貿易品なら、盗賊ギルドには話をしておいたほうがいいと思うの」

「詳《くわ》しいルートは話せないけど、密貿易ではないよ」

「邪魔《じやま》するよ」。クロリスとの話が終わっていなかったが、女性一人と男性一人が部屋に入ってきた。

女性の年齢《ねんれい》は二十歳くらい、身長はおっちゃんより頭一つ低い。体形は細身。赤みがかった黒い髪《かみ》をして、細い眉をしていた。目つきは険しい。服装は黒のポンチョを着て、灰色の綿のパンツを穿《は》いていた。靴《くつ》はヒールのないブーツを履《は》いていた。

男は四十歳《さい》くらい。金色の長髪《ちようはつ》で顔には刀傷がある。おっちゃんより少し身長が高く、引き締《し》まった体をしていた。男は金属製の胸当てに黒い革鎧《かわよろい》を着て、腰《こし》に剣《けん》を佩《は》いていた。

女性がおっちゃんの正面に座《すわ》った。女性の後ろに男性が控《ひか》えた。

「クロリスはん、あとはおっちゃんが話すからええよ」

クロリスが出て行くと女性が険しい顔で口を開いた。

「私はバネッサ。後ろにいる男はイゴリー。それで、おっちゃんに単刀直入に聞く。おっちゃんが扱っている品は、正規品かい、それとも密貿易品かい。正直に話して欲《ほ》しい」

「正規品ですわ」

　バネッサが興味深げに質問した。

「ほう、それは、どこの商会の物だい？」

「商会から買いたかったんですけど、意地悪して、売ってくれへん。だから、独自ルートで仕入れ冒険者ギルドに下ろしています。それに、『クール・エール』なんて一樽を運んでも金貨二枚の儲けもない。盗賊ギルドが動く額ではないと思いますけど」

「別に私たちは密貿易品でも密造酒でもいいんだよ。ただ、納めるものは納めてもらわないと、筋が通らない。冒険者ギルドと盗賊ギルドは仲良しこよしだとは言わない。だが、悪い関係でもない、それはその時、その時で、筋を通していたからだよ」

「正規品なら、盗賊ギルドを通さなくも問題ないでしょう」

「調べたよ。おっちゃんがこれまで冒険者ギルドに運んだ『クール・エール』は八樽。酒造元はエメリア醸造。利き酒の達人から聞いた話では、樽と中身は一致《いっち》している。つまり、密造酒の線はない」

「それは、そうでっしゃろ。正規品ですからね」

「各商会に探《さぐ》りを入れてみた。エメリア醸造と取引がある商会は、マスケルとアゴニー。どちらも、荷物が消えた形跡《けいせき》はなし。つまり、盗品《とうひん》でもない」

「だから、正規品ですってば」

　バネッサが口端《くちは》を歪《ゆが》めて凄《すご》む。

「だが、ここに一つ抜け道がある。海賊《かいぞく》だ。海賊船が『クール・エール』を輸送している船を襲《おそ》っている形跡がある。おっちゃんの独自ルートの正体は海賊の略奪品《りゃくだつひん》ではないのか。海賊が冒険者に化けて街に入っている報告はあるんだ。おっちゃんは海賊から『クール・エール』を買っている、違《ちが》うか」

完全な誤解だった。海賊から略奪品を買って売っているのなら盗賊ギルドに筋を通さなければならない。

バネッサが憤《いきどお》った顔で捲《まく》し立《た》てる。

「残念だが、海の無法者たちは礼儀《れいぎ》を知らない。海の上なら問題ないのかもしれないが、ここは陸だ。マサルカンドで商売するのなら挨拶《あいさつ》の一つもあってしかるべきだ。違うか？」

「バネッサさんのお怒《いか》りはごもっとも。でも、おっちゃんの独自ルートに海賊は絡《から》んでいませんよ。それだけは断言できます」

「じゃあ、どこから仕入れている？　海賊を使わずに『クール・エール』を大量に運び込むなんて可能か？」

結論から言えば可能である。現におっちゃんはやっている。ただ、普通は『瞬間移動』まで使える人間は、重たい樽を運んだりはしない。

仮に、魔術師ギルドに同じ仕事を頼むとしよう。一樽に付き金貨五十枚、下手をすれば百枚は請求《せいきゅう》される。おっちゃんは金貨五十枚にも百枚にも匹敵《ひってき》する仕事を、善意で黙々《もくもく》と金貨二枚でやっている。完全なお人よしである。

（説明してもわかってもらえんやろうな。真実を教えても、かえって疑われるだけやな）

「飯の種はそう簡単には明かせませんな。明かしたらマスケル商会辺りが潰《つぶ》しに来よるかもしれん。こればかりは、誰も信じず、教えずですわ」

バネッサが険しい視線を、よりいっそう険しくして、おっちゃんを見据《みす》えた。

おっちゃんも睨《にら》み返《かえ》して発言する。

「そうは言っても手ぶらで帰すのもなんですから、妥協案《だきょうあん》を提示しましょうか。マスケル商会に話を付けて、冒険者ギルドに『クール・エール』を卸させたら、それで、ええ。マスケル商会が契約どおりに売ってくれるのなら、おっちゃんは『クール・エール』から手を引きます。それで妥協点《だきょうてん》ですわ」

沈黙《ちんもく》が場を支配する。イゴリーが初めて口を開いた。

「行こうか、バネッサ。座っていても解決しない問題だ」

イゴリーがおっちゃんを暗い瞳《ひとみ》で見詰める。

「おっちゃんと言ったか、随分《ずいぶん》と腕《うで》が立つようだが、過信しないことだな」

「腕が立つなんて買《か》い被《かぶ》りですわ。おっちゃんはしがない、しょぼくれ中年冒険者です」

イゴリーがにやりと笑って。おっちゃんの腰に佩いた剣を指す。

「真クランベリー・エストック。しがないしょぼくれ冒険者が持つには、過ぎた武器だ。真クランベリーを持つ人間には、二種類いる、技量の伴《ともな》わない金持ちの子息。それなりの技量を持った剣士《けんし》の二種類だ」

（なんや、こいつ。こっちが抜きもしないのに、使っている剣の種類を当てよったで）

バネッサがやれやれといった調子で立ち上がる。

「食後の楽しい時間を邪魔して悪かったな。おっちゃんが海賊の取引相手ではない事態を祈《いの》るよ」

バネッサが消えるとクロリスが戻ってきた。クロリスが不安な顔で訊《き》いてきた。

「おっちゃん、話し合いどうだった、わかってもらえた？　盗賊ギルドに上納金が必要なら言って。私、ギルド・マスターに掛《か》け合《あ》ってみるから」

「心配いらないよ。おっちゃんとて、この渡世《とせい》の義理は知っているよ。今回は盗賊ギルドの誤解やからね。おっちゃんは筋が通らない取引はしていないよ」

クロリスは憂《うれ》いと安堵が交じったような顔をする。

「そう、ならいいけど、何か相談があるのなら言ってね。こっちは無理を聞いてもらっているんだから、冒険者ギルドもできる限りのサポートをするわ。頼んでばかりはいられないわ」

「おっちゃんの心配はしなくてええよ。おっちゃんは冒険者や。リスク管理は自分でする。リスク管理に失敗した時は誰《だれ》のせいでもない、おっちゃんの責任や」

クロリスが微笑《ほほえ》む。

「おっちゃんって本当に冒険者なのね。私は冒険者が好きよ」

「それは嬉《うれ》しいな」

第三十六夜　おっちゃんと化かしあい

バネッサが去ってから五日が経《た》った。相変わらずマスケル商会は『クール・エール』を冒険者ギルドに卸さなかった。やむを得ず、おっちゃんは『瞬間移動』を使って、毎日『クール・エール』を運び続けた。

さらに五日後。おっちゃんが昼食を摂っていると、クロリスがやって来た。

「おっちゃんにお客さんよ。アゴニー商会のミネルバさん」

密談スペースに行くと、ミネルバが待っていた。

ミネルバは二十歳後半の女性だった。身長はおっちゃんより頭一つ低い。目はくりっと大きく青い瞳をしていた。ミネルバは金髪《きんぱつ》でカールの掛かった髪を肩《かた》まで伸《の》ばして、品のよい赤いワンピースを着て、白い手袋《てぶくろ》をしていた。

おっちゃんは正面に座った。するとミネルバは、控えめな態度で切り出した。

「アゴニー商会のミネルバと申します。今日は折入ってお願いがあってきました。私どもにも『クール・エール』を売っていただけないでしょうか」

声を聞いて、一発で確信した。

（なんや、バネッサか、変装して何しに来たんや）

姿形は変わっている。声の調子も変えている。だが、隠《かく》そうとしても隠し切れない剣呑《けんのん》な空気を、ミネルバは持っていた。

おっちゃんは『シェイプ・シフター』。色なモンスターや人間に姿を変えるモンスターである。バネッサの変装は完璧《かんぺき》かもしれない。だが、変装の完成度の高さは、人間レベルではだ。

生まれついての変装の達人、その道のプロで生きてきたおっちゃんには敵《かな》わない。『シェイプ・シフター』に変装で勝とうとする態度は、マグロを相手に競泳で戦いを挑むようなもの。勝負する前から結果は見えている。

おっちゃんがバネッサの目的がわからずに黙っていると、バネッサは滔滔《とうとう》と語り出した。

「実は家の父が騙《だま》されて『クール・エール』の大量の取引を請《う》け負《お》ってしまったのです。この取引を履行《りこう》できないと、家は損害賠償《ばいしょう》に取られ、私は娼館《しょうかん》に売られかねません」

「そ、それは大変やな」

バネッサは目に涙《なみだ》を溜《た》めて懇願《こんがん》する。

「お願いです。どうか、私どものために、『クール・エール』二百樽《たる》を売っていただけないでしょうか。価格は一樽につき金貨十枚をお支払《しはら》いします。どうか、『クール・エール』を売ってください」

おっちゃんは腕組みして、考え込むふりをした。

（ハッハーン、バネッサの魂胆《こんたん》は読めたで。いくら調べても、証拠《しょうこ》が出ん。なら、偽《にせ》の取引を持ちかけて、現場を押《お》さえよう、いう腹やな。仕事熱心な子やけど、おっちゃんを騙そうとは

笑えんな)

おっちゃんは芝居《しばい》に付き合うと決めた。できる限り深刻な表情を心懸《こころが》ける。

「そんな、無理や。いくらなんでも、二百樽なんて、そんな量はないよ」

「なら、いくらなら用意できるんでしょうか」

港に入港している貿易船の姿を思い出す。

(貿易船の規模からして、一隻《せき》に『クール・エール』を積んで八十樽くらいか。海賊船が何隻《なんせき》ぐらい拿捕《だほ》したか知らんが、一隻いう事態はないやろう。五隻拿捕して四百樽か。もう半分は売ったとして、在庫が二百樽くらい。なるほど、バネッサは全《すべ》て海賊船の在庫を吐き出させたいわけか)

迷っている演技をする。

「そやね、でもねー、二百樽は無理やろうな。でも、一樽で金貨十枚かー、どれくらい、いけるかなー」

しばらく迷っているふりをしてから結論を出す。

「この場ではなんとも言えんな。後で連絡《れんらく》するから、ちょっと待って」

バネッサが涙を拭《ふ》きながら応じる。

「わかりました。でも、もう取引まで時間がないのです。あまり待てません」

「大丈夫《だいじょうぶ》、おっちゃんがなんとかしたる。大船に乗ったつもりで待っていてな」

「わかりました。色よい返事を期待しています」

バネッサは帰った。おっちゃんは昼飯に戻った。

冒険者が一人、近づいて来た。冒険者はおっちゃんの向かいに座ると、「おっちゃんと同じものを」と注文した。

声に聞き覚えがあるので顔を上げた。相手はいつか浜《はま》で助けたポンズだった。

ポンズはおっちゃんにしか聞こえない声量で話した。正面にいる相手にしか聞こえない話し方は一般人《いっぱんじん》のものではなかった。盗賊や犯罪者あるいは海賊が持つ独特の話法だった。

「おっちゃん、俺《おれ》を覚えているか？　覚えているなら、スプーンで合図してくれ」

スプーンを軽く皿にぶつける。

「ありがとう。ところで、おっちゃんは『クール・エール』を取《と》り扱《あつか》っているそうだな。よかったら、俺たちの『クール・エール』を買ってくれないか、買う気があるのなら、スプーンで合図してくれ」

ポンズはどう見ても商会の人間ではない。それに、マサルカンドでは『クール・エール』を買いたい人間はいても、売りたい人間は一種類しかいない。海賊だ。

（これ、とんでもない事態になりよった。嘘から出た真《まこと》やな。断ろうか。でも、待てよ。バネッサの話からするに海賊は大量に『クール・エール』を持っているはずや。これが手に入ったら、冒険者ギルドが、めっちゃ助かるな）

盗賊ギルドに目を付けられているのなら、危険な話ではある。だが、成功すれば冒険者ギルドは大いに助かる。おっちゃんも荷運びをしなくてよくなる。

（やるか。おっちゃんを騙そういうバネッサと馬鹿《ばか》にしたマルセル商会への返礼や）

おっちゃんは再びスプーンを皿にぶつけた。

「わかった、ありがとう。詳しい条件は後で教える」

おっちゃんは席を立って、宿屋に戻った。

宿屋に戻って夜になる。おっちゃんの隣《となり》の部屋から壁《かべ》をノックする小さな音が聞こえてきた。

小さな音はいつまでも続く。

壁を一回、叩《たた》くと音は止《や》んだ。しばらくすると、おっちゃんの部屋のドアの下から、一枚の紙が入ってきた。

「数量は二百。価格は全部で金貨百枚。代金は後払《あとばら》いでいい」

（持っている数量は、バネッサの読みどおりやな）

おっちゃんは紙を燃やした。おっちゃんは手紙を二通したためる。

〇一通目
～・
『おっちゃんは盗賊ギルドに目を付けられている。そこで、二隻の船を用意して欲しい。一隻には、何も知らない貿易船に海水八十樽を積んで来てくれ。それを三日後の晩の深夜に入港させて欲しい。盗賊ギルドに掴《つか》ませる。もう一隻には『クール・エール』八十樽を積んで洋上で待機してくれ。作戦が上手《うま》く行ったら合図する。今度は入港した貿易船を、こちらから洋上に出す。洋上で『クール・エール』八十樽を積んでいる貿易船と船を交換《こうかん》して欲しい。残りの百二十樽については後日にしてくれ。なお、この手紙は証拠が残らないように処分して欲しい。あと、もう一通は盗賊ギルドの手に渡《わた》るようにしてくれ』

〜・

○二通目

〜・

『貿易船を一隻、用意して欲しい。何も知らない貿易船に『クール・エール』八十樽を載せて来てくれ。それを、三日後の晩の深夜に入港させて欲しい。残りの百二十樽については、後日にしてくれ、なおこの手紙は証拠が残らないように処分して欲しい』

〜・

今度はおっちゃんの側から、壁を小さくノックした。返事のノックがあったのを確認《かくにん》する。

隣の部屋のドアの前に行き『透視《とうし》』の魔法《まほう》を唱える。ドアの向こうにいる人物はポンズだった。ポンズだと確認できたので、二通の手紙をそっとドアの隙間《すきま》から入れた。

翌朝、おっちゃんはアゴニー商会に出向く。おっちゃんが来たと知らせを受けるとミネルバの格好をしたバネッサが出てきた。おっちゃんは商館の片隅《かたすみ》で密談をする。

「金貨十枚を出すなら『クール・エール』八十樽は用意できそうや」

バネッサが心底、嬉しそうな顔をする。

「三日後の深夜に貿易船が入港する『クール・エール』は、その中や」

「本当ですか？」

「ありがとうございます」とバネッサは涙ぐんだ顔で何度もお礼を述べた。

おっちゃんは帰りに港を見学して、港が一番よく見える場所と二番目によく見える場所を記《き》憶《おく》する。

「第三十七夜　おっちゃんと秘密の取引」

三日後の夜。おっちゃんは『冒険者ギルドと海賊の取引を認める許可書』と『マサルカンドの郊外の位置を記した場所にバネッサが一人で来るように書いた手紙』を作成する。

おっちゃんは冒険者ギルドを出る前にクロリスに封《ふう》をした手紙を預ける。

「明日になったら、バネッサが取りに来ると思うから、渡してあげて」

クロリスはなんの疑いもなく手紙を受けとってくれた。夜遅《よるおそ》くに港で待っていた。

荷揚《にあ》げ夫に変装した手勢を連れてバネッサが現れた。荷揚げ夫の変装は殺気立っているので一目瞭然《いちもくりょうぜん》だった。

イゴリーの姿を捜すが、イゴリーの姿はなかった。

バネッサが心配そうな顔で訊《たず》ねる。

「本当に『クール・エール』が届くんでしょうか」

「心配は要《い》らないよ。なにごとも計画通りよ」

時間になる。二枚の三角帆《ほ》を揚《あ》げた全長五十メートルの貿易船一隻が洋上を進んで来た。港に貿易船が入港すると、荷揚げ夫の殺気が高まった。

横目でバネッサを見ると、緊張《きんちょう》していた。演技かどうかはわからない。

貿易船が港に接岸すると、船乗りが縄梯子《なわばしご》を降ろした。

「だんな、お待ちかねの海水です」

「大いにご苦労。ミネルバさん、荷物を確認して来るので、ここで待っていてください」

おっちゃんは縄梯子をすいすい上がって船倉に下りた。

樽の臭《にお》いを嗅《か》ぐと、磯《いそ》の香《かおり》がした。樽に剣で穴を空けて舐《な》めると、海水の味がした。

わざとらしく大きな声を出す。

「間違《まちが》いない、これは上等な海水だ」

外が騒《さわ》がしくなる前に『瞬間移動』を発動させた。二番目に港がよく見える場所に移動する。

一番目の場所を選ばなかった理由は、イゴリーがいなかったからだった。イゴリーはきっと港が一番良く見える場所にいる。

二番目に港が良く見える場所から『遠見』の魔法を使って貿易船を観察する。

貿易船の周りでは、次々と武器を手にしてバネッサの手勢が貿易船に乗り込んでいた。だが、三分もすると、下りてきてバネッサに何か報告する。

バネッサが鬘《かつら》を投げ捨て、何かを叫《さけ》んでいた。

「ころあい良しやな」

おっちゃんは『飛行』の魔法を唱える。空を飛んでマサルカンド郊外に移動した。

「さて、これでバネッサはんがここに来れば、作戦は成功やな」

一時間もしない内に、馬の疾走《しっそう》する足音が聞こえてきた。

馬には変装を解いたバネッサが一人で乗っていた。

「おや、お早いお越《こ》しで。それで、海水はどうでしたか」

バネッサは馬を下りて、顔を真っ赤にして怒鳴った。

「おっちゃん、どういうつもりだ？」

「どうもこうもありません。密輸はなかった。おっちゃんは海水を持ち込んだだけですわ。海水は税金が掛かりませんから、密貿易にはなりません。誰も損しません」

バネッサが剣を抜いた。

「まあ、落ち着きなさい。ここから本題です。どうです。バネッサはんあの海水を『クール・エール』に変える気は、ありませんか」

バネッサが険しい顔で叫ぶ。

「何を考えている？」

「言葉通りです。おっちゃんが海水を『クール・エール』に変える。バネッサさんが『クール・エール』を押収《おうしゅう》して手柄《てがら》にする。二人とも万万歳《ばんばんざい》や。もっとも。密輸品の『クール・エール』を渡す条件はありますけど」

「なんだと、言ってみろ」

「冒険者ギルドが海賊から『クール・エール』を密輸するのを、認めて欲しい。おっと、勘違《かんちが》いしたら、あきませんよ。おっちゃんは誓《ちか》って密輸をしていません。バネッサはんがおっちゃんを罠《わな》に嵌《は》めようとするまではね」

バネッサが鋭《するど》くおっちゃんを見据えて凄む。

「拒否《きょひ》したらどうするつもり？」

「あんまり良い選択肢《せんたくし》とは思えませんね。そん時は、マサルカンドからバックレますわ。おっちゃんは信用のない冒険者やさかい、どこに行っても同じ待遇《たいぐう》や。その点、バネッサはんは違います。地元で築いた信用があります。失うと痛いと違いますか。盗賊の世界って、狭《せま》いでっしゃろ」

バネッサは黙った。剣を下ろしたりしなかった。

（もう、一押《ひとお》しか）

「良く考えてくださいよ。盗賊ギルドとして、悪い話ではないでしょう。きちんと冒険者ギルドと海賊が許可を取って、マサルカンドで商売をする。盗賊ギルドは分け前として、『クール・エール』二百樽の内の八十樽を得る。バネッサはんは密輸の現場を押さえた手柄を手にする。誰が損しますか」

怒りの形相で、バネッサが怒声《どせい》を上げる。

「なら、なぜ、最初からギルドを通して『クール・エール』を物納しない？」

「海賊が陸で勝手に商売しているのが、気に入らなかったんでしょう。面子を汚《よご》されたと思ったギルドがあの時点で八十樽で妥協《だきょう》するとは思えません。普通《ふつう》に話したら、半分以上を寄越《よこ》せってなるか、最悪、認めないでしょう」

バネッサの無言の態度が、おっちゃんの推測が当たっている事実を示した。

「まあ、おっちゃんにも、以前は信用できるビジネス・パートナーがおらんかった。でも、今は違う。バネッサはんがおる。だから、こうしてビジネスの話ができるんですわ」

バネッサがぎろりと目を剥《む》いて、怖《こわ》い口調で言い放つ。

「脅迫《きょうはく》するの」

「脅迫かどうか、知りません。今回の件は必要な、ただの手続きだと思っています。商売と言うものは、出し抜く未来もあれば、出し抜かれる結果もある、そんなものです。おっちゃんはバネッサはんを出し抜いたなんて内容は思っていませんけどね」

バネッサは黙《だま》った。バネッサは頭の悪い女性ではない。

「さあ、決断の時です。お互《たが》いにプラスになる取引をするのか、おっちゃんにゼロ、バネッサはんにはマイナスの取引をするのか、決めてもらいましょう」

バネッサが悔《くや》しそうに下を向いて剣を仕舞《しま》った。

「わかった、取引に応じるわ」

決断は早かった。

「賢《かしこ》いバネッサはんなら、そう言ってくれると思っておりました」

おっちゃんはバネッサに近づいて。お手製の許可書を渡した。

「手間を取らせないよう、こちらで冒険者ギルド宛《あて》の許可書を作っておきました。サインをお願いします。本当なら、盗賊ギルドのマスターのサインが欲しいんやけど。バネッサはんのサインでもええですよ。バネッサはんはそれなりに地位がある人みたいやから」

おっちゃんからペンと契約書《けいやくしょ》を受け取ると、バネッサは投げやりにサインした。

おっちゃんはサインを確認してから、バネッサに声を掛ける。

「ありがとうね、バネッサはん。ほな、さっきの港で待っていて、本物の荷物を運ぶから」

おっちゃんは『飛行』の魔法で冒険者ギルドに寄った。

職員を呼ぶと、クロリスが出てきた。

「なんや。まだ起きておったんか」

クロリスがいつもと変わらぬ笑顔《えがお》で答える。

「今日は夜勤なのよ。夜勤は大変よ。でも、静かな夜も私は好き。なんとなく落ち着くからね。それに、冒険者ギルドから見える朝日って綺麗《きれい》なのよ」

「夜勤か。なら、一つ頼《たの》まれてくれるか。この書類をギルド・マスターに渡しておいて。大事な書類やから保管は厳重にね」

「なんの書類？　中身が気になるわね」

「『クール・エール』に当分は困らなくなる書類よ。ほな、頼んだで」

『飛行』の魔法で港に帰った。まだ貿易船が停泊《ていはく》していた。

おっちゃんの姿を見ると船乗りが愚痴《ぐち》った。

「旦那《だんな》ひどいですぜ、急にいなくなって。あの後、刃物《はもの》を持った男たちが乗り込んできて肝《きも》が縮む思いでしたぜ」

「御免《ごめん》な。ちょっとした行き違いよ。誤解は解けた。さあ、船も沖《おき》に出して、もう一働きよ」

船乗りが貿易船を沖に出した。おっちゃんは空に向かった『火球』の魔法を唱える。

暗い夜空に大きな火花が散った。ほどなくして、同じような貿易船が近づいてきた。

先頭にはポンズの姿があった。海賊と船乗りは乗っていた貿易船を交換する。『クール・エール』を積んだ貿易船を港に戻す。バネッサたちが待っていたので、そっくり積荷を渡した。

「ほな、取引が終わったので、おっちゃんは家に帰りますわ」

おっちゃんが宿屋に着く頃《ころ》に、日が昇《のぼ》ってきた。

「いい天気や。『クール・エール』の問題も解決したし、気分良く寝《ね》られそうや」

第三十八夜　おっちゃんと領主の思惑《おもわく》

密貿易をした三日後。ポンズの手により、約束だった残りの百二十樽を積んで貿易船が寄航した。

盗賊ギルドが偽装《ぎそう》書類をくれたので、ポンズたちは盗品の『クール・エール』を正規品と偽《いつわ》って荷揚げした。

冒険者の酒場ではポンズたち海賊クルー四十名が冒険者の格好で食事をしている。冒険者も海賊も、並んで飯を喰《く》っている分には、それほど変わりがなかった。

冒険者ギルドのギルド・マスターも、とやかく言わなかった。

密談スペースでポンズがテーブルに並べられた金貨を数える。

「よし。金貨百枚、確かに受け取った。これで、ここの支払いをできるってもんだ。溜まったツケも払《はら》える。また仕入れたら頼むぜ、兄弟」

ポンズが晴れやかな顔で握手《あくしゅ》を求める。

おっちゃんは握手をしてお願いする。

「『クール・エール』を売ってもらった立場としては、とやかく言いたくはない。せやけど、この港に来る船は襲わんで欲しいわ。物流が滞《とどこお》る」

ポンズが心外だと言わんばかりに釈明《しやくめい》する。

「なにか勘違いしているようだけど、『クール・エール』は略奪品じゃないぜ。あれは、海に落ちていたんだ。俺たちは海に出て漂流《ひようりゆう》する船から荷物を集めて秘密の場所に保管していただけ。おそらく、貿易船は幽霊船《ゆうれいせん》にやられたんだな」

「なんや、ほんまか？」

ポンズが自信有りげな顔をして強い口調で断言する。

「間違いないね。海賊にやられたなら、荷が残っている状況《じようきよう》はおかしい。船が難破したなら、飲める酒が残っている状況はない。荷物がそっくり残っていて、船員がいなけりゃモンスターの仕業《しわざ》だ」

ポンズが腕組《うでぐ》みして神妙《しんみよう》な顔で忠告した。

「実際に見たわけではないが、幽霊船一隻の仕業ではない。幽霊船は船団を組んでいる。出遭《であ》ったら、よほど足の速い船か、坊《ぼう》さんを山と積んでいなければ助からない。命が惜《お》しけりゃ海に出ないことだな」

「じゃあ、ポンズはんはなんでマサルカンドまで来たん」

ポンズは白い歯を見せて笑った。

「浪漫《ろまん》だよ。秘密だが、この付近の小さな島のどこかに『赤髭《あかひげ》』と呼ばれた海賊の宝がある。俺たちは『赤髭』の宝を狙《ねら》ってきたのさ」

『赤髭』については聞いた記憶があった。『赤髭』は燃えるような真っ赤な髪と髭を持つ大男の大海賊。『赤髭』の最期《さいご》は部下に裏切られて死んだ、となっている。お宝の大部分はどこかに消えたと噂《うわさ》されていた。

「大海賊の宝ね。おっちゃんには関係ないか」

「俺たちはしばらくこの近海をうろうろしている。ちょくちょく港に補給にも寄るだろう。冒険者の酒場には情報収集兼連絡《けんれんらく》要員も置いているから、何かあったら連絡をくれ。また、美味《うま》い酒を飲もうや、兄弟」

ポンズが部屋から出ていった。

建物が小さく揺《ゆ》れた。地震《じしん》だった。揺れは小さくすぐに止まった。

「本当に地震の多い街やな」

着いた当初は驚《おどろ》いた地震だが、十何回目となるとさすがに慣れた。

おっちゃんは財布《さいふ》からお金を出す。金貨にして百六十枚が手元に残った。

一日の生活費が銀貨二枚。八千日分の生活費が残った。儲《もう》ける気はなかった。人助けのためと思って始めた仕事が、とんでもない利益を生んだ。

「参ったな。これ噂にならんといいけど」

おっちゃんは金貨一枚と銀貨数枚を残して、冒険者ギルド内にある銀行にお金を預けた。

金があるので、ダラダラと過ごした。食事も、冒険者の酒場よりワンランクいい店から、仕出し弁当を取った。そんな生活も一週間も続けると、冒険者の酒場の料理が恋《こい》しくなった。

久しぶりにおっちゃんが冒険者ギルドに行くと、冒険者の酒場が空いていた。冒険者の酒場は一般人が入れない店ではない。一般人も飯を喰ったり、酒を飲んだりする。店には一般人がいつものようにいるのだが、冒険者《ぼうけんしゃ》の姿が少なかった。

クロリスに事情を尋《たず》ねた。

「なんや、冒険者の姿が少ないみたいやけど、皆《みんな》どこに行ったん？　どこかに美味《おい》しい話でも湧《わ》いたんか。だったら、おっちゃんも知りたいな」

クロリスが簡単に教えてくれた。

「幽霊船討伐《ゆうれいせんとうばつ》よ。物流が滞った現状に業《ごう》を煮《に》やした近隣《きんりん》三都市が、幽霊船を退治するべく人を募集《ぼしゅう》したのよ」

「そうか、幽霊船退治やるのか。でも儲かるんかな。微妙《びみょう》やと思うけど」

「幽霊船が大量に保持している宝も取得した人のもので、わずかだけど日当も出るわ。中級未満の冒険者はこぞって参加しているわよ。今日はその応募締《おうぼし》め切《き》り日《び》なのよ」

幽霊船には興味がある、だが、幽霊船討伐には参加しようとは思わなかった。

（海上なら集団生活や。おっちゃんはモンスターやし、人間との集団生活はできん。せいぜい、大勢の冒険者が戻《もど》ってくる未来を祈ろうか）

「なるほどね。それで人がおらん理由はわかった。ありがとうな」

クロリスが微笑んで勧《すす》める。

「おっちゃんは幽霊船で一山当てようと思わないの。危険な仕事だけど、上手くいけば大金持ちになれるわよ」

「あまり興味ないの。おっちゃんは身《み》の丈《たけ》にあった生活ができれば充分《じゅうぶん》や。欲を掻《か》くと碌《ろく》な結末にならん」

クロリスがつまらなそうに発言した。

「おっちゃんて、冒険者にしては珍《めずら》しいわよね。女性にもてたいわけでもない。お金に執着《しゅうちゃく》するわけでもない。名誉《めいよ》を欲《ほっ》するわけでもない。なんか、聖人みたいね」

「おっちゃんはそんな立派な人間やないよ。おっちゃんにも欲はあるよ。美味しいもの食べたいし、美味い酒を飲みたい。きままに生きてダラダラ過《す》ごしたい」

クロリスが身を乗り出して訊いてきた。

「よかったらだけど、聞かせてくれないかしら、おっちゃんはなんで冒険者になったの」

おっちゃんはクロリスの質問に正直に答えなかった。

「さあ、なんでやろうな。気が付いたら冒険者になっていたじゃ駄目《だめ》かな」

冒険者になった理由は人により様々。答えたくないなら聞くものではない。

ギルドの受付嬢《うけつけじょう》をやっているクロリスが察した顔をして謝《あやま》った。

「ごめんなさい、深く踏《ふ》み込んじゃったかしら。つい、おっちゃんに興味があったものだから」

「こんなどこにでも転がっているような、おっちゃんを気に懸《か》けてくれてありがとうな。でも、冒険者になって良かったと思うているよ。冒険者になったおかげでクロリスはんにも会えた」

クロリスが愛想《あいそ》よく笑う。

「そんなセリフを言っても、買い取り価格は上がらないわよ」

「そうか、それは残念やな。あと、冒険者になって良かった点がもう一つある。冒険者は自由や。これが一番大きい魅力《みりょく》やな。野垂れ死ぬ自由でもあるけど、おっちゃんは後悔《こうかい》しない」

クロリスが目を細めて、感傷に浸《ひた》った声を出す。

「自由か。私ね、好きだった船乗りがいるのよ。おっちゃんと同じような言葉を言っていたわ。でも、結局、彼《かれ》は肉体からも自由になって、天国に行っちゃったわ。彼も後悔はしていなかったのかしら」

「後悔したかどうは本人でないとわからんな」

クロリスが首を僅《わず》かに傾《かたむ》け優《やさ》しい顔で尋ねた。

「ねえ、一つ教えて、おっちゃんに好きな女性ができたとするわ。その女性から冒険《ぼうけん》を止めてって頼まれたら、冒険を止める?」

「難しいな。しばらくは一緒《いっしょ》にいるやろうけど、でも結局はある日に衝動《しょうどう》を抑《おさ》えられなくなって冒険の旅に出て行くやろうな。おっちゃんは冒険者やさかい」

クロリスが残念そうな顔をする。

「おっちゃんもそういう人か。おっちゃんは似ているかもしれないわ。天国に行った馬鹿な船乗りに。おっちゃんは死んじゃ駄目よ」

五日後、盛大な出陣式《しゅつじんしき》が行われた。出陣式の最後にマサルカンドの領主ゲーノスがスピーチ台に上がった。

ゲーノスは五十を過ぎた男性だった。黒髪《くろかみ》で面長《おもなが》の顔をしている。貴族らしく青い襟《えり》が豊かな服を着て、カラフルなカボチャ形のズボンを穿《は》いていた。

ゲーノスのスピーチによれば、総兵力は一千人。帆船《はんせん》は十隻に及《およ》ぶ規模だと発表があった。

八分ほどスピーチの後、出陣式はクライマックスを迎《むか》える。

冒険者と海兵を乗せた五隻の船が出港する。先端《せんたん》にバリスタを搭載《とうさい》して、三つの帆を持つ全長六十五メートルの帆船だ。帆船は他の都市の船と合流すべく港を出た。

「無事に帰って来いよ。冒険者」

六日後、「艦隊《かんたい》勝利す」の一報が入って来た。街は祝賀ムードに沸《わ》いた。街には花吹雪《はなふぶき》が舞《ま》い、城では祝勝晩餐会《ばんさんかい》が開かれた。あちらこちらで乾杯《かんぱい》の音頭《おんど》が聞かれた。吟遊《ぎんゆう》詩人たちの歌声が夜遅くまで聞こえた。

さらに三日が経つと、船が帰って来た。五隻で出て行った帆船だが、帰還《きかん》した船は二隻しかいなかった。船から下りてくる冒険者は皆、敗残兵のように傷を負い、無傷な人間はいなかった。

あまりの痛々しさに、祝賀ムードが一気に消えた。街は帰らぬ人を悼《いた》む声と、悲痛な声に溢《あふ》れた。

「勝つには勝ったが、辛勝《しんしょう》か」

冒険者ギルドに戻る。出陣《しゅつじん》していた冒険者が店で酒を飲んで荒《あ》れていた。

「畜生《ちくしょう》、幽霊船があんなに手強《てごわ》いとは、聞いていなかった。宝なんて何も持っていない。仲間は次々に海に消えていった。俺には聞こえる。友の、この世のものとも思えない叫《さけ》び声《ごえ》が」

冒険者の酒場で帰還者《きかんしゃ》たちの声に耳を傾ける。誰しも宝はなかったと愚痴る。騙されたと口にする。参加してよかったと口にする者は、誰一人《だれひとり》としていなかった。

辛勝とはいえ、勝ったのだから物流は回復する。商人や貴族たちは恩恵《おんけい》を受けるのだろうが、冒険者には恩恵が廻《まわ》ってくるとは思えなかった。

冒険者サイドで見れば幽霊船討伐は完全な失敗だった。冒険者ギルドには、ただ怨嗟《えんさ》の声が溢れていた。

「第三十九夜　おっちゃんと中立」

日付が変わった頃に事件は起きた。

おっちゃんが宿屋で寝ていると外が騒がしくなってきた。「なんや」と目を覚ます。

宿屋の主人の鬼気迫《ききせま》る声が聞こえてきた。

「大変だ。幽霊船が攻《せ》めてきた」

窓を開けて外を確認する。港から火の手が上がっている光景が見えた。海上に青白く光る六十メートル級の帆船六隻が接岸していた。

「なんや、勝ったんやなかったのか」

急ぎ着替《きが》えると、冒険者ギルドに急いだ。

（相手が海賊《かいぞく》なら獲物《えもの》を求めて坂の上まで追って来るかもしれん。幽霊船は違《ちが》う。乗っているモンスターが幽霊船に縛《しば》られた存在なら、停泊する幽霊船からそれほど離《はな》れない。となると、幽霊船から下りてきたモンスターは坂の上まで追ってはこないはずや。敵が追ってこないなら、無理に戦わず、避難誘導《ひなんゆうどう》を優先すれば犠牲者《ぎせいしゃ》は少なくて済む）

冒険者ギルドのドアを開けて叫ぶ。

「幽霊船が街に攻めてきた、街の人を避難《ひなん》させる。手を貸してくれ」

冒険者ギルドには三十人ほどの冒険者がいた。

「幽霊船」と聞いて、ある者は青い顔をする。また、ある者は身震《みぶる》いする。頭を抱《かか》える者もいた。三十人の冒険者からは誰も協力の名乗りを上げる者はいなかった。

（幽霊船の恐怖《きょうふ》が、すっかり身に染《し》みている。これは使い物にならんで）

冒険者ギルドを出た。おっちゃんは『拡声』の魔法を使う。

「上や、坂の上に逃《に》げるんや」と指示を出しながら、港へと下りて行った。次々と人々が逃げて来る。ぶつかりそうになる人を躱《かわ》して港に向かった。モンスターとは遭遇《そうぐう》しなかった。

暗闇《くらやみ》の中、炎《ほのお》で赤々と輝《かがや》く港が見えた。港に停泊している船は燃えていた。倉庫の窓からも炎が上がっていた。

おっちゃんが港に着いた時には幽霊船は岸を離れていた。奇襲《きしゅう》を成功させて引き上げる幽霊船の姿があった。幽霊船が静かな海に帰って行く。

「これは、完全にやられたで」

おっちゃんは港での消火作業を手伝ってから、宿屋に帰った。

宿屋に着いた時には夜が明けていた。

目が覚めて、冒険者ギルドに行く。冒険者ギルドでは、幽霊船の話題で持ち切りだった。

クロリスが浮《う》かない顔で訊いて来る。

「倒《たお》されても復活する幽霊船が相手じゃ、どうしようもないわ。私なんだか怖いわ。街はどうなるのかしら」

「街がどうなるかは先が読めんの。ただ、冒険者ギルドは港から離れた場所にある。幽霊船のアンデッドがここまで上がって来られないのが救いやな」

市場に出ても、幽霊船の話で一色だった。

夜になる。今晩もまた襲撃《しゅうげき》があるのではと、皆が皆、不安になった。

兵隊が港湾《こうわん》の警備に当たったたが、とても心細く見えた。おっちゃんも襲撃に備えて、革鎧《かわよろい》で夜を過ごした。

その夜は襲撃がなかった。次の日も、次の日も、不安な夜は続いた。

四日目の夜。「幽霊船が出たぞ」と言う宿屋の主人の声で目を覚ました。窓から外を見ると、幽霊船六隻が見えた。今度は接岸していなかった。

襲撃前と知り港へ駆《か》け出した。港では海兵と幽霊船が激しく弓矢で戦っていた。

敵味方の激しい矢の応酬《おうしゅう》に、おっちゃんは流れ矢に当たらないように隠れて見守った。

矢は幽霊船より港側から多く飛んでいた。幽霊船側の戦力はわからない。だが、幽霊船側から飛んで来る矢は命中率が高く、海兵がばたばたと倒れる。また、幽霊船から放たれる矢のほうが、飛距離《ひきょり》が長かった。

「これ、あかんで、港の守りが破られて、上陸されるぞ」

おっちゃんは上陸に備えた。幽霊船は十五分ほど矢を浴びせると、暗い海に戻って行った。

夜が明ける。幽霊船の恐怖に街は沈《しず》んだ。

昼ごろに目が覚めた。食事をするために冒険者ギルドに行った。昼時なのに冒険者ギルドには冒険者も一般人も少なかった。

食事をしていると、冒険者の憤《いきどお》る声が聞こえた。

「おい、聞いたか、街では幽霊船が襲《おそ》ってくる事態は冒険者のせいだっていう話」

「聞いたよ。俺たちが幽霊船から宝を盗《ぬす》んだせいで取り返しに来ている、って話だろう。馬鹿らしい。幽霊船に宝なんて、一つもなかったのによ」

（なんや、そんな話になっとったんか。ちと、調べてみるか）

食事が終わると、以前にクロリスから貰《もら》った船乗りの服を着る。

船乗りの格好で街をぶらついた。市中でも憤った冒険者が話していたように、「冒険者が悪い」「冒険者のせいだ」と話す恨《うら》み節が聞こえていた。

冒険者だけが悪者かと、居心地《いごこち》が悪かった。すると、「冒険者は悪くない。領主が悪い」「冒険者はよくやったの」と別の声も聞こえて来た。

（なんや、冒険者が悪い、という声ばかりやないのか。『火龍山大迷宮《かりゅうざんだいめいきゅう》』と共に発展してきた街でもあるからな。冒険者と付き合いのある街の人間も多いんやろう）

幽霊船の不安が高まる中、事件が起きた。

冒険者ギルドで寛《くつろ》いでいると、冒険者の一人が血相を変えて飛び込んできた。

「ゲーノスの野郎《やろう》、全ての責任を俺たちに押し付ける気だ。広場の掲示板《けいじばん》を見ろ」

港近くの広場に人が集まっていた。群衆を掻き分けて進むと、大きな掲示板が出ていた。

『全冒険者に告ぐ。幽霊船から持ち出した宝物は即刻《そっこく》、城に返納せよ。また、宝を隠《かく》している冒険者を告発した者には、褒美《ほうび》を取らせる。領主・アルセ・ゲーノス』

人々がざわめく。

「おい、やっぱり冒険者が悪いのか」

「いや、でも、討伐《とうばつ》時に宝は持っていって良いと触《ふ》れを出した人間は領主だろう」

色々な意見がある。集約すると民衆は「冒険者が悪い派」と「領主が悪い派」に分かれていた。

（これ、まずいんちゃうか。街が二つに分かれる。こんな時に幽霊船が襲ってきたら暴動が起きるで。幽霊船より人間同士の諍《いさか》いのほうが、災《わざわ》いは大きくなる）

冒険者ギルドに戻った。クロリスが困惑《こんわく》した顔でやって来る。

「おっちゃんにお客さんよ、マスケル商会の番頭で、ピエールさん」

意外な来客だった。なんの用やと思って密談スペースに行った。

ピエールが澄《す》ました顔で話す。

「先日は失礼しました。まさか、本当に『クール・エール』の仕入れに成功するとは、驚きの限りです。今日はマサルカンド商人組合の人間として来ました。おっちゃんさん、あなたの手《しゅ》腕《わん》を見込んで、お願いがあります」

おっちゃんは警戒《けいかい》していた。

「なんや、改まってからに。あと、おっちゃんさん、やなくて、おっちゃんでええよ。呼びにくいやろう」

「街を騒がせている「冒険者派」「領主派」の争いについて御存《ごぞん》じかと思います。このままでは、いずれ、よからぬ事態が街に起こります。そうなる前に、争いを解決して頂きたい」

仕事の内容はわかったが、どうにも漠然《ばくぜん》としすぎている。

「おっちゃんはしがない、しょぼくれ中年冒険者。そんな大層な依頼《いらい》を出されてもね」

ピエールが冷たい顔でサラリと発言する。

「簡単な仕事です。冒険者が隠している幽霊船の宝を突《つ》き止《と》めて、持って来ていただければいい。相応のお礼はしますよ」

「商人組合は領主派ですか」

ピエールが強い口調で依頼した。

「違います。商人組合は街の全《すべ》ての利益を考えています。いわば、中立です。ただ、中立でいるのが難しくなってきた。ですから、中立でいられる間に問題を解決したいのです」

（商人組合は中立でも、ピエールは領主派か。面倒《めんどう》な話を持って来たな）

「とりあえずは、考えてみますわ。そういうことで、今日のところは勘弁《かんべん》してもらえませんか」

ピエールは席を立った。おっちゃんを見下ろして言葉を発する。

「わかりました。色よい返事を待っていますよ」

ピエールが立ち去る。入れ違いで、クロリスが顔を曇《くも》らせて入って来た。

「また、お客さん。今度はバネッサさん」

面会の了解《りょうかい》をする前に、バネッサとイゴリーが入ってきた。

バネッサがおっちゃんの正面にドカッと腰《こし》を下ろした。

面白《おもしろ》くないの顔をしたバネッサが、ぞんざいな口調で用件を切り出した。

「今日はビジネスの話をしに来たわ。街を騒がせている騒動《そうどう》は知っているね。このままでは街は割れる。そうなる前に止めて欲《ほ》しい」

（盗賊《とうぞく》ギルドまで動いているところを見ると、事態は思ったより深刻なのかもしれへんな）

「そんなこと言ったかて、おっちゃんはしがない、しょぼくれ中年冒険者や。そんな大きな仕事を持ち込まれてもね」

バネッサが眉間《みけん》に皺《しわ》を寄せて、乱暴な口調で言い放つ。

「簡単な仕事だ。今回の責任者である領主の首を取って幽霊船に投げ込んでやれ」

イゴリーが渋《しぶ》い顔で嗜《たしな》める。

「言いすぎだ。本気にしたら、どうするんだ」

バネッサはイゴリーの言葉にそっぽを向いた。

「盗賊ギルドは冒険者派ですか」

バネッサが苛立《いらだ》った口調で話を進める。

「違う。盗賊ギルドはどっちにも義理があるわ。だから、どちらの味方にもなれない。だが、そう、もう静観してられなくなってきたわ。ここいらで、責任がどちらにあるか明確にしないと決まりが悪い。盗賊ギルドの依頼は責任のある奴にケジメをつけさせろ、それだけよ」

（盗賊ギルドも中立で。バネッサは冒険者派か、なんか、ややこしいな）

「なんか良い方法を考えてみますよ。今日のところは、それでお引き取り願います」

バネッサが立ち上がって、ツンとした態度で応じた。

「NOは聞きたくないわ」

バネッサとイゴリーが帰った。クロリスが冷たい飲み物を持って入ってきた。

おっちゃんはクロリスに愚痴った。

「もう、なんで、こんなややこしい依頼が、しがない、しょぼくれ中年冒険者のところに、指名で来るのかな」

クロリスが柔《やわ》らかい表情で、やんわりと述べる。

「縁《えん》だと思うわ。おっちゃんには不思議と縁を結ぶ力があるんだと思う」

「こんな仕事、やりたくないんやけどな。流れからして、おっちゃんがやるしかないのかなあ。しゃあないな」

クロリスが微笑《ほほえ》んでいるのに気が付いた。

「どうした、クロリスはん、なんぞ良い出来事でもあったかな」

「おっちゃんが動いてくれるなら、安心かなと思っただけよ。『クール・エール』の時だって、おっちゃんが救ってくれた」

「もう、そんな期待せんといて、おっちゃんかて、本当はこんなややこしい話はやりたくないんよ。成り行きや、成り行き」

「第四十夜・おっちゃんと幽霊船」

おっちゃんはその日の内に木製の渡《わた》し舟《ぶね》を一艘《そう》と、マサルカンド近海の地図を購入《こうにゅう》した。

夜になった。夜釣《よづ》りの格好で、港から渡し舟を出した。

港の近くに渡し舟を浮かべれば、通行の邪魔《じゃま》になる。普段《ふだん》なら苦情も来る。されど、幽霊船《ゆうれいせん》騒《さわ》ぎのせいでマサルカンドに来る船はなかった。誰《だれ》も苦情は言わないし、夜の港に来る者もいない。

翌日も夜釣りをした。夜釣りをしていると、風が不自然に止まった。海が静かになり、魚の気配も消えた。

『遠見』の魔《ま》法《ほう》と使うと、遠くから六隻《せき》の幽霊船がやって来るのが見えた。

「来たで、幽霊船が」

渡し舟に白い旗を掲《かか》げる。渡し舟を幽霊船に向かって漕《こ》ぎ出した。幽霊船はおっちゃんの乗る渡し舟に矢を射かけてはこなかった。

先頭の幽霊船との距離《きょり》が三十メートルまで近づく。おっちゃんは『死者との会話』の魔法を唱える。アンデッド・モンスターや死者と会話できる魔法だ。

「わいはおっちゃんと言います。街の代表として来ました。船団長さんと話がしたいんですわ」

幽霊船から返事はない。攻撃《こうげき》もない。もう一度、同じ内容を口にする。さらに、渡し舟で近づいた。

幽霊船に接すると、幽霊船から縄梯子が下りてきた。縄梯子を上がる。

甲板《かんぱん》に水兵の格好をした骸骨《がいこつ》が四十体いて、おっちゃんにクロスボウを向けてきた。おっちゃんは両手を上げて、敵意のない態度を示す。

甲板に人間大の青白い炎が現れた。炎はキャプテン・ハットを被《かぶ》って人の形を取った。現れた人物は三十歳《さい》くらい。髭を生やした、スラリとした長身の男性だった。

男性はおっちゃんを睨《にら》みつけて、詰問《きつもん》調で言葉をぶつける。

「この幽霊船団を率いている。船団長のホークだ。何をしにやって来た?」

「ですから、交渉《こうしょう》しに来まして。和睦《わぼく》したいんです。要求は何ですか。こっちが劣勢《れっせい》なので、できる限り譲歩《じょうほ》します」

ホーク船団長が両手を広げて高らかに宣言する。

「交渉はあり得ない。我々は血を求めている。生贄《いけにえ》が必要だ。大勢の生贄だ。海で血を満たせ。潮風を慟哭《どうこく》で溢れさせろ。敵船を燃やせ、街を破壊《はかい》しろ、恐怖の果てに、我らの安息がある」

水兵の骸骨が豪快《ごうかい》に笑う。

おっちゃんは動じずに聞く。

「血を求めている、のセリフは、言わされているんでっしゃろ。前口上みたいなものですやん。わかっとりますよ。おっちゃんかて、宮仕え長いですから。ここだけの話、おっちゃんもモンスターですねん、ほれ」

発言して、おっちゃんは手足を毛深い獣《けもの》に変える。

骸骨の笑いが止まった。ホーク船団長が神妙な顔になった。

おっちゃんは他人の目を気にするように辺りを見渡《みわた》してから、そっと口を開く。

「で、本当のところは、なに？　ここだけの話でいいからポロッと漏《も》らしてもらえませんか？

おっちゃんが悪いようにはしませんから。うちらだけ談合しましょう」

ホーク船団長が、辺りを気にするような仕草をする。骸骨の水兵全員が見て見ぬふりをした。

ホーク船団長が畏《かしこ》まってポツリと『赤髭の宝』と口にした。おっちゃんは近くにいた水兵の
格好をした骸骨に尋ねる。

「ははん、おたくら眠《ねむ》たいところを、『赤髭の宝』によって無理やり呼び出されたわけですか。

それで、その『赤髭の宝』を止めたら、再び眠りに就《つ》く、そんなところですか」

骸骨は身じろぎを一つしてから、コクコクと小さく頷《うなず》いた。

おっちゃんはそっとホーク船団長に耳打ちする。

「わかりました。『赤髭の宝』を止めるように、おっちゃんが陰《かげ》で動きます。『赤髭の宝』はど
こにあるか、わかりますか？」

おっちゃんはペンとマサルカンド近海の地図を差し出した。

ホーク船団長が一つの島に小さく丸を付けた。

「必ず、『赤髭の宝』を止めます。ですから、今日のとこは勘弁を願います」

ホーク船団長が何も言わずに、おっちゃんに背を向けた。ホーク船団長が軽く手を上げると骸骨の水兵が船を反転させにかかった。

おっちゃんは縄梯子《なわばしご》から降りて、渡し舟に戻った。港に着くと宿屋に帰った。

翌日、冒険者ギルドに行き、海賊らしい人間を捜す。ポンズが話していた連絡要員《れんらく》だと思ったので「ポンズに至急、会いたい」と伝える。

冒険者の店で待っていると夕方にポンズが笑顔で酒場に現れた。

「どうした兄弟、何か用か」

「大事な話や」と釘《くぎ》を刺《さ》して密談スペースに移動する。

「実はな。『赤髭の宝』の在《あ》り処《か》、偶然《ぐうぜん》にもわかったんよ。それで、発掘《はっくつ》するわけやけど、手を貸してもらえないやろうか。取り分はおっちゃんが半分、ポンズはんが半分。もし、半分にできん時は、マサルカンドで売《う》り払って折半。どうや」

ポンズが眉間に皺を寄せて小声で訊《き》いた。

「その話は本当か？」

「本当や。おっちゃんが発掘隊《はっくつたい》を組織してもええんやけど、まずはポンズはんにと思って声を掛《か》けさせてもらった」

ポンズが少しばかり、考え込む仕草をする。

「半分か。わかった。それで手を打とう。それで、いつ掘《ほ》りに行く？」

「今日はもう遅《おそ》い、明日《あした》に行こう。明日、ポンズはんの船で港に迎えに来て」

翌朝、ポンズの所有する六十メートル級の帆船がやってきた。

帆船に乗り込むと、ポンズと四十人の海賊が出迎《でむか》える。

海に出ると、ポンズが威勢《いせい》よく号令を掛ける。

「ようこそ、黄金の杜《もり》号へ。さあ、いざゆかん宝の許《もと》へ」

おっちゃんはホーク船団長が丸をつけてくれた地図をポンズに渡した。

地図に印のある場所に向かった。地図に印がある島はマサルカンドから十五キロメートル。

地元ではモネダ島と呼ばれる、全長が四百メートルの島だった。

モネダ島に着くと海賊の誰かが愚痴る。

「ここなら、もう二回も調べたが、何もなかったぞ」

おっちゃんは気にせず、真っ先に島に下りて駆け出す。ポンズから見えない位置で、『高度な発見』の魔法を使った。

高度な発見は魔法やカムフラージュで隠された物を見つける『発見』の上位魔法だった。

ポンズが数名の部下を伴《ともな》って呆《あき》れた顔で歩いて来る。

「そんなに急がなくても、島は逃げやしない。転んでも知らないぞ」

おっちゃんが島の北側に到達《とうたつ》した時に、魔法が反応を示した。反応した場所は、平らな地面。

地面の横には幹の太い、高さ十二メートルの一本のヤシの木が生えていた。地面の周りにはいくつもの足跡《あしあと》があった。

(なるほど、調べられたようやな。だが、甘《あま》いで調べ方が。ダンジョン仕込みの技《わざ》を見せたる)

おっちゃんが這《は》うようにして地面を調べているとポンズ一行がやってくる。

「どうした、おっちゃん、そこに何かあるのか？」

「ちょっと、待って、調べているから」

（これは、あれやな、秘密の入口を露《あらわ》にする装置があるな。怪《あや》しいのは隣《となり》のヤシの木や）

おっちゃんはヤシの木を、するすると登った。

ヤシの木の天辺《てっぺん》から高さ一メートルに浮かぶ見えない物体を、おっちゃんの魔法が捉《とら》えた。腰に下げた水筒《すいとう》からエールを掛けると、液体の流れにより大きさ三十センチの猿《さる》の像が浮かび上《あ》がる。

おっちゃんは『罠感知《わな》』の魔法を唱える。反応はなかった。

（罠はなしか、これ前の職場で同じようなやつがあったな。これはスイッチやな）

おっちゃんは猿の像を掴《つか》んで右に廻し込むように体重を掛けて押《お》す。浮かぶ猿の像が押し下がった。

ヤシの木の下で驚きの声が聞こえていた。ヤシの木を降りた。

地面の一部に魔法文字が刻まれた、一辺が一メートルの正方形の石板が現れた。石板を囲む海賊に「ちょっと退いて」と指示を出して調べる。

「あかんな、これ鍵《かぎ》がいる奴《やつ》や。ポンズはん、鍵って持っている？」

ポンズが済まなそうに発言する。

「いや、持っていない。だが、鍵になる物が何か、なら知っている。『煉獄石《れんごく》』だ」

『煉獄石』は『火龍山大迷宮』で採れる魔力《まりょく》の籠《こ》もった希少な石だった。高級な魔道具や武具の材料にもなるので需要《じゅよう》はある。

『煉獄石』が産出する場所のモンスターはとても強い。中級冒険者では辿《たど》り着《つ》くのさえ困難な場所だった。そのため、煉獄石が市場に出回る事態もあるが、価格は金貨二百枚と高い。

「困ったな『煉獄石』かあ。ほな、取り行こうかとは、言い難《がた》い品やな。ポンズはん、金貨二百枚くらい、手持ちある」

ポンズが軽い調子で意見を述べる。

「金貨二百枚あったら飲んじまうよ。なあ、おっちゃん。宝はこの下なんだろう、この石板を壊《こわ》して下に掘ったら駄目か」

「止めといたほうええで、そんなことすると結果、『煉獄石』を買ったほうが安かったとなる場合が、ほとんどや。しゃあない、街に戻って『煉獄石』を買うで。宝を半分貰うんや、購入資金はおっちゃんが出す。先行投資や」

第四十一夜　おっちゃんと忘れられた依頼

島に戻って、冒険者ギルドへ移動する。『煉獄石』を買うにしても、相場を知っておかないと足元を見られる。相場を知るために、クロリスを呼んだ。

「クロリスはん、『煉獄石』を買いたいんやけど、今日の相場、いくらくらい？」

「おっちゃん、『煉獄石』は買えないわよ」

「なんで、一つ二つだけど、いつも売り物があったやろう」

クロリスが困った顔で内情を教えてくれた。

「幽霊船討伐の前に、武具を揃《そろ》えたい冒険者によって買《か》い占《し》めがあったのよ。そのあと、幽霊船討伐で冒険者が大勢いなくなって、『煉獄石』を掘りに行く冒険者がいなくなったわ。だから、今は手に入らないのよ。貴族やお金持ちが宝飾品《ほうしょくひん》として使っている品なら、あるかもしれないけど、それだと金貨千枚は行くわよ」

「ないわー。金貨千枚はないわー」

横にいたポンズが神妙な顔で囁《ささや》く。

「どうする、おっちゃん、金持ちから盗むか？」

「やめて、ポンズはん。街で盗みなんかしたら、また盗賊ギルドとの関係が、ややこしくなる。

なんか、おっちゃんが考えるから」

いったん、ポンズと別れた。酒場で一人、炙《あぶ》った干し烏賊《いか》を摘《つ》まみに考える。

「どないしよう、金貨千枚はさすがにない、盗みは論外やし。ダンジョンに掘りに行く言うてもなー。海賊は腕《うで》が立つかもしれんけど、ダンジョンは素人《しろうと》や。素人を連れて『火龍山大迷宮』に行ったなら、全滅《ぜんめつ》は確実やし」

エールがなくなったので、お代わりをする。

「安く煉獄石を売ってくれそうな人、おらんかなー。引退するから武具を処分したい冒険者とか、いたら、使っている武具から煉獄石を外すんやけど」

「おや、いつぞやの若いの、まだ生きておったか」

誰やと思って視線を向けた。いつかお世話になったサワ爺《じい》がにこやかな顔で立っていた。

おっちゃんは席を立って挨拶《あいさつ》する。

「いつぞやは大変、お世話になりました。いつぞやのお礼です。一杯《いっぱい》、奢《おご》らせてください」

サワ爺がおっちゃんの正面に腰掛《こしか》けた。サワ爺の分のエールと干し烏賊を注文する。

「では、遠慮《えんりょ》なくご馳走《ちそう》になるかな。ここは『岩唐辛子《とうがらし》』を納品した帰りに寄るんじゃが、最近は色々と忙《いそが》しくてな」

「そうですか、大変ですな」

「『岩唐辛子』を採りに行けなんだ。おっちゃんはまだ『岩唐辛子』と採りに『ガンガル荒野《こうや》』に行っているんかの」

「最近は行っていませんね。こっちも何かと忙しくて」

サワ爺が和《やわ》らいだ表情でうんうんと頷く。

「そうか、お互《たが》い大変じゃの。ところで、さっき『煉獄石』がどうのと言っておったな。『火龍山大迷宮』に入らず、それでいて安く『煉獄石』を手に入れる方法を探しておるのか？」

「まさか、『煉獄石』をお持ちですか？」

「儂は持っとらん。方法を知っているだけじゃ。おそらくとしか言えんが『ボルガン・レックス』の腹の中には『煉獄石』があるぞ。『ボルガン・レックス』は大きな剣《けん》や鎧は吐《は》き出すが、小さな石なら、そのまま飲み込む。『煉獄石』なら『ボルガン・レックス』の胃液にも溶《と》けない」

冒険者を喰《く》らい、装備を丸呑《まるの》みにする『ボルガン・レックス』の腹の中なら『煉獄石』があるかもしれない。でも、ないかもしれない。『ボルガン・レックス』退治は大きな賭《か》けになる。

（確実に手に入るならまだしも、五分五分やったら、遠慮したいな）

「『ボルガン・レックス』退治ですか。あまりやりたくはない仕事ですな」

「そうじゃろうな。『ボルガン・レックス』は強い。並の冒険者では歯が立たない。だが、『ボルガン・レックス』にも弱点はある。大抵《たいてい》の毒に耐性《たいせい》がある『ボルガン・レックス』だが、石鶏草《せっけいそう》の毒には、耐性がない」

サワ爺は籠《かご》から一リットル入りの瓶《びん》を取り出した。中には紫色《むらさきいろ》の液体が入っていた。

「もし、『ボルガン・レックス』と戦うのなら、進呈《しんてい》しよう」

毒が効くと教えられても、どの程度に効くかわからない。相手は筋肉の塊《かたまり》の『ボルガン・レックス』だ。失敗すれば死は見えている。おっちゃんが「うん」と答えないと、サワ爺は瓶をしまった。

「まあ、無理にとは言わんよ。邪魔したな」

サワ爺はエールと干し烏賊を残して立ち去った。

おっちゃんの食べ終わった皿を若い給仕《きゅうじ》の男性が下げに来る。

「おっちゃんも、『ボルガン・レックス』退治を依頼されたんですか」

「も、って、どういうことや、も、って」

「サワ爺《じい》さん、友人を『ボルガン・レックス』に食べられて以来、『ボルガン・レックス』退治をしきりに冒険者に勧めているんですよ」

おっちゃんは気になったので、クロリスがいる依頼受付カウンターに行く。

「クロリスはん、『ボルガン・レックス』の討伐依頼《とうばついらい》って、出ている?」

「サワ爺さんの依頼の件。確かに出ているわ。けど、誰も引き受け手がいないから、ずっと掲示板に貼《は》ったままになっているわよ」

冒険者への依頼は概要《がいよう》が書かれた依頼票《いらいひょう》に記され、掲示板に貼り出される。

依頼が貼り出される掲示板の前に移動した。

他の掲示《けいじ》に埋《う》もれそうになっているサワ爺の依頼があった。

サワ爺の依頼を探していて気が付いた。誰にも受理されず、埋もれていく古い依頼票に『ボルガン・レックス』に対する討伐依頼が、いくつもあった。

（なんや、『ボルガン・レックス』関係で、放置されている依頼票は一つや二つでないで）

おっちゃんはクロリスの許に戻《もど》った。

「『ボルガン・レックス』に関する討伐依頼。古い物がけっこうあるけど、あの依頼はまだ生きているん？」

クロリスが浮かない顔をする。クロリスが止めたほうがいいの口調で語る。

「取り下げになっていない依頼は生きているわ。古い依頼でまだ掲示がある物は、仕事料を冒《ぼう》険者《けんしゃ》ギルドに預かって保管しているから、きちんと払《はら》われるわよ。でも、『ボルガン・レックス』の討伐なんて、本当にやるの？」

（『ボルガン。レックス』の討伐は冒険者にとっても鬼門《きもん》か。少ない報酬《ほうしゅう》の依頼でも纏《まと》まればそれなりの額になるやろう。金貨数百枚にならんかなー）

「『ボルガン・レックス』関連でまだ生きている依頼の一覧を見せて」

調べると、『ボルガン・レックス』の討伐に関する依頼で生きている依頼は十件あった。十件の依頼はどれも小額で全部を併《あわ》せても金貨二十枚にもならない。だが、依頼のうち一件の報酬が金貨ではなく『煉獄石』一個となっている物が存在した。

（あったで、『煉獄石』を貰える仕事が）

「クロリスはん、この『煉獄石』が報酬で貰える仕事。報酬の『煉獄石』は冒険者ギルドで保管しているの？」

「ちょっと、待ってね、うん、保管してあるわ」

「クロリスはん。やるわ。『ボルガン・レックス』討伐。纏めて、おっちゃんが引き受ける。明日、サワ爺が来たら教えてあげて、『ボルガン・レックス』の討伐をやるって」

クロリスが驚《おどろ》いた顔をする。

「おっちゃんは知らないと思うけど二年前に三十人からなる討伐隊が出ても狩《か》れなかったのよ。止めたほうがいいわ」

「おっちゃんは勝ち目のない戦いはしない。作戦もある。それに今回は四十人いる。そう簡単にはやられんよ」

クロリスは伏《ふ》し目《め》がちに、歯切れも悪く口にした。

「サワ爺さんのお友達の件は残念だと思うわ。でも、おっちゃんが命を懸《か》ける話ではないのよ。おっちゃんは、おっちゃんに合った仕事をしたらいいわ」

「クロリスはん、おっちゃんはダンジョンに入れないビビリな冒険者や。せやけどな、冒険を止めた冒険者ではないんよ。小さな勇気やけど心の中に宿っているんよ」

クロリスがいつになく弱気な発言をした。

「おっちゃんより強い冒険者はマサルカンドの冒険者ギルドにも大勢いるわ。どうしても倒す必要があるなら、他の冒険者に頼《たの》んでは駄目《だめ》なの？　私が口を利《き》いてもいいわ」

おっちゃんは首を横に振《ふ》った。

「危険やからと言って、他人任せにはできない。これは誰の冒険でもない、おっちゃんの冒険なんや」

クロリスはハッとした表情になった。

「わかったわ、好きにしたらいいわ」

クロリスが暗い顔で突き放《はな》すように発言して、カウンターの奥《おく》に行った。

おっちゃんとクロリスとのやり取りを見ていた若い給仕の男性がいた。

若い給仕の男性がおっちゃんの傍《そば》に寄ってくる。若い給仕の男性は遣《や》り切《き》れない顔でおっちゃんに声を掛ける。

「クロリスさんのことを悪く思わないでください。ちょっと事情があるんです。悲しい思い出です」

「なんや、事情って気になるの」

「クロリスさんがまだギルドの受付嬢《うけつけじょう》になった間もない頃《ころ》の話です。とても親しくしていた冒《ぼう》険《けん》者がいたんです。その冒険者もやはり、『ボルガン・レックス』に挑《いど》みました」

「失敗して亡《な》くなったんか」

若い給仕は悲しみを滲《にじ》ませ頷いた。

「はい、その時にやはり、これは俺《おれ》の冒険だ、と口にして出て行き、そのまま帰らぬ人になりました。クロリスさんはおっちゃんも同じように亡くなるのではないかと、心配なんです」

おっちゃんに勘《かん》が働いた。

「もしかしてその冒険者の愛称《あいしょう》って、水夫とか船乗りとか呼ばれていたか」

若い給仕の男性は驚いた。

「元船乗りだったので、水夫と呼ばれていました。クロリスさんは私の小さな勇者って呼んでいましたが、知っているんですか？」

（なるほどクロリスにとっては悲しい記憶《きおく》だったのか）

「知らんよ。ただ、なんとなくそう思っただけや。クロリスはんに伝えてや。おっちゃんは必ず帰ってくると」

若い給仕の男性が言い辛《づら》そうな口ぶりで尋《たず》ねた。

「おっちゃんは、その、自分が死ぬとは思わないんですが」

「死ぬと覚悟《かくご》を決めて行かなきゃならん冒険もある。だが、いまはその時やない。ならば必ず帰って来る。それが冒険者やで」

「第四十二夜・おっちゃんと討伐準備」

やると決めたからには勝たねばならない。翌朝、冒険者ギルドにおっちゃんは顔を出して、クロリスを呼ぶ。

「なあ、クロリスはん。『ボルガン・レックス』の討伐をやるんやけど、ちと資金が足りないんよ。剣を質草《しちぐさ》にお金をギルドから借りられんかな」

クロリスがあまりいい顔をしなかった。

「ギルドから装備を質草にしてお金を借りられるけど、勧《すす》められないわ。冒険者の武器って買うと高いけど、売ると安いのよ。あまり、当てにしないほうがいいわよ」

「ええから、頼むわ。査定して」

おっちゃんから剣を預かるとクロリスが奥へと下がった。

次にクロリスが戻ってきたときにはお盆《ぼん》に袋《ふくろ》と剣を載《の》せていた。袋を開けると、金貨が三百枚は入っていそうだった。剣は替《か》わりの、普通《ふつう》のエストックだった。

クロリスは困惑した顔で話す。

「詳《くわ》しい事情は聞かないけど、おっちゃんって、もしかして、貴族の子弟《してい》か何か？　普通じゃないわよ、あの剣」

笑って答える。

「そんなことないよ。おっちゃんはしがない、しょぼくれ中年冒険者や。それで、ええやん」

クロリスが戸惑《とまど》った表情で述べる。

「おっちゃんがしがないしょぼくれ中年冒険者だと、言い張るのならあえて否定はしないでおくわ。だけど、おっちゃんは本当にわからない人ね」

「冒険者やっていりゃ、秘密の一つや二つあるよ」

「そうよね。その秘密を聞かないのが、良いギルドの受付よね」

翌日の昼にポンズがやって来たので、胸の内を明かす。

「『煉獄石』入手の目処《めど》が立ったで、『ボルガン・レックス』の討伐や」

ポンズは否定的な態度で疑問を呈《てい》した。

「おい。大丈夫《だいじょうぶ》なのか？　『ボルガン・レックス』といえば、ここらへんで知らない者がいない危険なモンスターだろう。剣や魔法も通用しないと聞く」

「楽に宝は手に入らないってことや。嫌《いや》なら『火龍山大迷宮』に掘りに行かなならんけど、どうする？」

ポンズが嫌そうな顔をして発言する。

「暑いところは苦手だな」

「なら、『ボルガン・レックス』をやるしかないやろう。覚悟を決めてや」

ポンズが渋い顔で首を少しだけひねって訊く。

「勝ち目はあるのか？」

「『ボルガン・レックス』に並の武器は通用しない。なんで、バリスタを使う。いくら『ボルガン・レックス』といえど、船舶《せんぱく》を破壊するようなバリスタなら傷つくやろう」

ポンズが神妙《しんみょう》な顔で呟《つぶや》く。

「バリスタか。確かに、バリスタなら大型のモンスターにも効くな」

十秒後、ポンズが表情も和らげ決断した。

「お宝にモンスター退治は付き物か。よし、おっちゃんに賭けよう」

おっちゃんは金貨の詰《つ》まった財布《さいふ》をポンズの前に置いた。

「金は全部すっかり使ってくれて構わん。バリスタとその他の必要な物を用意してくれ」

ポンズが財布の中身を確認《かくにん》する。

「これだけあれば、バリスタを五張は造れるな。わかった、さっそく用意する」

夕方に冒険者の店でサワ爺に会った。

「サワ爺さん、『ボルガン・レックス』の討伐をやるで」

サワ爺は難しい顔をする。

「依頼を出しておいてなんだが、本当にやるのか。相手はあの『ボルガン・レックス』じゃぞ」

「必ずやる。それで石鶏草の毒について教えてくれるか」

「毒は肉に混ぜて使うのが良いだろう。『ボルガン・レックス』は、悪食《あくじき》じゃ。肉に混ぜてやれば、必ずや喰うだろう。ただ、毒で体の自由を奪《うば》う行為《こうい》はできても、殺せるかは微妙《びみょう》じゃ」

サワ爺から毒を受け取った。

「そんで、すまんけど、お願いがある。『ガンガル荒野』の地形や『ボルガン・レックス』の縄張《なわば》りについて、教えてくれんか」

サワ爺が神妙な顔で頷く。

「それぐらいは構わん。『ボルガン・レックス』は友の仇《かたき》だ」

ポンズと海賊《かいぞく》がバリスタを調達している間に、おっちゃんは馬を借りた。

サワ爺と一緒《いっしょ》に『ボルガン・レックス』の縄張りと付近の地形を調べて廻《まわ》った。

地形を調べていると、地震《じしん》が来た。揺《ゆ》れはすぐに収まった。

「それにしても、地震がちょくちょく来るな」

一緒にいたサワ爺は笑って答える。

「何年か周期で地震が多い年がある。おそらく今年は当たり年なんじゃろう」

「そんなものか」

サワ爺がのんびりとした口調で発言する。

「大地震《おおじしん》が来た過去はあるが、『火龍山《かりゅう》』は二百年、噴火《ふんか》した記録はないからの。ただ、当たり年の夏は寒いから、作物に影響《えいきょう》が出て喜べん」

「第四十三夜 おっちゃんと大物狩り」

五日後、バリスタ完成の報告を聞いた。おっちゃんは手の空いている海賊十人の手を借りて、地形に罠を張りに行った。

罠は太い鉄の杭《くい》を地面に深く刺して、ロープを張ったもの。それを十五メートル置きに六箇《か》所《しょ》、用意しておく。ロープの罠の後方の地面に直系十メートル深さ六十センチの穴を掘っておく。

翌日、全長三メートルのバリスタ五張、油の入った大きな壺《つぼ》、干し草の山、毒入りの羊肉二頭分を用意して、前日に作った罠の場所に移動する。

『ボルガン・レックス』と戦う人間はおっちゃん、ポンズ。サワ爺と四十名の海賊。

現場に着くと、おっちゃんは指示を出す。

「穴に干し草を敷《し》いて、油を掛けといてや。それと、羊肉を焼く準備をしてな」

海賊たちが指示に従っている間に、ロープを張った鉄の杭に『透明《とうめい》』の魔法を掛けた。

「干し草と焙烙《ほうろく》玉の準備が終わりました」と海賊の一人が声を上げた。

『幻影《げんえい》』の魔法を掛けて油を被った干し草の山を、地面に偽装《ぎそう》する。

馬を離《はな》れた場所に繋《つな》いでおいた。羊肉を炙《あぶ》って匂《にお》いを風下に送った。バリスタの発射を準備させる。最後に全員の姿を『幻影』の魔法で、地形を変哲《へんてつ》のない岩に偽装した。

ポンズが感心したように、おっちゃんに声を掛けた。

「ここまで高度な魔法が使えるってことは、おっちゃんはかなりできる冒険者だったのか」

魔法を使える状況《じょうきょう》は秘密にしたかった。だが、相手は『ボルガン・レックス』だ。全力でやらねば、死人が出る。

「おっちゃんが魔法を使える事実は秘密にしてや。おっちゃんはしがない、しょぼくれ中年冒険者や」

「わかった、海と風に懸けて、秘密にするよ」

サワ爺が険しい顔をして、小声で合図する。

「やつが来たぞ。肉に向かっている」

「逃《に》げてもええで」とサワ爺に伝えようとした。けれども、口にできなかった。

『ボルガン・レックス』を見るサワ爺の目は、老人の目ではなかった。そこには、強敵に対峙《たいじ》しても怯《ひる》まない冒険者の顔があった。

(なんや、サワ爺。昔は冒険者やったんか)

罠を挟《はさ》んだ向かいの位置に『ボルガン・レックス』は向かった。

八メートルにも及《およ》ぶ体躯《たいく》、数トンはある巨体《きょたい》、黒い岩のような肌《はだ》を持つ恐竜《きょうりゅう》が二足歩行でやって来た。現れた『ボルガン・レックス』は美味《うま》そうに毒入りの羊肉を食べる。一頭を食べ終わると、もう一頭もすぐに平らげる。

「バリスタ発射」。ポンズが指示を出す。

『幻影』を解除する。幻《まぼろし》の地形が消える。

五張のバリスタから太い矢が『ボルガン・レックス』を目掛《めが》けて飛び出した。

二本の矢が外れる。命中した矢は、三本だけ。三本の矢は『ボルガン・レックス』に、しっかりと刺さった。

(やったで。バリスタなら、通用する)

「バリスタ装填《そうてん》」。威勢の良いポンズの声が響《ひび》いた。バリスタに次の矢が装填される。

残りの海賊が弓矢で『ボルガン・レックス』の頭を目掛けて矢を浴びせる。だが、普通の矢は全《すべ》て弾《はじ》かれた。

『ボルガン・レックス』が怒《いか》りの声を上げて、突進《とつしん》しようとした。見えないロープに脚《あし》を取られて転倒《てんとう》する。

『ボルガン・レックス』が立ち上がるときに海賊が「装填完了《かんりよう》」と叫《さけ》ぶ。

ポンズの「バリスタ発射」の合図で矢が飛ぶ。

次は矢が一本しか命中しなかった。「三号故障」の声が飛ぶ。見れば、バリスタの一台の弦《げん》が切れていた。

「三号要員バリスタ廃棄《はいき》。弓矢で応戦しろ。バリスタ装填」とポンズの声が飛ぶ。

立ち上がった『ボルガン・レックス』が、再度の突進を試みた。二つ目の罠のロープを破って進む。だが、三つ目の罠で脚を取られた。

「装填完了」「バリスタ発射」。三度目のバリスタが発射された。

今度は三本の矢が命中する。『ボルガン・レックス』はまだ倒れなかった。

『ボルガン・レックス』が見えないロープを警戒《けいかい》してか、ゆっくり近づいて来た。『ボルガン・レックス』が四つ目の罠を突破し、五つ目の罠を越《こ》えた。

「バリスタ装填」「装填完了」「バリスタ発射」四度目のバリスタが発射された。

今度は全弾が命中する。だが、『ボルガン・レックス』はまだ倒れない。

『ボルガン・レックス』が張られたロープを踏《ふ》み抜《ぬ》く。最後のロープの罠が破壊された。

「バリスタ装填」「装填完了」「バリスタ発射」

五度目のバリスタが発射される。三本が命中した。

「焙烙玉、用意」。ポンズの合図で、焙烙玉がバリスタにセットされる。

装填中に『ボルガン・レックス』が干し草ゾーンに脚を踏み入れた。『ボルガン・レックス』は油の入った干し草の中で、足を滑《すべ》らせ転倒した。

おっちゃんは『火球』の魔法を唱える。大きな火の玉を『ボルガン・レックス』目掛けて投げつけた。

『ボルガン・レックス』に当たった火球は派手に爆発《ばくはつ》。干し草に着火した。

足元で火の手が上がった『ボルガン・レックス』は顔を歪《ゆが》めた。けれども、まだ起き上がって前に出ようとした。

「焙烙玉装填完了」「焙烙玉発射」

焙烙玉の一つは事故を起こした。飛んでいかず、バリスタを炎上《えんじょう》させた。残りの三つの焙烙玉が飛んで行く。

焙烙玉は命中、『ボルガン・レックス』が炎《ほのお》に包まれた。炎に包まれるも、『ボルガン・レックス』は雄叫《おたけ》びを上げて向かって来た。

「バリスタ用意」のポンズの緊迫《きんぱく》した声が響く。

（まずい、次の装填が間に合わない）

『ボルガン・レックス』が干し草ゾーンを抜ける。バリスタとの距離は二十メートル。

おっちゃんは剣を抜いて飛び出した。燃え盛る岩と筋肉の塊である『ボルガン・レックス』に肉薄《にくはく》する。噛《か》み付《つ》こうとする『ボルガン・レックス』の一撃《いちげき》を掻《か》い潜《くぐ》った。

『ボルガン・レックス』の膝《ひざ》に目掛けて剣技《けんぎ》『金剛穿破《こんごうせんは》』を放った。

剣が『ボルガン・レックス』の硬《かた》い皮膚《ひふ》を貫《つらぬ》き、深々と刺さる。

『ボルガン・レックス』が大きな悲鳴を上げた。おっちゃんは刺さった剣を捨てた。

『ボルガン・レックス』から距離を取る。おっちゃんのいた場所を尻尾《しっぽ》の一撃が通過した。

「装填完了」「バリスタ発射」

六度目のバリスタが発射される。二本のバリスタの矢が『ボルガン・レックス』に刺さる。

だが、まだ倒れない。怒鳴《どな》るような「バリスタ装填」のポンズの声が響く。

（とんでもない化け物や）

おっちゃんが焦《あせ》りを感じた時に『ボルガン・レックス』が苦しみのたうつ。『ボルガン・レックス』の進撃《しんげき》が止まった。

(毒が効いてきたんか)

「装填完了」「バリスタ発射」

七度目のバリスタの攻撃。バリスタから放たれた三本の矢が近距離《きんきょり》で『ボルガン・レックス』を捕《と》えた。それでも、『ボルガン・レックス』が立ち上がった。

「バリスタ装填」のポンズの緊迫した怒鳴り声《ごえ》が響く。

一度は立ち上がった『ボルガン・レックス』だが、倒れて痙攣《けいれん》を始めた。

(やった、行けるで)

「装填完了」「バリスタ発射」。ポンズの大きな声が響いた。

八度目のバリスタの攻撃が全て当たった。『ボルガン・レックス』は完全に動かなくなった。

「ふー、バリスタの矢を二十本以上も受けるまで倒れんとは、なんちゅう奴や。危ないところやったで」

一同から歓声《かんせい》が上がった。終わってみれば怪我人《けがにん》は三人。バリスタが故障した時に切れた弦で打たれた人間が二人。焙烙玉の破裂《はれつ》で軽い火傷《やけど》を負《お》った一人だけだった。

おっちゃんはサワ爺にギルドへの連絡を頼んで後始末を始めた。ほどなくして、ギルドのモンスター回収班が来て、『ボルガン・レックス』をギルドに回収していった。

冒険者ギルドに帰ると、ちょっとしたお祭りだった。

『ボルガン・レックス』の討伐《とうばつ》は久々に冒険者ギルドに齎《もたら》された明るい話題だった。おっちゃんは冒険者ギルドに帰ると、クロリスの前に進む。

クロリスに優《やさ》しく声を掛ける。

「ただいま、帰ったで」

クロリスの眼《め》から大粒《おおつぶ》の涙《なみだ》が一滴《てき》こぼれる。

「お帰りなさい――」

クロリスの最後の声は、海賊たちが上げる威勢のよい声によって、よく聞こえなかった。

第四十四夜 おっちゃんと『赤髭《あかひげ》の宝』

翌日、回収した『ボルガン・レックス』の素材を売った。報酬だった『煉獄石』と金貨を貰《もら》った。『煉獄石』が『ボルガン・レックス』の胃の中から出たので、結果として二個も手に入った。

まだ使うかもしれないので、もう一個は取っておく。貯金を下ろして、入手した金と併せて、質草だった剣を取り返した。最終的に、金貨が十二枚と銀貨十数枚が手元に残った。

『煉獄石』を持って、再び『モネダ島』にやってきた。

鍵で岩の扉《とびら》を開ける。ポンズが期待に満ちた声を出す。

「いよいよ、『赤髭の宝』とご対面か。この時をどれほど待ったことか」

「そうやね。期待するね」

正直に言うと期待は全くしていなかった。幽霊船《ゆうれいせん》が『赤髭の宝』で呼び出されたのなら、誰《だれ》かがすでに『赤髭の宝』に辿り着いている。

(『赤髭の宝』が発動したのに、まだこの地下に『赤髭の宝』がある事実は前に誰かが侵入《しんにゅう》した事態を物語っている。宝を手にして最後のトラップで死んだんやろう。誰かが先に入っている以上、他の宝はないかもしれん)

おっちゃんは入る前に、入った後に出られなくなる仕掛《しか》けがないかを入念に調べた。幸い、おっちゃんの見立てでは、入ったら出られなくなる仕掛けは見つからなかった。

（入っても出られるんやな。宝物庫から出られん、持ち出せんでは話にならんか）

おっちゃんとポンズの六人の海賊が奥へと進む。おっちゃんの予想通りにモンスターはおらず、解除されたトラップが、いくつも転がっていた。

最初は期待していたポンズだった。だが、明らかに誰が来た後と知ると、無口になった。

ひときわ大きな扉が見えてきた。誰もが無言で扉を開ける。扉の先は一辺が十二メートルほどある宝の部屋だった。宝の部屋には黄金の財宝が山と積まれていた。

ただ、財宝の傍《かたわ》らに大きな椅子《いす》があり、一人の男がいた。男は燃えるような真っ赤な、髪《かみ》と髭を持つ大男だった。キャプテン・ハットを被《かぶ》り、見るからに海賊《かいぞく》船長の格好をしていた。伝説の大海賊『赤髭』だった。

『赤髭』が椅子に腰掛けたまま。ギロリと目を剥《む》く。

「また、儂の宝を狙《ねら》って来たか。いいぞ、好きなだけ持って行け」

「本当に？」とポンズが懐疑《かいぎ》的な態度で聞き返す。

赤髭が椅子から立ち上がり、青白い曲刀を抜いた。

「いいとも。持ち出せたらの話だがな」

おっちゃんは一目で『赤髭』の強さを見抜《みぬ》いた。

（『赤髭』は強い。おそらく『ボルガン・レックス』より強い。戦ったら、あかんな）

ポンズと海賊が武器を抜くので、右手で制する。

「待ちいや。『赤髭』はん、こんにちは。わいはおっちゃんと言います。『赤髭』はんはずっと前に死んだ話になっています。なんで、生きているのならここから出ませんの。入口、今なら開いてまっせ」

『赤髭』が面白《おもしろ》くなさそうに発言する。

「出ないのではない。出られんのだ。呪《のろ》いで、老いることも死ぬこともない。ただ、この地下から一歩も出られないのだ」

「財宝の中に幽霊船の船団を呼び出す奴、ありますやろう。誰かが呪われた財宝を使ったせいで、幽霊船団が出て、困っているんですわ。どうしたら止められます？」

赤髭が怖《こわ》い顔で部屋の一角を差した。先には一隻《せき》の黄金の帆船《はんせん》模型があった。

「幽霊船団の主になりたければ血を、眠《ねむ》らせたければエールを掛《か》けろ。エールには黄金の帆船模型の力を封《ふう》じる作用がある」

おっちゃんは黄金の帆船模型から四メートルほど距離《きょり》を空けて観察する。

（これ呪われているね。近づくと寿命《じゅみょう》を盗《と》られるヤバイ系やね）

おっちゃんは元ダンジョンの管理職。この手の罠は業務で嫌というほど見てきた。

すぐに、おっちゃんは黄金の帆船模型から離れる。

「これ、エールを掛けようとして近づくと死ぬでしょ」

「ほう、わかるか」と赤髭が感心したように声を出す。

おっちゃんは素直《すなお》に頼んだ。

「『赤髭』はんは死なないんでしたよね。エールを掛けてもらうわけにはいきませんかね」

赤髭は鼻で笑い、豪快《ごうかい》に否定した。

「なぜ、そんな作業を儂がしなければいけない。そんな義理は儂にはない」

「じゃあ、仕事の交換《こうかん》と行きましょうか。おっちゃんが『赤髭』はんの呪いを解く。その代わり、赤髭はんがエールを掛けて、幽霊船を止める。妥当《だとう》な取引だと思いますよ。赤髭はんの呪いの解き方は教えてもらわんとなりませんが」

「本当か?」と『赤髭』は小首を軽く捻《ひね》って、疑いも露《あらわ》に訊《き》いてきた。

おっちゃんは右手を上げ、左手を胸に当てて宣誓《せんせい》する。

「海と風に懸けて誓《ちか》います」

『赤髭』が立派な顎鬚《あごひげ》を触《さわ》り、貫禄《かんろく》の籠もった声で教えた。

「儂の呪いを解くには、呪われた契約書《けいやくしょ》を破棄《はき》しなければならない。この契約書を破棄するには、契約書を燃やせばいい。だが、契約書を燃やすにはただの炎では駄目だ。強力な魔力が籠もった炎が必要」

難題だが当てはある。『火龍山大迷宮《めいきゅう》』に住む火龍の『暴君テンペスト』の炎だ。

「トレントを三度も焼いても、まだ余る」と謂《い》われる『暴君テンペスト』のドラゴン・ブレスなら呪われた契約書を燃やせるのではないだろうか。ただ、『暴君テンペスト』は頼んで「はい、そうですか」と願いを聞いてくれる存在ではない。

「難題やな。でも、まあ、いいですわ。引き受けます。契約書を渡《わた》してもらえますか」

「契約書は渡せない。儂から離れないのだ。だから、炎をここに持って来る必要がある」

「え、そうなん、それは、むちゃハードル高いやん」

『赤髭』がギラつく目をして、乱暴に言い放つ。

「だから、誰も成《な》し遂《と》げた者はおらん」

「えらい仕事を引き受けてもうたな」

「やるのか？」と『赤髭』が驚いた。

「当たり前ですやん。おっちゃん、まだ呪いで死にたないもん」

おっちゃんは一歩すっと後ろに下がった。

「おっちゃんの用は済みました。あとはポンズさん、戦うなり、交渉《こうしょう》するなり、好きにしてください」

ポンズと『赤髭』が交互《こうご》に見合わせる。数秒してポンズから先に武器を納めた。

ポンズが和らいだ口調で提案する。

「ここには黄金の帆船模型以外にも数多くの宝がある。どうだ、残りの宝を全部くれたら俺も協力する」

赤髭は渋《しぶ》い顔をして、頑《がん》として値切った。

「全部は駄目だ。半分に負けろ。お前はおっちゃんより頼《たよ》りない」

ポンズが部下の海賊を見る。海賊の一人が肩《かた》を竦《すく》めた。

おっちゃんが仲裁案《ちゆうさい》を出す。

「半分でも、この量なら金貨二万枚は行くと思うけどね」

ポンズが頭を掻き、仕方ないとばかりに妥協《だきよう》した。

「わかった、半分で手を打とう。おい、『赤髭』騙《だま》したらおっちゃん、承知しないからな」

おっちゃんたちが帰ろうとすると『赤髭』が「おっちゃん、待て」と呼び止める。

「おっちゃん、エールを持っていたら、分けてくれないか」

「ええよ」と、おっちゃんは持っていた水筒《すいとう》を渡した。

赤髭が美味《おい》しそうにエールを飲むが、感想は違《ちが》った。

「こいつじゃ駄目だ。もっと、上等のエールが必要だ」

第四十五夜　おっちゃんと『ドラゴン・トーチ』

翌日、おっちゃんは冒険者ギルドに顔を出し、依頼《いらい》受付カウンターにいるクロリスに声を掛けた。

「クロリスはん。誰か近々『暴君テンペスト』と戦う冒険者を知らん？」

クロリスが半笑いの顔をして滔々《とうとう》と説教する。

「おっちゃん。『暴君テンペスト』に挑戦《ちょうせん》しようとする冒険者なんて、年に一パーティもいないわよ。『暴君テンペスト』と戦って生きて戻ってきた冒険者だって二十年前に三人いただけよ。『暴君テンペスト』に挑むなら、やめたほうが賢《かしこ》いわよ」

「ちなみに、二十年前って、どうやって『暴君テンペスト』に会いに頂上まで行ったん？」

クロリスが思い出す仕草をしながら語った。

「なんかのアイテムを使って、『火龍山』の中腹にある『火龍の闘技場《とうぎじょう》』に『暴君テンペスト』を呼び出して戦ったそうよ。でも、現れた直後の『暴君テンペスト』のドラゴン・ブレスを喰らって、六人中の三人が死亡。三人が逃げ帰《かえ》ったわ」

（ほー、頂上まで登らんでも、『暴君テンペスト』に会えるんか。『火龍の闘技場』かー。麓《ふもと》にある魔術師《まじゅつし》ギルドの支部から『火龍の闘技場』まで行けるマジック・ポータルがあったな。料

金は往復で一人に就き、金貨一枚だったかな）

「クロリスはん、その『暴君テンペスト』を呼び出したアイテムについて、調べてくれへん？　情報料が掛かってもええから」

「わかったわ」

テンペストと会う方法は、どうにかわかりそうだった。

「問題は二つ。どうやって生きて帰ってくるかと、どうやってドラゴン・ブレスを持ち帰るかやな」

名案が浮《う》かばないまま翌朝を迎《むか》えた。名案が出ないまま、冒険者ギルドに顔を出した。

クロリスが浮かない顔で、おっちゃんを迎える。

「おっちゃんがやろうとしている依頼って、これ？」

クロリスが一枚の古い依頼票を差し出した。

依頼票には『暴君テンペスト』のドラゴン・ブレスを金貨十枚で取ってきて欲《ほ》しい、と記載があった。

依頼人《いらいにん》はリッティン。リッティンの名は聞いた覚えがないが、依頼人の住所はリントンと同じだった。

（なんや、熱の研究家リントンと同じ住所やな。リントンの父か祖父《じい》さんかな。でも、これ、話を聞く価値あるな）

「そうそう、これこれ、この依頼にちょっと興味あってな」

クロリスが心配げな顔で止めた。

「それ、止めたほうがいいわ。『暴君テンペスト』の炎を持って帰ってくるなんて不可能よ」

言われなくてもわかる。文面だけ見れば、「金貨十枚で死ね」と命令しているようなものだ。

「面白そうだから、ちょっと話を聞くだけや。ちょっくら、行ってくるわ」

おっちゃんは依頼票《いらいひょう》を手に、リントンの家に向かった。

リントンの家には相変わらず「『クール・エール』は、ありません」の張り紙があった。

家をノックしようとすると、クリーム色の半袖《はんそで》シャツにハーフ・パンツのリントンが出てきた。リントンは怒《おこ》った口調で言い放つ。

「だから、『クール・エール』はないんですってば」

おっちゃんは笑顔《えがお》を心懸《こころが》け、依頼票を提示する。

「リッティンさんの依頼で、冒険者ギルドから来ました。『暴君テンペスト』のドラゴン・ブレスを取りに行ってもええですよ。ただし、持ち帰る方法があるなら、ですけど」

リントンが目を細めて依頼票を見る。

「これ、父が出した依頼票だわ。父は他界しているわよ」

リントンがなにやら考え込む。

「『暴君テンペスト』のドラゴン・ブレス。もしかしたら、それが研究の鍵《かぎ》なのかもしれないわ」

リントンの表情が和《やわ》らぎ、気楽な調子で招いた。

「いいわ、入って。話をしましょう」

リントンの家は二十畳《じょう》ほどの広さのワンルームだった。わからない物がいろいろあるので、部屋は狭《せま》く感じられた。室温は外よりもだいぶ低く、快適だった。

(さすが熱の専門家か、なにかしらの放熱機か魔法《まほう》を使っておる)

テーブルを挟んで、リントンと向かい合った。

「まずは自己紹介《しょうかい》ね。私はリントン・ティラー。熱の研究家よ」

リントンは前に会った過去を忘れていた。

「わいはおっちゃんいう冒険者《ぼうけんしゃ》です」

リントンが手を組んで話し出す。

「まず、確認だけど、本当に金貨十枚で『暴君テンペスト』のドラゴン・ブレスを取ってくる気はあるの?」

「ありますよ。おっちゃんも、ちょっとした事情で『暴君テンペスト』のドラゴン・ブレスが必要になったから、協力者を探していたんですわ。それで『暴君テンペスト』のドラゴン・ブレスを持ち運びする方法はあるんですか?」

「ちょっと待って」とリントンがおっちゃんに背を向け、ガラクタの中を漁《あさ》る。

(なんや、あのゴミの山の中に何があるんや)

少しすると「これこれ」と、金属製の八十センチの筒《つつ》を取り出したリントンは、得意げな顔で筒を掲《かか》げた。

「じゃあーん。『ドラゴン・トーチ』よ。ドラゴンの炎でしか点火できない。だけど、点火すれば、ドラゴンの炎を溜《た》め込んで、三日は消えない優《すぐ》れものトーチよ」

ドラゴンの炎を浴びるメリットが、三日間は消えないだけの炎。説明だけ聞くと、欠陥品《けっかんひん》にしか聞こえない。だが、現状を打破するには、これほど素晴《すば》らしい品はない。

「なるほど、確かに『ドラゴン・トーチ』を使えば『暴君テンペスト』の炎を持ち運びできそうです。でも、相手は『暴君テンペスト』でっせ。並のドラゴンとは火力が違います。大丈夫ですかね」

リントンは、あっけらかんとした顔をして気楽な調子で答えた。

「ごめん、正直、使った経験がないから、わからないわ。でも、これは父の発明品よ。父がこれで『暴君テンペスト』の炎を採取しようとしていた事実は確かよ」

『ドラゴン・トーチ』を手に取る。どう見ても安い金属製の筒にしか見えない。

怪《あや》しいが現状では信じるしかない。

(不安やな。でも、これに縋《すが》るしかないんか)

「そんで、ドラゴン・ブレスに耐《た》える方法はあるんですか?」

リントンが両手でグーを作り脇《わき》を閉める動作をとる。リントンは元気良く「根性《こんじょう》」と答えた。

「そんな、無理ですやん。根性で耐えられるような炎じゃないですやろう。相手は『暴君テンペスト』でっせ」

リントンがムッとした顔で食《く》って掛かった。

「そうよ。相手は『暴君テンペスト』よ。だから、『耐火《たいか》』の魔法も『耐熱《たいねつ》』の魔法も駄目。

テンペストのドラゴン・ブレスを防げる魔法や道具を開発できていたら、こんな場所に住んでないわよ。今頃《いまごろ》は大金持ちで、ビーチに執事《しつじ》を連れていって、カクテルを飲んでいるわよ」

言われてみれば、確かにそうだ。けれども、『暴君テンペスト』のドラゴン・ブレスを防ぐ手段がないなら、話にならない。

「なんか防ぐ方法がないんですかね」

リントンが考え込む。

「そうね、金貨にして一千万枚の価値がある伝説級の鎧《よろい》なら、防げるかもしれないけど」

「それは無理ですわ」と答えると「だよねー」と腕組《うでぐ》みして天を仰《あお》いでリントンが応じる。

「金貨千枚とかならまだしも、一千万枚は無理ですわ」

リントンがきょとんとした顔で訊いて来る。

「なに、金貨千枚なら用意できる?」

「できたら、どうにかできるんですか?」

「金貨千枚でも『暴君テンペスト』の炎を防ぐ装備は作れるわよ。ただし、効果時間は二十秒」

光が見えた。

(ドラゴン・トーチに着火した瞬間《しゅんかん》に『瞬間移動』できれば持ち帰れる)

リントンの家から冒険者ギルドに帰った。

クロリスが不安げな顔で呼び止める。

「おっちゃんにお客さんが二人。マスケル商会のピエールさんと、盗賊《とうぞく》ギルドのバネッサさん」

「二人とも一緒に通して、話は一緒だから」

おっちゃんは密談スペースに行く。最初にバネッサとイゴリーが、遅《おく》れてピエールが入ってきた。

バネッサ、イゴリー、ピエールは顔見知りなのか、特段に挨拶《あいさつ》はしなかった。

三人を前におっちゃんは口を開いた。

「幽霊船の話で来たんやろう」

バネッサが面白くなさそうに口を開く。

「わかっているね。で、その後、進展は？　こちらには何も報告が来ていないわよ」

ピエールも渋い顔で口を開く。

「街の分断は危険なところまで来ています。さっさと決着をつけて欲しい」

「よし、結論から言いましょう。幽霊船を止める方法が見付かりました」

バネッサとピエールの眉《まゆ》がピクリと上がる。

「ただ、幽霊船を止めるには『暴君テンペスト』のドラゴン・ブレスが要《い》ります。そんで、そのためには最低でも金貨千枚が必要だとわかりました。金貨千枚を用意してくれませんか」

バネッサが目を吊《つ》り上《あ》げて怒った口調で返す。

「なんで、幽霊船を止めるのに、『暴君テンペスト』のドラゴン・ブレスが要るの？　わけがわからないわ。私は幽霊船騒《ゆうれいせんさわ》ぎの責任者に責任を取らせろと依頼したのよ」

ピエールも顔を歪めて、怒鳴るように発言する。

「話になりません。なんで、宝を盗《ぬす》んだ冒険者を突《つ》き止《と》める依頼をしたのに、金貨千枚も出さねばならないんですか、馬鹿《ばか》げている。非常に馬鹿げている」

「でもねえ、お金がないと、幽霊船は止まりませんよ。逆に、お金でどうにかなるところまで話が来ているんですって。商人組合で、どうにかなりません？　ピエールはん。領主からお金を引っ張れません？　バネッサはん」

バネッサが冷たい目でおっちゃんを見据《みす》えて無言で席を立つ。バネッサは扉を蹴《け》り開けて出ていった。

「失礼します」とピエールも憤慨《ふんがい》した顔で席を立ち、大股《おおまた》で出て行った。

「これは、マッチ・ポンプの出番やね」

第四十六夜　おっちゃんとマッチ・ポンプ

夜になった。おっちゃんは上等なエールを購入《こうにゅう》する。『瞬間移動』で『赤髭』のいる場所まで移動した。ポンズに渡したのとは別の『煉獄石《れんごくせき》』で扉を開けた。『赤髭』のいる部屋へ急いだ。

『赤髭』は会った時と変わらず、椅子に座《すわ》っていた。赤髭が目を光らせる。

「どうした、早かったな。ドラゴン・ブレスの用意ができたか」

「それが聞いていな――」おっちゃんはドラゴン・ブレスの入手に金貨千枚が必要だと話した。

『赤髭』は黙《だま》って聞いていた。聞き終わると、険のある声を発する。

「それで、俺《おれ》の宝を貰いに来たか。だが、断る。宝の引渡《ひきわた》しは、ドラゴン・ブレスが来てからだ」

「ちゃいますよ。おっちゃんがやって欲しい内容は、幽霊船団を出現させて欲しいんです。それで、幽霊船団に滅茶苦茶《めちゃくちゃ》に怖い内容を声高らかに言わせて欲しいんです。もう、みんな震《ふる》え上がるくらいに」

『赤髭』はおっちゃんの提案を楽しそうに笑った。

「なるほど。脅《おど》して金を出させようというのか。いいだろう。それなら、協力しよう」

『赤髭』が立ち上がった。『赤髭』は手首を切って、黄金の帆船の模型に血を振《ふ》り掛ける。『赤髭』が威勢《いせい》よく命じる。「いでよ、我《わ》が部下ホークよ」

部屋の中央に赤い煙《けむり》が現れる。煙が消えると幽霊船団の長であるホークが現れた。

おっちゃんはホークが余計な言葉を喋《しゃべ》らないように口を開いた。

「ホークいいますの。わいはおっちゃんいいます、初めまして」

ホーク船団長も、ぎこちない口調で「初めまして。ホーク船団長です」と口にする。

『赤髭』が椅子に腰《こし》掛けて厳《おごそ》かに命令する。

「『赤髭』の名において命令する。マサルカンドを燃やせ。女子供を殺せ。家畜《かちく》も殺せ。街を血で満たしてやれ。奴《やつ》らに『赤髭』の恐怖《きょうふ》を植え付けるのだ」

「わー、待ってください。街は燃やさんでよろしい。血は流さなくてよろしい。怖がらせるだけでいいんですってば」

『赤髭』が不思議そうに「そうだったか」と口にする。

「そうですってば。怖がらせるだけでいいですって。街が混乱したら、魔力《まりょく》の籠《こ》もった炎の入手が難しくなりますよ」

「そうか」と『赤髭』は静かに口にした。

「では、命令を変える。血を流さず、街のやつらに恐怖だけを植え付けろ」

今度はホーク船団長が困る。

「傷つけずにって、どうすればいいんですかね？」

「儂に訊くな」と『赤髭』が怒る。

「わかりました。では、こうしましょう」

どうやって街の人間を怖がらせるかを、おっちゃんが持って来たエールを飲みながら、「あでもない」「こうでもない」と三人で会議が行われる。

二時間後、エールがなくなる頃《ころ》に、怖がらせる口上と計画が完成する。

ホーク船団長が台本を書いた羊皮紙を持って帰っていった。

「ほな、おっちゃんも帰りますわ」

帰ろうとすると、『赤髭』が鷹揚《おうよう》な口調で呼び止めて命じた。

「おっちゃんよ、今日のエールだが、まだまだだ。次に来る時は、もっと良いエールを持って来い」

おっちゃんが宿屋に帰って眠っていると、「幽霊船が出たぞ」の声がした。

「はいはい。もう、何を言うかわかっておりますよ」

おっちゃんは街の人間の悲鳴を子守唄《こもりうた》に眠りに就《つ》いた。

夜中に二度ほど揺《ゆ》れが来た。長いことマサルカンドにいたせいか、地震《じしん》は気にならなかった。

翌朝、冒険者の酒場は幽霊船の恐怖の話で持ちきりだった。皆《みんな》が幽霊船を怖《おそ》れていた。

だが、パニックになるほどではなかった。おっちゃんは皆の怖がりように一人で悦《えつ》に入ってお茶を飲んでいた。

昼になる。冒険者ギルドに、苛立《いらだ》った顔のバネッサと、青い顔のピエールが入ってきた。

「おう、お二人さん、こんにちは良い朝ですね」

バネッサが、おっちゃんの前に仁王《におう》立ちする。乱暴に親指で密談スペースを指す。

三人でテーブルを囲む。おっちゃんはいけしゃあしゃあと口を開いた。

「お話ってなんですか？」

バネッサがテーブルに腕《うで》を乗せて、おっちゃんを睨《にら》みつけた。

「幽霊船の話だよ。本当に金貨千枚あれば、片が付くんだろうね」

「いやあ、こればっかりは、やってみないとわかりません。おっちゃんかて、ドラゴン・ブレスを手に入れる行為《こうい》は初めてですから」

バネッサがテーブルを叩《たた》いて噛み付いた。

「昨日は、金でどうにかなるって言ったでしょう」

「言いましたかねえ、そんな話」

ピエールが青い顔をして、震える調子で口を開いた。

「言いましたよ。確かに。商人組合は今朝、臨時会合を開き、お城と折半で金貨を用意すると決めました。ですから、幽霊船を早急《さっきゅう》に止めてください。このままでは幽霊船に街が蹂躙《じゅうりん》される」

バネッサに視線を送る。バネッサが面白くないといった顔で答える。

「城から秘密裏《ひみつり》に金を用意して運ぶように指示が来た。金貨の運搬《うんぱん》はイゴリーが準備中だ。言っとくが、うちが絡《から》むんだ。金だけ持《も》ち逃げしたら、タダじゃすまないよ」

（ドラゴン・ブレスの取得に失敗したら、おっちゃん消し炭になるんやけどねえ）

おっちゃんは胸を叩いて、自信満々に答えた。

「わかりました。おっちゃんは金が用意できしだい、動きます。幽霊船は必ず止めます。大船に乗った気で、待っていてください」

バネッサとピエールを見送りながら、心の中で北叟笑《ほくそ》む。

（マッチ・ポンプ成功やね）

第四十七夜　おっちゃんと真剣勝負

バネッサの言った通りに、イゴリーにより金は届けられた。

金貨千枚を持って、リントンの家に行き、ドアをノックする。

「リントンはん、おっちゃんや。開けて」

「『クール・エール』はないって言っているでしょう」

怒鳴り声がしてドアが開いた。リントンはおっちゃんを見て、意外そうにする。

「あれ、おっちゃん、どうしたの」

金貨の詰《つ》まった袋《ふくろ》を渡す。

「金貨千枚、用意したで。『暴君テンペスト』の炎に耐えられる装備を造ってやー」

リントンが袋の中身を見て、すぐに袋を閉じる。おそるおそる再び袋を開けた。リントンが辺りを見回して、手招きして家におっちゃんを入れる。

「おっちゃん、どんな悪事を働いたの？　強盗《ごうとう》したって、こんなに儲《もう》からないよ」

正直に言えば強盗ではない、街を恐喝《きょうかつ》した。だが、真実を話す必要はない。

「おっちゃんの周りには優しい人たちがおってな。おっちゃんが正直にお金が必要やと話したら、使ってええよーって、気分よく出してくれたん。だから、はよ装備を造って」

リントンが目を細めて疑いを隠《かく》さず発言する。

「なんか、非常に嘘臭《うそくさ》いですね。夏の日に捨て損《そこ》なった生ゴミの臭さです」

リントンが表情を輝《かがや》かせて、機嫌《きげん》よく語る。

「でも、いいです。どんなお金でも。所詮《しょせん》、金は金。使ってしまえば、後の祭りです。わかりました。これで、耐火装備を揃《そろ》えます。寸法を採らせてください」

おっちゃんの寸法を細かく採りながら、紙にリントンが色々と書き込んでいった。

「色とかデザインの指定があります？　エンブレムとか入れますか？」

「相手は『暴君テンペスト』やからね。機能重視でええよ。生きて帰って来られないと意味ないから」

一時間かけて採寸を終え、おっちゃんは冒険者ギルドに帰った。クロリスを呼ぶ。

「クロリスはん、以前におっちゃんが聞いた『暴君テンペスト』を呼び出す方法ってわかった？」

クロリスがメモを見ながら、すらすら答える。

「ギルドに残っている記録から『龍《りゅう》を呼ぶ角笛』を使ったと判明しましたわ。ただ、『龍を呼ぶ角笛』は現在は冒険者ギルドにないわ」

「そんな便利な品があるんか、どうやったら手に入るんかの？」

「市場にもなく、また、めったに出る品でもないので、購入は不可能よ。あるとしたら、生き残った冒険者が持っている可能性があるわ。ただ、今はどこにいるのか、わからないわよ」

『暴君テンペスト』を『火龍の闘技場』に呼び出せないと、山頂付近にある塒《ねぐら》まで行かねばならない。塒まで行くには熟練の冒険者が六人はいる。それでも、難しいだろう。

「二十年前の冒険者だった古株の人って街にいる？」

クロリスが悲しみを帯びた顔をする。

「冒険者の寿命は短いのよ。引退しても消息がわからなくなる人がほとんど」

「冒険者ギルドのギルド・マスターは、どう？」

「ギルド・マスターは冒険者歴が二十年以上のベテランよ。でも、五年前に赴任《ふにん》してきた人だから、当時を知らないと思うわ」

「そうか、なら、心当たりは一人やな。サワ爺《じい》さんは『岩唐辛子《とうがらし》』の採取の依頼を受けてる？」

クロリスが顔に心配の色を浮《う》かべて訊いて来る。

「サワ爺さんは採取依頼を受けているわ。でも、なんで『龍を呼ぶ角笛』について知ろうしているの。まさか『暴君テンペスト』と戦うつもり？」

「戦いはしないよ。ちょっと『暴君テンペスト』のドラゴン・ブレスを浴びるだけや」

クロリスは険しい顔で引き止めた。

「おっちゃん、その依頼を断るわけには行かないの。おっちゃん死ぬわよ。おっちゃんには死んで欲しくないわ」

「断るわけにはいかんよ。おっちゃんから持っていった話やからね。それに勝算は充分《じゅうぶん》にある賭《か》けや」

クロリスが眉間《みけん》に皺《しわ》を寄せて、非難する口調で話した。

「呆《あき》れるわね。『暴君テンペスト』のドラゴン・ブレスを浴びるのも、おっちゃんの言う冒険《ぼうけん》の一環《いっかん》なの？　そこまで行ったら冒険じゃない、単なる自殺行為よ」

「死に行く気はない。生きて帰って来る。だからこれは冒険や。危険やけど冒険なんよ」

クロリスが怒った顔で言い放つ。

「さすがに今回は愛想《あいそ》が尽《つ》きるわ」

クロリスが小さな声でハッキリとした口調で述べた。

「死んだら許さないから」

おっちゃんは冒険者ギルドの酒場で時間を潰《つぶ》しながらサワ爺《じい》を待った。

日がすっかり落ちた頃、サワ爺が店にやって来た。サワ爺の正面に座り直す。

「サワ爺さん。教えてほしい情報があるんやけど、二十年前『暴君テンペスト』に挑《いど》んだ挑戦《ちょうせん》者《しゃ》って、知らん？　サワ爺さん、昔は冒険者やったんやろう」

サワ爺はエールを飲みながら、赤い顔をして飄々《ひょうひょう》とした態度で聞き返す。

「どうしてそんな話を聞きたがる？　それに儂が冒険者だって、なぜわかる？」

「サワ爺さん、普通《ふつう》の人間は『ボルガン・レックス』のいる場所で採取なんか、せえへん。確信した時は『ボルガン・レックス』と戦った時や。隣《となり》にいたサワ爺さんの目。あれは、冒険者が強敵と戦うときの目やった」

サワ爺は軽く笑った。サワ爺は塩茹《しおゆ》でした豆を抓《つま》みながら答える。

「儂はそんな目をしとったか。年はとっても、長年染《し》み付《つ》いた冒険者根性《こんじょう》は抜《ぬ》けんのう。そうじゃよ。儂は冒険者じゃった。二十年前まではな。『暴君テンペスト』に挑んで生き残った三人の内の一人。それは、儂じゃよ」

「そうかー。なら、『龍を呼ぶ角笛』は今どこにあるか知らんか？」

サワ爺は笑顔だったが、目には険しい光があった。

「おっちゃん、『龍の呼ぶ角笛』の在《あ》り処《か》を知って、どうする？　まさか、『暴君テンペスト』に挑む気か。止めておきなされ。あれは、人がどうにかできる領分を越《こ》えている」

「『暴君テンペスト』に勝とうなんて思っておらん。ただ、『暴君テンペスト』のドラゴン・ブレスが必要なんよ」

「ふむ」と口にしてから、数秒の間を置いてサワ爺は口を開いた。

「たとえ街のためを思うても、『暴君テンペスト』と対峙《たいじ》する行為は止めなされ」

「悪いけど、おっちゃんは、おっちゃんがやりたいようにやるために『龍を呼ぶ角笛』が必要なんよ」

サワ爺は目を瞑《つぶ》って顎《あご》に手をやる。

「冒険者の性《さが》か。本当に困った冒険者じゃな。従《つ》いてきなさい」

サワ爺は食事を切り上げ、籠《かご》を背負《せお》って外に出た。サワ爺は浜《はま》まで歩いて行く。

夜の浜には人気《ひとけ》はなかった。サワ爺が浜に落ちている棒を拾う。棒をおっちゃんに投げて寄《よ》越《こ》した。

サワ爺が火バサミを手に、凛《りん》とした声で宣言した。

「一本勝負じゃ。勝てたら『龍を呼ぶ角笛』を渡そう」

サワ爺から流れて来る空気が変わった。サワ爺からは熟練冒険者の気が伝わってきた。

(手加減して勝てる相手やないな。剣術《けんじゅつ》を使うしかないな)

おっちゃんは距離を取ってサワ爺と向き合う。

おっちゃんの使う剣術はダンジョン流剣術。

ダンジョン流剣術には三つしか技《わざ》がない。

一つ、決まれば、鉄の剣《けん》で金剛石《ダイヤモンド》をも砕《くだ》く『金剛穿破《こんごうせんは》』。

一つ、極《きわ》めれば、聴覚《ちょうかく》、視覚、嗅覚《きゅうかく》、触覚《しょっかく》が利かない状態でも相手の位置を知る『天地眼』。

一つ、収めれば、足場の悪さを一切《いっさい》無視して移動できる『万地平足』。

『金剛穿破』は不得意だが。『天地眼』と『万地平足』については良の成績を貰っていた。

じりじりと距離を詰め、八歩の距離に近づいた。小声で『無音の闇《やみ》』の魔法を唱える。

『無音の闇』の中では、視界は闇に閉ざされ、音は全《すべ》て吸収される。辺りが闇に閉ざされる。

(『無音の闇』で眼と耳を奪《うば》って、一気に決める)

闇に閉ざされた瞬間に一気に距離を詰める。一秒で明るさが戻《もど》った。

おっちゃんが『無音の闇』を唱えるより刹那《せつな》の遅れで、サワ爺は『烈光』の魔法を唱えていたと悟《さと》った。

『烈光』は強烈《きょうれつ》な光と音を出す魔法。結果、相反する魔法は互《たが》いに打ち消し合った。

(同じ作戦やったか)

視界が戻った時には、お互いが武器の間合いだった。両者が踏《ふ》み込んで得物を振り下《お》ろす。

おっちゃんの棒がサワ爺の肩を打った。サワ爺の火バサミがおっちゃんの肩を掠《かす》める。

肩を撃《う》たれたサワ爺が火バサミを落とした。サワ爺が膝《ひざ》を突き、痛々しげな声を出す。

「勝負あったたか。儂の負けじゃなや。儂がもう少し若かったら、得物が逆だったら、儂の魔法のほうが早かったら、結果は逆だったかもしれんな」

おっちゃんの意見も同じだった。勝敗は運ともいえる、僅《わず》かな差だった。

サワ爺がよろよろ立ち上がり、厳かに言葉を紡《つむ》ぐ。

「だが、真剣勝負に、だったら、はない。明日《あした》にでも『龍を呼ぶ角笛』を持って行くよ」

サワ爺の背中を見詰《みつ》める。サワ爺がどういう思いを抱《いだ》いているかわからなかった。

サワ爺が背を向けて声を出す。

「死ぬなよ。おっちゃん」

「第四十八夜　おっちゃんと『暴君テンペスト』（前編）」

次の日、朝食後に店を出ようとすると、クロリスに呼び止められた。

「おっちゃん、サワ爺さんから預かっている物があるわ」

クロリスから渡された包みを開けた。中には角笛が入っていた。

角笛を見て、クロリスの顔が曇《くも》った。

「おっちゃん、考え直す気はないの。今ならまだ引き返せるわ。リントンさんにおっちゃんから断りづらいなら。私から断ってあげてもいいわよ」

「大丈夫《だいじょうぶ》や、おっちゃんは必ず戻ってくる」

クロリスが諦《あきら》め半分、呆れ半分の顔をする。

「本当に『暴君テンペスト』のドラゴン・ブレスを取りに行くのね？」

「うん、行くよ。話が話だけに他人に頼《たの》めない依頼やし。ほな、準備に出かけてくるわ」

リントンの家に行った。家の裏庭から金属が擦《す》り合《あ》わせる音がする。

裏庭に行ってみると、リントンが重厚《じゅうこう》な全身金属鎧と格闘《かくとう》していた。

リントンはおっちゃんの顔を見ると、笑顔で声を掛けた。

「ちょうど、良かった。おっちゃん着てみて」

言われるがままに全身金属鎧を着た。全身金属鎧はかなり重量があった。

「おっちゃん、あと、これを持って」

おっちゃんの身長の半分以上ある金属の盾《たて》を渡された。盾もけっこうな重さがあった。盾を持って全身金属鎧を着ると、重さでほとんど身動きが取れなかった。

リントンが明るい顔で元気よく発言する。

「うん。サイズはピッタリね」

「なにこの装備?」

「耐火《たいか》装備の原型です。この鎧と盾に耐火魔法《まほう》やら何やらをブチ込んで、耐火装備を完成させます」

「ちょっと待って、これを着たら重さで動けんよ。倒《たお》れたらそれまでよ。もっと軽うならんの」

リントンがさばさばした顔でしれっと発言する。

「計算上、これ以上に軽くすると、魔法に金属が耐えられないんですよ。後は根性で動いてください」

(ないな。これは、ない。全身金属鎧を着て盾を持ったら、木偶《でく》人形同然や)

「とりあえず。脱《ぬ》がせて」と頼む。

全身金属鎧は、着るのも脱ぐのも一苦労だった。

「リントンはん、これ、辛《つら》いわ。重さを半分とかにできんの」

リントンが眼を輝かせ、威勢よく答える。

「金貨があと三千枚あれば、できます」

（あのしぶちん共にあと金貨を三千枚も出せ言うたら、何を言ってくるかわからんぞ）

リントンがノミと木槌《きづち》で魔法文字を鎧の裏に鼻歌交じりに彫《ほ》っていく。

（これは、下見に来てよかったわ、これ、ちょっと考えよう）

おっちゃんは冒険者ギルドに戻った。海賊《かいぞく》の連絡《れんらく》要員を捕《つか》まえてポンズを呼び出した。

夕方にポンズが機嫌の良い顔で足取りも軽くやって来た。密談スペースで会話をする。

「ポンズはん、ちょっと、手を貸して。耐火装備を着ると、おっちゃん、動けないんよ。だから、おっちゃんを『暴君テンペスト』を呼び出す『火龍の闘技場』まで、運んでくれへんか」

ポンズが申し訳なさそうな顔をして渋った。

「いいけど、俺たち、ダンジョン探索《たんさく》はプロじゃないぜ」

「大丈夫。『火龍の闘技場』までは麓からマジック・ポータルで一瞬《いっしゅん》やから、難しくない。装備を入れたら三百キログラム近いおっちゃんを運ぶから、人手が必要なんよ」

「わかった。当日、俺たちがおっちゃんを荷車で運ぶよ。闘技場の中に入ったら、どうすればいい」

「冒険者の噂《うわさ》やと、二階の観客席は安全らしいから、隠れて見ていて」

移動の段取りを詰めてポンズと別れ、作戦決行の日が来た。

出発前にクロリスが浮かない顔でおっちゃんを見ていた。

「ほな、行ってくるで」とおっちゃんがクロリスに挨拶する。

「いってらっしゃい」と諦めた顔でクロリスは送り出してくれた。

おっちゃんはリントンの家で、耐火仕様になった全身金属鎧を着た。『暴君テンペスト』の炎《ほのお》に耐えるだけあって、全身金属鎧は着ていても涼《すず》しさを感じた。

リントンに紐《ひも》で吊《つる》した『龍を呼ぶ角笛』を首から提《さ》げてもらう。

「ポンズはん、ほな、お願いしますわ」

ポンズが威勢よく号令を掛《か》けた。

「よし、お前たち、おっちゃんを荷車に乗せるぞ」

十人の海賊たちがおっちゃんを担《かつ》いで荷車に乗せた。おっちゃんを乗せた後に『ドラゴン・トーチ』と盾を荷車に積む。最後に荷車と馬に繋《つな》いで出発する。

四十分を掛けて、火山灰が降《ふ》る中『火龍山大迷宮《かりゅうざんだいめいきゅう》』の麓に移動する。

（なんや、今日は火山灰が多いな、火山が活発なのか）

一辺が十二メートルの四角い黒レンガでできた平屋の建物が見えてきた。魔術師ギルドの支部だった。

ポンズが建物の入口をノックして扉《とびら》を開けてもらう。

中には赤いローブを着た魔術師ギルドの職員が二人いた。部屋の中央には四方をロープで囲まれた青い白く光る円形の魔法陣《まほうじん》があった。

「マジック・ポータルをご利用ですか？」と魔術師ギルドの職員が訊《たず》ねる。

「十二人、往復で『火龍の闘技場』まで」とポンズが財布《さいふ》を開けて金貨を払《はら》った。

一人の魔術師《まじゅつし》ギルドの職員が正面のロープを外す。もう、一人の魔術師ギルドの職員がなにやら記帳する。

馬から荷車を切《き》り離《はな》した。馬の代わりに海賊たちが荷車を引いて魔法陣に入った。

魔法陣が強い光を放つ、同じような建物内に出た。

出口の魔法陣の近くには三人の魔術師ギルドの職員がいた。魔術師ギルドの職員が扉を開けてくれた。

二十メートル先に、三階建の、高さ三十メートルで直径七十メートルの、天井《てんじょう》のない闘技場《とうぎじょう》があった。

正面から入って、さらに十メートル進む。円形の直径六十メートルの空間に出た。

中央から正面入口寄りにおっちゃんを置くように指示した。ポンズたちがおっちゃんを降ろす。盾と『ドラゴン・トーチ』をおっちゃんに持たせた。

海賊たちを連れてポンズは消えたが、誰《だれ》かが見ている気配がした。

(ポンズはんと海賊以外にも観客がおるようやね。おそらく、人間ではないね。手出ししてこんかったら問題ないけど。大丈夫かの)

『強力』の魔法を唱える。『強力』の魔法をもってしても、動くのがやっとだった。

『龍を呼ぶ角笛』を吹《ふ》くと、闘技場の入口に鉄格子《てつごうし》が下りる大きな音がした。

暑さはまるで感じない。でも、汗《あせ》が一滴《てき》、おっちゃんの顎を伝わった。

闘技場内に動きはないが、油断はできなかった。何もない長い時間が経過する。

「ほんまに『暴君テンペスト』が来るんやろうか」と疑った時に事態は動いた。

突如《とつじょ》、強風が闘技場内に吹いた。重い全身金属鎧を着ていても一歩後ろに下がりそうになる。まさにテンペスト『嵐《あらし》』を思わせる威力《いりょく》だった。

風が止《や》んだとき『暴君テンペスト』が立っていた。

『暴君テンペスト』の背は高い。直立すると頭が闘技場の三階席にまで届きそうだった。大きな体躯《たいく》は闘技場の五分の一を占《し》めた。全身が真っ赤に熱せられた鉄のような鱗《うろこ》で覆《おお》われていた。左右の手足には名刀の輝きを思わせる鋭《するど》い爪《つめ》が並んでいる。圧巻、まさにその一言だった。

おっちゃんはすぐに大声を上げた。

『暴君テンペスト』が地響《じひび》きのような声を上げる。

「久《ひさ》し振《ぶ》りの挑戦者と思えば、なんだ、この小男は。叩き潰してくれる」

『暴君テンペスト』が右手を振り上げた。振り下ろせば、鎧ごとペシャンコになる未来は確定。

「待った、叩くのはなしで。ドラゴン・ブレスをお願いします」

『暴君テンペスト』は眉間に皺を寄せて怒鳴《どな》った。

「馬鹿が。どう戦おうと、儂の自由だ」

おっちゃんはとっさに身を守るように、盾とドラゴン・トーチを突き出した。

『暴君テンペスト』が目を細めて、怪訝《けげん》そうな声を出す。

「なんだ、その武器は？」

「これ、武器でなく、松明《たいまつ》です」

数秒の間ができる。『暴君テンペスト』が大声で笑ってから怒った。

「馬鹿にしよって。ならば、死ね」

『暴君テンペスト』が大きく、息を吸い込む。引き込まれるようなものすごい風が発生した。辺りが激しく明るくなり、炎の嵐が襲《おそ》ってきた。

『ドラゴン・トーチ』にはすぐに火が着いた。おっちゃんは利《き》き手《て》で盾を構える。盾から青い光が出て、おっちゃんを覆う。盾をしっかりと構えないと吹き飛《と》ばされそうだった。

おっちゃんは『瞬間移動』を唱えた。だが、魔法は発動しなかった。

(移動の魔法を妨害《ぼうがい》する何かが、発動している)

おっちゃんは焦《あせ》った。盾はすでに真っ赤になり、今にも熔《と》け始めそうだった。

(下しかない)

『大地掘削《くっさく》』の魔法を地面に向かって打った。垂直方向に五メートル、人間一人が入れる幅《はば》の丸い縦穴ができた。

縦穴に『ドラゴン・トーチ』を投げ込む。盾を傘《かさ》にして、縦穴の中に避難《ひなん》しようとした。

しかし、全身金属鎧が大きすぎた。腰《こし》から下が穴に入らなかった。

即座《そくざ》に鼠《ねずみ》の姿を念じた。鼠になったおっちゃんは、鎧に付いていた股間《こかん》の排尿《はいにょう》用の場所から縦穴の中に這《は》い出した。

穴の底に隠れる。上では全身金属鎧が真っ赤に加熱されていた。おっちゃんの着ていた服を焦《こ》がす臭《にお》いがした。

（まずい、これ以上に熱せられると、熔けた鎧が降ってくる。逃《に》げないと）

おっちゃんは人間の姿に戻る。もう、一度『大地掘削』の魔法を使って横穴を掘《ほ》った。『ドラゴン・トーチ』を持って、横穴に逃げた。

退避《たいひ》が終わって数秒で、熔けた鉄が雨のように縦穴に降ってきた。

「他愛《たあい》もない」と『暴君テンペスト』の蔑《さげす》むような声が聞こえてきた。

そのあと、激しい風が舞《ま》う音がした。熱いが、しばらく震えが止まらなかった。

おっちゃんが横穴でじっとしていると、縦穴の上から、変形した鎧の残りが落ちてきた。

「おい、おっちゃん、生きているか」。上からポンズの焦った声が聞こえてきた。

「なんとかな、おっちゃん生きているでー」

「第四十九夜　おっちゃんと『暴君テンペスト』(後編)」

おっちゃんは横穴から這い出し、縦穴を上った。

素《す》っ裸《ぱだか》になったおっちゃんをポンズが不思議そうに見て尋《たず》ねる。

「助かった状況《じょうきょう》はいいんだけど、なんで裸《はだか》なんだ?」

「詳《くわ》しい話は今はええ。ここから逃げよう。裸でモンスターに遭《あ》いたくない」

装備を確認《かくにん》すると、既《すで》に熔けて使いものにならなくなっていた。

ただ、『龍を呼ぶ角笛』だけは、熱を持っていたが残っていた。

(何の角でできているか知らんが、丈夫《じょうぶ》なやっちゃなー。回収しとこ)

おっちゃんは『龍を呼ぶ角笛』を回収し、海賊一人からシャツを貰《もら》うと腰に巻いた。

後は来た道を逆に辿《たど》って、マサルカンド郊外《こうがい》に移動した。

ポンズが部下の海賊におっちゃんが着る服を買いに行かせた。部下の海賊が船乗りの服を買ってきて、おっちゃんはその服に着替《きが》えた。

「ほな、お宝を貰いに行きましょうか。と、その前に、やる仕事があったわ。ポンズはん、『ドラゴン・トーチ』を預かって。エールを買ってくるわ」

ポンズに『ドラゴン・トーチ』を預かってもらう。ポンズから荷車、金、担ぎ紐を借りた。

おっちゃんは冒険者《ぼうけんしゃ》ギルドの裏口に荷車を止め、『瞬間移動』の魔法《まほう》を唱えて、エメリア醸《じょう》造《ぞう》へと急いだ。

エメリア醸造の入口で、見覚えのある年を取った男性に会った。

「おう、おっちゃん、久しぶりやな」

『クール・エール』の買付には、ポンズとの取引が成功してからは来ていなかった。

年を取った男が威勢よく声を掛けてくる。

「しばらく見んと思ったけど、元気だったか。今日は船乗りの格好をして、どうした?」

「おっちゃんにも色々あるんよ。それで、今日は上等のエールを売って欲《ほ》しいんよ。どんなエールを飲んでも不味《まず》い、言う男がおってな。そんな男に美味《うま》いと言わせるエール、ある?」

年を取った男性が興味を示した顔で顎に手をやる。

「そいつは、どんな人物だい?」

「大海賊の『赤髭《あかひげ》』みたいな船乗り」

「ひょっとして」と年配の男性は何かに思いついた顔をする。

「おい、誰か、あの古くなって捨てるエールを持って来てくれ」

おっちゃんが面喰《めんく》らっていると、年を取った男性が説明した。

「その船乗りが飲みたがっているエールは、船の上で飲まざるを得なかった不味いエールだ。きっと昔に飲んだ、不味いエールをまた飲みたくなったんだろう。まあ、持って行ってみな、代金は要らないから」

不味いエールの入った樽《たる》を担いで、冒険者ギルドに行った。おっちゃんは一度、宿屋に戻った。宿屋においてあるおっちゃんの荷物から、以前に手に入れた青い飴《あめ》のような魔力回復薬を一粒《つぶ》、舐《な》める。

「よし、これで瞬間《しゅんかん》移動が一回、使える」

冒険者ギルドの裏口からエール樽を荷車に載《の》せる。ポンズの待つ船に戻った。

「お待たせ。エールを積んでいこうか」

おっちゃんを乗せた船は『赤髭』が待つモネダ島へ向かった。

おっちゃんが『ドラゴン・トーチ』を持ち、海賊数人にエール樽を持たせる。

ポンズの持つ『煉獄石』を使い、地下への扉を開いた。赤髭の待つ部屋へと向かった。

『赤髭』はいつもと変わらず、椅子《いす》に腰掛けて待っていた。

「『赤髭』はん強い魔力の籠もった炎を持って来たで」

悠然《ゆうぜん》と赤髭が椅子から立つ。

「そうか。では、渡《わた》してもらおうか」

「おっと、その前に、このエール樽に黄金の帆船《はんせん》模型を入れてや。『赤髭』はんが人間に戻ったら、誰も黄金模型に触《ふ》れられん。黄金の帆船模型に近づいても死なない体の内に、エール樽に黄金の帆船模型を入れてや」

『赤髭』はおっちゃんを一睨みしてから、傲岸《ごうがん》な口調で指示する。

「いいだろう。炎はちゃんとあるようだしな。樽をそこに置け」

『赤髭』の指定した場所に、エール樽を置いた。

『赤髭』がエール樽の蓋《ふた》を開けた。『赤髭』は臭いを嗅《か》いでから一口だけ掬《すく》った。『赤髭』が嬉《うれ》しそうな声を上げる。

「おお、これぞまさしく、美味いエールだ。このエールなら船の呪《のろ》いも封《ふう》じられよう」

『赤髭』がエール樽に黄金の帆船模型を沈《しず》めた。

おっちゃんはエール樽に蓋をする。『施錠《せじょう》』の魔法を掛けて、蓋をしっかりと閉じた。

『強力』魔法を唱えて、エール樽を背負った。

「次は『赤髭』さんの番や、呪われた契約書《けいやくしょ》を出して」

『赤髭』がキャプテン・ハットを脱ぐ。キャプテン・ハットの内側から、一枚の呪われた契約書を出して、おっちゃんに向けた。

おっちゃんが『ドラゴン・トーチ』を呪われた契約書に向ける。呪われた契約書に炎が触れた。呪われた契約書がゆっくりと燃え始めた。呪われた契約書を九割ほど焼いた時点で『赤髭』が手を離した。

呪われた契約書は、そのまま床《ゆか》に落ち、燃《も》え尽きて灰になった。

『赤髭』が両手の拳《こぶし》を握《にぎ》り締《し》め、歓喜《かんき》の声を上げた。

「やったぞ。これで俺は自由だ」

おっちゃんは口早に告げる。

「じゃあ、そういうことで。おっちゃんはまだ用事があるんで、先に帰ります。あと、よろしゅうお願いします」

ポンズが何か言いかけた。だが、構わず『瞬間移動』を唱え、リントンの家に移動する。

（人間は欲に目が眩《くら》むと、何をするかわからん。自由になった『赤髭』に唸《うな》るほどある財宝。四十人の人間。無事に事態が収まるとは思えん。はよ、立ち去るに限る）

リントンの家のドアをノックする。リントンが出てきた。

「はい、これ、『暴君テンペスト』の炎」

おっちゃんは『ドラゴン・トーチ』を差し出した。

リントンはおっちゃんに抱きついて頬《ほお》にキスした。

「ありがとう、おっちゃん、これで研究が進むわ」

「喜んでくれて嬉しいな。あと、荷車があったら、貸して」

『ドラゴン・トーチ』をきらきらした目で見つめてリントンが発言する。

「裏庭にあるから、好きに使って」

おっちゃんは担いでいたエール樽《だる》を荷車に載せて、冒険者ギルドへ戻った。

冒険者ギルドに戻ると、人の手を借りて密談スペースにエール樽を運ぶ。

「さて、残った仕事も片付けよか」

おっちゃんはクロリスを呼んで、お願いした。

「クロリスはん。ピエールとバネッサを呼んでもらえる？　仕事の完了《かんりょう》を報告したいんや」

二時間後にピエール、バネッサ、イゴリーがやって来た。

「仕事が終わったで。幽霊船《ゆうれいせん》を出現させておいた黄金の帆船模型はこの中や」

ピエールが手を伸《の》ばそうとしたので、ピエールの手を払う。

「おっと、一般人《いっぱんじん》が触《さわ》ったらあかん。黄金の帆船模型には近づいただけで寿命《じゅみょう》を吸い取る強力な呪いが掛かっておるんや。ただ、なぜか、呪いはエールの入った樽に沈めることで封じられる。もし、取り出そうと思うなら高位司祭の立会いでやらないと、大惨事《だいさんじ》になるよ」

ピエールは納得《なっとく》しない顔をしていた。

イゴリーがエール樽を軽く叩いて、神妙《しんみょう》な顔をする。

「なるほど、音からして、酒以外に何かが入っているようだな。微《かす》かだが、不吉《ふきつ》な気配もする。おっちゃんの言うとおり、この酒樽を開けるのなら、呪いの専門家か、高位司祭の立会いで開けたほうがいい」

バネッサが真顔で納得する。

「おっちゃんの言葉だけなら信用できない。だが、イゴリーが言うのなら間違《まちが》いない」

「バネッサさんがそう仰《おっしゃ》るのなら」とピエールも渋々《しぶしぶ》おっちゃんの言葉を受け入れた。

連絡を受けてバネッサの手下がやって来た。イゴリー監視《かんし》の許《もと》にエール樽は外へ運ばれて行った。

お客が帰るとクロリスが寄って来た。クロリスが穏《おだ》やかな顔で告げる。

「すごいわね、おっちゃん。冒険者と兵士が束になっても勝てなかった幽霊船団を鎮《しず》めるなんて。これで、マサルカンドは元の港町に戻るわ。ちょっとした英雄《えいゆう》ね」

（あ、これまずいね、クロリスの中でおっちゃんの価値が上がっている）

「英雄がいるとすればおっちゃんやない。皆が少しずつできる範囲《はんい》で協力してくれたから街は助かったんや。街の皆がマサルカンドを救った英雄や。おっちゃんのやった仕事なんて手を添《そ》える程度のものや」

クロリスが微笑《びしょう》を湛《たた》えて優《やさ》しい口調で口にする。

「手柄《てがら》は誇《ほこ》って当たり前。自慢話《じまんばなし》に花を咲《さ》かせて、己《おのれ》を奮い立たせてダンジョンに挑む。それが冒険者だと思っていた。おっちゃんは違《ちが》う。けど、おっちゃんは立派な冒険者よ」

「おっちゃんそんな立派なもんと違う。おっちゃんはしがない、しょぼくれ中年冒険者や」

「そうかしら、私にしたら、おっちゃんは――」

クロリスは言葉を切って、寂《さび》しげな顔をする。

「ううん、なんでもないわ」

「そうか、ほな、おっちゃん宿屋に戻るわ」

おっちゃんは宿屋に帰った。おっちゃんは宿屋のベッドに寝転《ねころ》がり寛《くつろ》ぐ。

「終わった。終わった。これで、ややこしい話はしまいや。あとは、貯金が尽きるまでごろごろしよう」

第五十夜　おっちゃんと滅びの予兆

事件を解決してから、十日間が経過した。貿易船も頻繁《ひんぱん》に入港するようになった。街は活気を取《と》り戻しつつあった。

おっちゃんは採取にも行かず、依頼《いらい》も受けなかった。貯金を食《く》い潰しながら、美味い物を食ってダラダラを生活していた。

その日、おっちゃんはお昼に地震《じしん》で目を覚ました。揺《ゆ》れはいつもより大きく、窓がカタカタと揺れた。

「地震か。最近、多いな。それに、揺れが大きうなって来ていると感じるのは気のせいか」

宿屋の一階に下りると、宿屋の女将《おかみ》さんが掃除《そうじ》をしていたので声を掛ける。

「今のはちょっと大きくなかったか？」

「こんなもんじゃないかい。ここはマサルカンドだよ。地震があって当たり前さ」

（地元の人間が気にせんのなら、問題ないのかもしれんな）

仕事をする気がないので、冒険者ギルドにいても暇《ひま》だった。散歩がてら、リントンの家に足を向ける。

リントンの家のドアからは「『クール・エール』は、ありません」の張り紙が消えていた。

ドアをノックする。

「わいや。おっちゃんや。遊びに来たでー」

ドアが威勢《いせい》よく開いた。

リントンが険しい顔で辺りを確認し、おっちゃんを引っ張り込んだ。

家の中はいつもと違って整理されていた。

「なんや、どうしたん、そんな血相を変えて、借金取りでも来るんか？」

リントンが真剣な顔で緊迫《きんぱく》感の籠《こ》もった声で話す。

「違いますよ。おっちゃんだから教えます。まだ、秘密ですが、どうやら『火龍山』がヤバイらしいです。噴火《ふんか》するかもしれません」

「ほんまか？　あの火山が噴火するの？　以前に聞いたサワ爺さんの話だと、二百年は噴火した記録ない、言うとったぞ」

リントンが真剣な顔のまま続ける。

「『火龍山大迷宮』にあるマジック・ポータルは知っていますよね。あれは『火龍の闘技場』に行くために作られたのではありません」

「そうだったん、なんのためにあるん？」

「その少し先にある魔術師《まじゅつし》ギルドの火山観測所に行くためにあるんですよ。火山観測所に勤めている友人の話だと、二百年前と兆候が一致《いっち》しているらしいんですよ」

「偶然《ぐうぜん》やないの」

リントンが表情を曇らせて、強い口調で頼んできた。

「だったらいいんですけど、私は友人を信じます。おっちゃんも逃げる準備をしておいたほうがいいですよ。私も逃げる準備があります。そういうわけで、忙《いそが》しいので、帰っていただけませんか」

「そういう事情なら、しゃないな」

リントンに『火龍山』が噴火すると教えられても、実感がなかった。

おっちゃんはリントンの家を追い出された。外では火山灰が降っていた。おっちゃんは冒険者ギルドに帰った。

外套《がいとう》を深々と被《かぶ》った人物が出て来る場面を目撃《もくげき》した。ちらっとしか見えなかったが、出てきた人物には、見覚えがあった。冒険者ギルドのギルド・マスターのゲオルギスだった。

冒険者ギルド内に入ってクロリスに尋《たず》ねる。

「ギルド・マスターを久々に見た。なんか、用事なん」

クロリスが緊張《きんちょう》感の全然ない声で、のほほんと答えた。

「なんでも、お城で行われる政策決定会合に出席するそうよ」

「お偉《えら》いさんの集まりか。でも珍《めずら》しいな、冒険者の代表を呼ぶなんて。今までにもあったん、お城の会合に呼ばれるなんて」

クロリスが少し考えるような顔をして指折り数える。

「新年の祝賀会でしょう。秋の豊漁祈願祭《きがんさい》でしょう。納税の時でしょ。あとは、戦の時くらいかしら」

「そうかー」と相槌《あいづち》を打って話を切り上げる。

（リントンの話の後や。なんか気になるの）

おっちゃんは悶々《もんもん》とした気持ちのまま、酒場で時間を潰した。冒険者の噂話《うわさばなし》に耳を立てる。

火山の噴火についての話はなかった。夜も更《ふ》けて来てそろそろ宿屋に帰ろうかと思った。

ゲオルギスが帰ってきた。ゲオルギスが外套を脱ぐ。

ゲオルギスの髪《かみ》は真っ白で褐色《かっしょく》の肌《はだ》をしていた。体形はスラリと細く、顔には深い皺が刻まれていた。

服装は袖《そで》の長い茶のシャツに綿でできた、茶のスラックスを穿《は》いていた。暑いマサルカンドでは珍しく、サマーセーターを着て、薄《うす》い青色のマフラーをしていた。

ゲオルギスが特徴《とくちょう》のある渋《しぶ》い男性の声で語る。

「今いる人間だけでも聴《き》いて欲しい。『火龍山』に観測所を持つ魔術師ギルドより通達があった。『火龍山』が噴火する。それも、今までにない規模で、だ」

（なんや、リントンの話はほんまやったんか。こら一大事やで）

一瞬の静寂《せいじゃく》の後に酒場内から驚《おどろ》きの声が上がった。

ゲオルギスは手で聴衆《ちょうしゅう》を制すると話を続ける。

「火山の噴火を止める方法は一つ、『暴君テンペスト』を退治して、『火龍山大迷宮』のダンジョン・コアを破壊《はかい》するしかない。そこで、お城は冒険者ギルドに正式に『暴君テンペスト』の討伐依頼《とうばついらい》を出した。報酬《ほうしゅう》は金貨一万枚」

どよめきの中、大柄《おおがら》な冒険者が声を上げる。

「いつまでに『暴君テンペスト』を倒せば、噴火は防げるんですか」

ゲオルギスが顔を顰《しか》めて大きな声を上げた。

「明日かもしれないし、あるいは一ヶ月後かもしれない。だが、魔術師ギルドの見立てでは、このままではマサルカンドは、年明けには存在しない街になる」

(今が八月やから、保《も》って、あと三ヶ月くらいか。二百年の間に誰も倒せなかった、『暴君テンペスト』を、たったの三ヶ月でどうにかせいって、無茶《むちゃ》な話やで。ダンジョン・コアはダンジョン・マスターである『暴君テンペスト』にとって命の次に大事な物や。簡単には手が出せせん)

ゲオルギスが静かに言葉を続けた。

「逃げる者を責めたりしない。去るのも挑戦《ちょうせん》するのも自由だ。以上」

沈痛《ちんつう》な面持《おもも》ちで、ゲオルギスは退出した。

冒険者の酒場は『火龍山』の噴火と『暴君テンペスト』の話題で持ちきりになった。

騒《さわ》ぎの中、クロリスがやってきて、おっちゃんの袖を引く。「ちょっと来て」とクロリスが神妙な顔をして小声で頼む。

騒然《そうぜん》となる冒険者たちの輪を抜け出す。クロリスに従いて行く。着いた先は、ゲオルギスの執務室《しつむしつ》だった。

部屋は八畳《じょう》ほどと広くなかった。応接セット、机と椅子、書類棚《だな》、金庫といった最低限の品しかない。狭《せま》さは感じなかった。ゲオルギスが大きな木の机を挟《はさ》んで、おっちゃんと向き合う。

ゲオルギスが苦悩《くのう》に満ちた顔で、淡々《たんたん》とした口調で、おっちゃんに訊《き》いた。

「おっちゃんに聞きたい話がある。おっちゃんは『暴君テンペスト』と遭遇《そうぐう》して生きて帰って来た、数少ない冒険者だ。単刀直入に聞く。マサルカンドの冒険者ギルドの総力を挙げれば、勝てるか」

「おっちゃんは暇人《ひまじん》です。冒険者の酒場で時間を潰すことが多いんです。なので、マサルカンドの冒険者を色々と見てきました。直感で答えます。マサルカンドの冒険者では『暴君テンペスト』は倒せません」

マサルカンドの冒険者は多い。おっちゃんの技量を上回る冒険者もいる。だが、『暴君テンペスト』と対峙したおっちゃんには、確信があった。現在マサルカンドにいるトップ三十人の冒険者をもってしても、『暴君テンペスト』の敵にはならない。

ゲオルギスが静かに瞳《ひとみ》を閉じる。重い空気を吐《は》き出すように発言した。

「そうか、わかった。ありがとう」

「失礼します」と、おっちゃんは執務室を後にした。

帰り道にクロリスが不安も露《あらわ》に感想を述べる。

「まさか、こんな災害が起きるだなんて思いもよらなかったわ」

「助けられるもんなら助けてやりたい。けど、今回ばかりはどうにもならんな」

クロリスが寂しげな顔で微笑《ほほえ》む。

「おっちゃんが気に病《や》む話ではないわ。『暴君テンペスト』を倒すなんてできっこないわ。『暴君テンペスト』退治なんて、英雄にだけ許された冒険《ぼうけん》よ。一般《いっぱん》の冒険者にとっては自殺行為《こうい》だわ」

「今回ばかりは意見が合うな、おっちゃんも同じ意見や。おっちゃんは選ばれし英雄やない。それはおっちゃん自身がようわかっている」

クロリスが思いつめた顔をする。

「残された時間は少ない、か」

第五十二夜　おっちゃんと決断の時（前編）

一夜が明けると、『火龍山《かりゅう》』の噴火の話は民衆に伝わり、街は騒然となっていた。寝《ね》ていても近所の人間なのか、泊《と》まり客《きゃく》の声なのかわからないが、不安げな声が聞こえてくる。

冒険者の酒場に行くために、宿屋の一階に下りて行く。女将さんがいたので尋ねる。

「おはようございます。女将さんは、どうするの？　『火龍山』が噴火したら」

女将さんが悲しげな顔で、しんみりと漏《も》らす。

「どうもしませんよ。マサルカンド以外に行く場所なんて、ないからね」

冒険者ギルドの酒場に行った。冒険者ギルドは朝になって噴火の話を聞いた冒険者の声で溢《あふ》れていた。

「奴《やつ》らなら倒せる」「逃げるなら、早いほうがいい」「どこそこで、保存食が安い」「船はどうする」「やれるだけ、やってみるか」「荷車が値上がりする」「家を買ったばかりなのに」「魔術師ギルドに行ってみよう」

威勢のよい話題もあるが、七割方、逃げる方法を話す冒険者が多かった。

（当然といえば、当然か。マサルカンドにいる冒険者では『暴君テンペスト』は倒せん。他人任せにするなら、今できる「逃げる」を選ぶ。それで、誰かが倒したら戻ってくればええ話や

からな）

市場に出ても、噴火の話題で持ちきりだった。酒や保存食が売り切れになっている店もあった。

市場では冒険者が『暴君テンペスト』を倒せるとは九割九分まで考えられていなかった。馬や牛を扱《あつか》う市場では、取引が中止されていた。

（輸送に使う動物はお城や大商人が押《お》さえたか。上層部はもっと前から知っとったな。よくある展開や）

港に行った。乗船券を買い求める商人や街の人で、ごった返していた。貿易船の船乗りたちも、「ここには長居したくない」の空気を、ありありと出していた。

冒険者ギルドに戻《もど》った。大きめな荷物を纏《まと》めて出て行くパーティと出会った。冒険に行くには重過ぎる格好は、誰が見ても、逃げ出す冒険者にしか見えなかった。

昼食を摂《と》っていると、おっちゃんの正面に座《すわ》る人間がいた。バネッサだった。

「珍しいですな。お昼ですか。バネッサはんは、どうするんですか？」

バネッサの顔には疲労《ひろう》の色が浮《う》かんでいた。疲《つか》れた口調でバネッサが話した。

「引《ひ》っ越《こ》しで大忙《おおいそが》しよ。私とイゴリーは街を出るわ。心中は御免《ごめん》よ。親父《おやじ》は街を離れないみたいだけど」

親子だからといって同じ意見にはならない。噴火は人々を引き裂《さ》く。

「残るにしても、出て行くにしても、生活の基盤《きばん》がある人は大変ですな」

バネッサが落胆《らくたん》した態度で、パスタをフォークに巻きながら尋ねた。

「それで、おっちゃんはどうするの。『暴君テンペスト』に挑《いど》むの？　それとも、街を去る？」

決まっている。

「前に言いましたけど、おっちゃんは身軽やさかい。街を去りますわ。また、どこか違う街で冒険者をやります」

バネッサが気怠《けだる》い調子で返す。

「そう、残念。親父は噴火を止められたら娘《むすめ》を嫁《よめ》にやるって言っているわ。『暴君テンペスト』を倒せば私と結婚《けっこん》できるわよ」

「そら、若い大勢の男が挑戦しに行きますな」

パスタで遊びながら、バネッサは力なく笑った。

「そんな奴、いないわよ。二百年も倒せなかった『暴君テンペスト』を倒せる人間なんて、いないわ」

バネッサは半分以上もパスタを残して立ち上がり、去った。

皿を下げに来た若い店員にも聞く。

「あんちゃんはどうするの？　他の街に行くんか？」

若い店員は淡々と答える。

「俺《おれ》は残りますよ。この街が好きですから」

おっちゃんはマサルカンドを去ろうと考えていた。

（わいには『瞬間移動』いう便利な魔法がある。二十秒あれば充分《じゅうぶん》に逃げられる。できるだけ、街を見ておこう。それが、街の供養《くよう》にもなる）

二週間が経過した。街から出て行く人が増えた。閉まったままになる商店が増えた。

金貨一万枚の報酬は宣伝効果があった。『火龍山大迷宮』を知らない冒険者たちがマサルカンドにやって来た。

冒険者の店は賑《にぎ》わいを見せ、街は淡《あわ》い期待に沸《わ》いた。

やって来た中には高名な冒険者のパーティもあった。外からやって来た、ほとんどの冒険者は『火龍山大迷宮』から帰らなかった。反対に『火龍山大迷宮』を知る大部分の冒険者は、マサルカンドを去った。

更《さら》に二週間後、街は静かになり、地震の回数だけが増えた。

おっちゃんはがらんとした冒険者ギルド併設《へいせつ》の酒場を見回す。かっての賑わいを見せた酒場は入りが全盛期の三割にまで客が落ち込んだ。冒険者に限っていえば、十人といない。

おっちゃんが浅蜊《あさり》のパスタを食べていると、クロリスが寄って来た。

クロリスが寂しげな顔で、やんわりと訊いて来る。

「おっちゃんは逃げないの？　この街に残っていても死神しか来ないわよ」

クロリスの顔には表面的には不安はなかった。

「逃げるよ。ただ、ここの料理が美味《おい》しいから、明日《あす》は、明日は、と延び延びになっているだけや。クロリスはんこそ逃げないの？」

クロリスが手を組んで外側に伸ばし、笑顔《えがお》で答える。

「逃げられないのよ。今も少数だけど、冒険者さんが『火龍山大迷宮』に挑んでいるわ。挑んでいる冒険者さんが帰ってきた時に、「お帰りなさい」と言葉を掛ける人がいなかったら、寂しいでしょ」

クロリスは表情には出していないが、本当は怖《こわ》いんだと感じた。精一杯《せいいっぱい》の意地を張っているクロリスの態度を、おっちゃんは尊重した。

「そうか、立派やな。おっちゃんにできない芸当や。おっちゃんならとっくに逃げ出すわ」

クロリスが穏やかな顔で告白した。

「本当は怖いわ。死にたくだってない。だけど、最近、私は思うの。ひょっとしたら私は待っているだけなのかもしれないって」

「待っているって何をや？　さっき死神しか来ないって口にしてたやん」

クロリスが自嘲《じちょう》気味に話す。

「奇跡《きせき》を起こせる私だけの小さな勇者を待っているのよ。素敵《すてき》な冒険者がマサルカンドと私を救ってくれる未来を願ってね。卑怯《ひきょう》よね、自分では何もしないで待つだけの人間なんて」

「希望を持つ心情が罪だ、とはたとえ神さんでも言わんやろう。クロリスはんはクロリスはんの心に従って生きたらええ」

「ありがとう、おっちゃん。話を聞いてもらって少し心が楽になったわ」

「第五十二夜　おっちゃんと決断の時（後編）」

冒険者ギルドの扉が威勢よく開いた。リントンが息を切らして立っていた。

リントンはずかずかとクロリスの傍《そば》まで来ると、勢い良く発言した。

「冒険者に依頼を出したいんです。『暴君テンペスト』を倒《たお》さず『火龍山』の噴火を止められるかもしれない」

「えっ」とクロリスが固まった。リントンはおっちゃんの前のテーブルに図面を広げた。

「計算しました。『火龍山大迷宮』のダンジョン・コアを破壊しなくも、いいんです。放熱機を付けて、ダンジョン・コアが内包する大量の熱を外に逃がせば、噴火を百年単位で先延ばしできます」

興奮するリントンを、クロリスが宥《なだ》めた。

「落ち着いて、リントンさん。放熱機をダンジョン・コアに付けるって、ダンジョン・コアはダンジョンの最深部にあって『暴君テンペスト』が守っているのよ」

リントンが顔を紅潮させて捲《まく》し立てる。

「ですから、ダンジョン・コアのある部屋まで侵入《しんにゅう》する冒険者のAチームと『暴君テンペスト』を引き付ける冒険者のBチームに分けて、チームを編成するんです。Bチームが『暴君テンペスト』を『火龍の闘技場』に誘《さそ》い出している間に、Aチームがダンジョン・コアのある部屋に到達《とうたつ》して放熱機を付ければ、マサルカンドは救われます」

リントンは言い切って「どうだ」といわんばかりの顔をする。クロリスが顔を曇《くも》らせた。

「残念だけど、その作戦は無理よ。もう、冒険者ギルドには大きな仕事を任せられるパーティが二つもないわ」

「えっ」と小さく呟《つぶや》いて、リントンはがらんとした酒場を見渡《みわた》した。

リントンの顔が悲しみに歪《ゆが》む。

「そんな、せっかく。マサルカンドを救えると思ったのに」

「リントンはん。ダンジョン・コアを破壊せんくても、噴火を止められる話は本当か？」

リントンがしょぼんとした顔で、弱々しく言い直す。

「正確には先延ばしですけど」

「おっちゃん一人なら、ダンジョン・コアのある部屋に侵入できるかもしれん」

クロリスが疑いを隠《かく》さずに訊いてきた。

「本当なの？」

「ただし、侵入には時間が要《い》る。今から準備して間に合うかどうかはわからん」

（ダンジョン・コアを破壊するなら『暴君テンペスト』は許さない。だが、噴火を止めるだけなら『暴君テンペスト』と交渉《こうしょう》できるかもしれん）

クロリスが困惑《こんわく》した顔をして、たどたどしい口調で聞き返した。

「本当に、そんなことができるの？」

「こればかりは、信用してくれと頼《たの》むしかない。あと、人手が必要や。冒険者やなくてもええ。イラストレーターと印刷技術者、それに、コピーライターと魔術師ギルドの協力がいる」

クロリスが訳がわからぬ顔で尋ねる。

「魔術師ギルドの協力が要る状況はわかるわ。冒険者ギルド・マスターが頼めば、協力が得られると思う。けど、他の人はなんで必要なの」

「おっちゃんが頼む仕事は奇妙《きみよう》かもしれんが、いちいち説明を求められたら困る。説明を求めず従ってくれるなら、おっちゃんがどうにかしたろ」

クロリスが真剣《しんけん》な顔で発言する。

「わかったわ。ギルド・マスターに相談してみる」

ゲオルギスに相談に行くためにクロリスが消えた。

おっちゃんはリントンに指示を出す。

「放熱機やけど、これの他に色々な放熱機の図面って、ある？」

リントンが不満げに口を尖《とが》らせて意見する。

「父の資料を調べれば、出て来ると思います。ただ、ダンジョン・コアに装着するなら、性能からして私が持って来た図面の放熱機しかないです」

「マサルカンドを救いたいなら疑問はなし。できるか、できないかだけ、教えて」

リントンが困惑した顔でたどたどしく答える。

「家に父が作った、色々な放熱機やら図面やらあるので、できます、けど」

その日の午後、おっちゃんはゲオルギスに、執務室に呼ばれた。

執務室には、おっちゃんの他に、クロリス、リントン、バネッサ、ピエール、サワ爺《じい》がいた。

一同を前に、ゲオルギスが真剣な表情で口を開いた。

「今日、リントンさんから、ダンジョン・コアに放熱機を取り付ければマサルカンドを救えると教えられた。おっちゃんは単身ならダンジョン・コアに潜入《せんにゅう》できる、と言っている。そこで、皆《みんな》に協力して欲しい」

おっちゃんは半信半疑な一同を見渡して発言する。

「今回の作戦に絶対はない。放熱機の作成以外にも、奇妙な指示があるかもしれん。疑問を挟まず従ってもらう必要がある。指示を聞いてもらえるなら、おっちゃんは命を懸《か》けてダンジョン・コアに放熱機を付ける。協力する気、ありますか。協力できん人はすぐに立ち去って」

誰《だれ》も部屋を出て行かなかった。

「よし、全員協力する、でいいな。やって欲しい仕事は、ダンジョン・コアに付ける放熱機を含《ふく》む放熱機と冷房機《れいぼうき》を合わせて、五種類のカタログを作って欲しい。カタログは見た人が思わず、欲しくなるような綺麗《きれい》なカタログや。おっと、質問はなしやで、できる？　できない？」

ピエールが戸惑《とまど》った顔で発言する。

「商人組合で使う宣伝ビラを作っていたコピーライターとイラストレーターがまだ残っています。マサルカンドを離《はな》れなかった製本職人もいます。放熱機の図面があれば、三日もあれば可能です。本当に――。質問はなしでしたね」

サワ爺が興味ありげな顔で口を開く。

「魔術師ギルドの顧問《こもん》しているサワ爺じゃ。上が全部、退去したから、事実上、魔術師ギルドの管理を任されている。金目の物はほとんどない。でも、放熱機の材料に必要な品はなんとか集めよう」

バネッサも凛《りん》とした声で協力を申し出た。

「魔術師ギルドで足りない資材の提供は、盗賊《とうぞく》ギルドがするわ。もう、やれることがないから、おっちゃんに賭《か》けるわ」

クロリスが真摯《しんし》な顔をして、しっかりとした口調で発言する。

「連絡《れんらく》調整、人材確保、『火龍山大迷宮《めいきゅう》』の情報については、冒険者ギルドが提供します」

おっちゃんは全員の顔を見て覚悟《かくご》を決めた。

「よっしゃ、なら、カタログができれば、おっちゃんが、あとはどうにかする。任せておけ」

会合の後にクロリスが歩み寄って来た。クロリスは密談スペースにおっちゃんを誘う。

密談スペースに行くと、クロリスは不安を隠さず訊いてきた。

「おっちゃん、ダンジョン・コアのある部屋に侵入するって危険でしょ、本当にやるの？」

「冒険者をやっていれば、危険がない仕事なんてない。でも、怖《おそ》れていてはなにも始まらんよ。それに成功した時のメリットは大きい。街が一つ救える」

クロリスが躊躇《ためら》いがちに質問した。

「おっちゃんだけなら安全に逃《に》げられるでしょう。どうして街を去らないの。なんで、街の人間のために自ら危険な場所にいこうとするの。おかしいわよ」

おっちゃんは優しく声を掛《か》ける。

「冒険者にお帰りなさいを言うために、クロリスはんは街に残った。そんなクロリスはんを助けるために、街に残った冒険者が一人いた。それでは駄目《だめ》か？」

クロリスは目に涙《なみだ》を浮《う》かべて曝《さら》け出すように話した。

「駄目なことないわ。けど、私は待ってばかりの人間で、動けなかった弱いだけの人間よ。おっちゃんが命を懸けて救うほどの価値がない女よ」

おっちゃんはゆっくりと語り掛ける。

「それを言うたら、おっちゃんかて、一度は街を捨てようとした人間や。おっちゃんの態度を卑怯と呼ぶか」

クロリスがやんわりとした口調で述べる。

「呼べないわ」

「なら、クロリスはんの心も弱いとは言えんな。人は誰しも弱い心を持っている。でも、同時に勇者でもあるんやで。もし、まだクロリスはんの中に勇気があるなら、おっちゃんを信じてや。信じてくれたら、おっちゃんは応《こた》えたる」

クロリスは涙を流しながら笑顔を作った。

「なら、街を助けて、私の小さな勇者様」

おっちゃんは涙を流すクロリスをそっと抱《だ》き寄《よ》せた。

第五十三夜　おっちゃんと冷房機器

　カタログが完成した。『記憶《きおく》』の魔法《まほう》で覚えた。特に、最後のページにある、重さ二百キログラム、縦横、高さ三メートルのリントン特製放熱機については、入念に覚えた。

　翌日、カタログを持って一人で『火龍の闘技場《とうぎじょう》』に向かった。『火龍の闘技場』へと向かうマジック・ポータルは廃棄《はいき》されていたが、使えるようだった。

「まだ、しばらくは使えそうやな、好きに使わせてもらおう」

　マジック・ポータルを潜《くぐ》って『火龍の闘技場』の前に移動する。『火龍の闘技場』に入る前に、服を脱《ぬ》いで隠した。

　身長三メートルの岩のような肌と筋肉の塊《かたまり》であるモンスターのトロルに変身する。持って来たバックパックから腰巻《こしま》きを出《だ》して装備する。最後に、カタログが入ったセカンドバッグを持つ。

『火龍の闘技場』に入って声を出す。

「誰かおられませんか。おっちゃんいう者です。今日は飛び込みで冷房機器の営業に来ました」

　辺りは静まり返って、誰も返事をしない。それでも、おっちゃんは闘技場の観客席から監視している視線を感じていた。少しの間を置いて、もう、一度、同じ言葉を口にして待つ。

さらに、もう一回、同じ言葉を繰《く》り返《かえ》そうとする。観客席から人間大の大きな炎《ほのお》が降《ふ》ってきた。炎は地面に降り立つと、人の形を取った。

現れた人は身長が百五十センチ。顔が人間ではなく鼠《ねずみ》。服装は肩《かた》を出した紫《むらさき》のヒマティオンで、木のサンダルを着用していた。手には薄い革の辞書のような物を持っている。

悪魔《あくま》型モンスターのパズトールだった。パズトールは古代哲学者《てつがくしゃ》のような服装と、小柄《こがら》な外見によらず強靭《きょうじん》な足腰《あしこし》を持ち、高度な魔法を使用する強力なモンスターだった。

(パズトールが下《した》っ端《ぱ》なはずはない。きっと、上級幹部や)

パズトールは髭《ひげ》を触りながら目を細めた。パズトールが高い男性の声で訊いてくる。

「ここは己の強さを誇示《こじ》する場所。貴方《あなた》はウチの従業員ではないですね。ここは『火龍の闘技場』ですよ。対戦を望む武者修行者《むしゃしゅぎょうしゃ》ではないようですが、何しにここへ」

おっちゃんは平身低頭で詫《わ》びる。

「すんまへんな。入口がよくわからんくて、マジック・ポータルを潜ったらここへ出まして、営業に来たんですが、どこに行ったら、ええでしょうか?」

パズトールは腕組《うでぐ》みして、気取って答えた。

「どうせ、用件はすぐ終わるんでしょう。ここでいいですよ。それで、何を売り込みに来たんです?」

「冷房機器ですわ。『火龍山大迷宮』といえば、暑いとこでっしゃろ。暑さに強いモンスターだけやないと思うて、冷房機器の売り込みに来ました。従業員用の休憩室《きゅうけいしつ》に一台、どうですか?」

パズトールは馬鹿《ばか》にした顔で、不機嫌《ふきげん》そうに答える。

「ウチの従業員になるには熱に強い体は必須《ひっす》です。沸騰《ふっとう》したお湯に手を突っ込めるくらいでないと、主と会話もできません」

「それだと採用に偏《かたよ》りが出ますやろう。たとえば、事務員。優秀《ゆうしゅう》な事務員が来ても暑すぎて働けない、では、御社《おんしゃ》の損失になります。先行投資やと思って一台、買いませんか。損はないと思いますよ。今なら、安うしときます」

パズトールは澄《す》ました顔で、あまり気のない声で発言する。

「なかなか押してきますね。いいでしょう。カタログくらい見てあげましょう。出しなさい」

頭を下げて、鞄《かばん》を開けた。中からできたばかりのカタログを出して見せた。

パズトールは興味のない顔でページを捲《まく》った。最初のほうに載《の》っている、小型高性能の放熱機のページを読みとばす。

最後に載るリントン特製の放熱機のページでパズトールの手が止まった。パズトールが上目でおっちゃんを捉《とら》えた。パズトールが値踏《ねぶ》みするような態度で訊いてくる。

「ウチの内情を誰に訊きました？」

おっちゃんは頭を振《ふ》って答える。

「誰にも訊いていません。冷房機器は寒い場所に売り込みに行くより、暑い場所に売り込みに行ったほうが売れる思いました。暑い場所でお金があるダンジョンといえば『火龍山大迷宮』さんが第一候補ですわ」

パズトールが「ふむ」と口にしてカタログを返す。

「そういう話にしておきますか。いいでしょう、従《つ》いてきなさい」

パズトールが辞書を開いた。マジック・ポータルを魔法の詠唱《えいしょう》なしで出現させた。パズトールがマジック・ポータルを潜ったので、おっちゃんも後に続いた。

マジック・ポータルを潜ると、焼けるような暑さを感じた。あまりの熱さに『耐熱《たいねつ》』の魔法を唱える。『耐熱』の魔法を以《も》ってしても、まだ熱かった。

出た先は一辺が百メートルある正方形の空間だった。部屋の中央には一辺が三十メートルもある真っ赤に輝《かがや》く巨大《きょだい》な正二十面体が浮かんでいた。正二十面体の下には直径六十メートルの巨大な魔方陣《まほうじん》があった。

また、正二十面体の周りには、直径五メートルの八個の球体が取り巻いている。魔法陣《まほうじん》も球体も、真っ赤になっていた。

パズトールがさらりと忠告する。

「魔法陣の中に入らないでください。トロルの貴方なら『耐熱』の魔法があっても即焼死《そくしょうし》ですよ」

あまりの暑さと巨大な物体に、おっちゃんは驚いた。

「なんですか、この暑さと、あの巨大な灼熱《しゃくねつ》する物体は?」

パズトールが冷静な声で説明する。

「灼熱する物体は『火龍山大迷宮』のダンジョン・コアです。コアの下にあるのが、冷却《れいきゃく》用魔法陣。周りを飛ぶのが、冷却用のマジック・アイテムです」

（まじか。すでに、ダンジョン側では冷却を開始しておったのか。素人《しろうと》が見ても、わかる。六十メートル級の巨大冷却用魔法陣《きょだいれいきゃく》もそうやが、冷却用のマジック・アイテムも限界やぞ）

パズトールが冷ややかな口調で語った。

「驚きましたか。これが、ウチの現状です。これをお宅の放熱機で冷やすと仮定しましょう。十機や二十機で、足りますか？　足りないでしょう」

（これ、まずいで、おそらくリントン特製放熱機では間に合わん）

「すんません。儂、営業の人間なんで、詳《くわ》しい技術的な話はわかりません。ですが、確かに一機や二機では足りんようですわ。この件は一度、社に持ち帰って検討させてください」

パズトールが目をわずかに見開き、意外そうな口ぶりで訊いてくる。

「断るのではなく、持ち帰りですか？」

「大きな仕事になりそうなので、技術の者と相談させてください」

パズトールが『火龍闘技場《かりゅうとうぎじょう》』まで送ってくれた。

おっちゃんは急ぎ、リントンの家に向かった。

リントンの家の裏庭では、魔術師ギルドの人間と職人により、リントン特製放熱機の作成が行われていた。リントンがおっちゃんを見ると、心配そうな顔で尋ねた。

「どうだった？　ダンジョン・コアのある部屋に、侵入できそうですか？」

「ダンジョン・コアのある部屋には入れた」

現場にいた人間は顔を輝かせた。

「待て待て。安心したら、あかん。そこで、とんでもないもんを見た」

おっちゃんが見たダンジョン・コアの姿を、詳細《しょうさい》な絵を描《えが》いて説明する。

リントンの顔が青くなる。

「紙とペン」とリントンが叫《さけ》ぶ。品物を受け取るとリントンは頭を掻《か》きながら計算を始めた。

リントンの顔は蒼白《そうはく》そのもので、計算結果が思わしくない状況《じょうきょう》が、傍目《はため》にもわかった。

(ダンジョン・コアの規模を大きく見誤ったか。無理もない。あそこまで大きなダンジョン・コアは珍しい。それに、すでに、高度な魔法や冷却用アイテムが使用されているとは、思うておらんかったやな)

「あああ」とリントンが頭を掻き毟《むし》って騒ぐ。リントンが静かになると「三十六」と呟いた。

「何がや?」と訊いた。リントンが情けない顔で、泣きそうな声で答える。

「私の特製の放熱機で冷却すると、最低でも三十六機が必要です」

「今、造っているので、何機目?」

リントンが首をゆっくり振って悲しげに答える。

「まだ、一機目の途中《とちゅう》です。一機目が完成するのに、あと五日。一機造るのに、どんなに急いでも、七日は掛かります」

辺りに沈黙《ちんもく》が訪《おとず》れた。

第五十四夜　おっちゃんと二枚舌（前編）

夜に関係者を集めて、冒険者《ぼうけんしゃ》ギルドで緊急《きんきゅう》会合が開かれた。おっちゃんの説明の後、リントンが計算結果を伝える。場は静かになった。

（当たり前か。せっかく助かると思うとったのに、やっぱりできませんでした――では、落胆も大きい）

沈痛な面持ちで、ゲオルギスが口を開く。

「何か手はないのか」

リントンが悔《くや》しさの滲《にじ》む発言した。

「私の放熱機では対応できません。時間がなさ過ぎます」

バネッサが険しい顔で、苛立《いらだ》った声で意見を出した。

「おっちゃんはダンジョン・コアのある部屋に入れるんだろう。なんかこう魔法で、ダンジョン・コアを破壊できないのか」

パズトールの前では、一命を賭《と》しても破壊は不可能に思われた。

「無理や。侵入が精一杯や。破壊なんて、とてもとても」

ピエールが苦い顔で、苛立たしげに発言する。

「何かを用意すれば、どうにかなる、レベルの問題ではないのですか？」

「残念ながら」とリントンは下を向いて気弱に答えた。

サワ爺が残念そうな顔で短く言葉を発する。

「逃げるしかないの」

その後も色々と意見が出た。だが、ことごとく、不可能の結論になる。

時間だけが経過した。

クロリスが飲み物を持って入って来た。飲み物は温かい甘酒《あまざけ》だった。

「なんや、甘酒か」

クロリスが柔《やわ》らかな顔で、やんわりと発言する。

「ええ、私の実家では夏の風物詩なんですよ。たまには、いいかな、と思って」

「ちょうど甘《あま》い物が飲みたかったところや。おおきに」

「空気を入《い》れ替《か》えますね」クロリスが窓を開けた。

涼《すず》しい潮風と波の音が窓から入ってくる。おっちゃんは思いついた。

「海や。海にダンジョン・コアを入れられたら、冷やせるんと違《ちが》うか」

バネッサが即座《そくざ》に馬鹿にしたように否定する。

「できるわけがないでしょう。発熱する巨大なダンジョン・コアを、どうやって『暴君テンペスト』の目を掻い潜《くぐ》って、運び出すのよ。不可能よ」

手の中のカップの温かさが、次なるアイデアを出した。

「なにも、ダンジョン・コアを移動させる必要はない。熱は伝わる。熱だけ逃がしたらええんや」

リントンが暗い顔で否定した。

「確かに熱は伝わります。でも、それでも、熱を移して運ぶ大量の媒体《ばいたい》が必要です。とてもではないですが、ダンジョン・コアを冷やすだけの海水を運べません」

「ダンジョン・コアがある部屋に、二箇所《かしょ》トンネルを掘《ほ》る。下から海水を入れてダンジョン・コアを冷やす。上から蒸気を出す。蒸気で水車を廻《まわ》して、海水を汲《く》んで下の穴に入れる。これなら、最初の海水を入れてやれば、冷めるまで使えるで」

リントンが困惑した顔で否定する。

「理論的には可能ですが、ダンジョン・コアのある部屋に入って、誰がそんな大工事をするんですか？」

希望が湧《わ》いた。

「理論的には可能と言うたな。工事ができれば、冷やせるんやな」

ピエールが馬鹿にしたように発言する。

「だから、それが無理だと言うんですよ。モンスターがマサルカンドを救うために工事をさせてくれるわけ、ないでしょう」

「おっちゃんに秘策がある。うまく行けばモンスターを騙《だま》して穴を掘らせられるかもしれん」

「本当なの？」とバネッサが疑いを隠さず、声を上げる。

「リントンはん、大急ぎで魔術師《まじゅつし》ギルドと協力して、海水でダンジョン・コアを冷やす計画を作って」

「でも、さすがに、それは」とリントンは否定的な顔で渋《しぶ》った。

「もう、マサルカンドに残った道は二つや。座して噴火《ふんか》に飲まれるか、おっちゃんに賭けるかや」

サワ爺が目に強い光を宿し、立ち上がった。

「やるしかないの。とんだ大事になったもんじゃ。死ぬにしても、やるだけやってから死んだほうがいい。冥途《めいど》の土産話《みやげばなし》にはなるだろう。儂はやるぞ」

ゲオルギスが決意の籠《こ》もった顔で力強く発言する。

「俺が経験した中で、こんなに途方《とほう》もない作戦はないだろう。だが、冒険者ギルドはおっちゃんに乗る」

バネッサがやれやれの顔で立ち上がる。

「逃げるはずが、逃げそびれたわ。いいわ。こうなったら、最後まで付き合うわよ」

ピエールが複雑な顔をして立ち上がる。

「十倍儲《もう》けたければ作物に投資しろ。百倍儲けたければ宝石に投資しろ。千倍儲けたいなら人に投資しろ。先代の言葉を思い出しました。なかなかリスクの高い投資ですが、リターンも高い。投資しますよ」

リントンがブチ切れ気味に立ち上がった。

「理論的に可能であって、本当はどうなるかなんて、知りませんよ」

結論が出て解散となる。おっちゃんは宿に帰る前にクロリスに話《はな》し掛けた。

「クロリスはん、甘酒ありがとうな、おかげでいい案が出たわ」

クロリスがはにかんだ顔をする。

「私はそれほどたいそれたことをしたわけじゃないわ。私にできる仕事はこれくらいだから。それに、おっちゃんなら、私が甘酒を出さなくても気が付いたと思うわ」

「そんなことないよ。ちょっとしたきっかけが大きな前進を生むんやで。ある意味、クロリスはんがマサルカンドを救ったかもしれん」

クロリスが微笑んで発言した。

「おっちゃんにそう言ってもらえると嬉《うれ》しいわ。それと私も決めたわ。私はもう自分で自分を苦しめるのをやめる。たとえ未来が死でも、受け入れるわ」

「クロリスはん死なないよ。皆で街を救うんや、笑って年を越そうやないか」

クロリスが俯《うつむ》いてぽつりと漏らす。

「そうね、私はおっちゃんと新年を一緒《いっしょ》に祝いたい」

第五十五夜　おっちゃんと二枚舌（後編）

夜が明けた。『龍を呼ぶ角笛』を鞄に入れる。トロルの格好で『火龍の闘技場』へ出向いた。

今回はすぐにパズトールが現れ、貴族のような口調で発言した。

「社に持ち帰って検討した結果、どうでしたかな」

「うちの放熱機では無理やと判明しました。ですが、ダンジョン・コアを冷やす方法は、あります。海水を使うんです」

パズトールが手で髭を触《さわ》って、薄目《うすめ》で残念そうに発言する。

「海水を使った冷却方法なら、すでに検討を終えました。ですが、無理です」

「どうしてですか？」

「ダンジョン・コアのある部屋に海水を入れる穴を空ければ、冒険者が入ってきます。セキュリティ上、それはできない。噴火すれば、ダンジョンの半分が潰《つぶ》れます。ですが、冒険者がダンジョン・コアを破壊《はかい》すれば、ダンジョンが機能を停止し、主を守れなくなる」

（なんや、リントンはんと同じで、頭が固いなー。ダンジョン・コアの冷却は技術的な問題やないわ。政治の話や）

パズトールが不機嫌な顔で、滔々《とうとう》と説明する。

「問題はまだあります。海水を汲み上《あ》げる水車を設置できたとしても、ダンジョンの外に設置しなければなりません。外に設置すれば冒険者に破壊される行為《こうい》は、目に見えています」

「それでしたら、おっちゃんに秘策があります。上手《うま》く行けば人間を騙して水車を建てさせた上に、人間に取水口を守らせることができます」

パズトールが鼻で笑い、高飛車に言い放った。

「馬鹿なことを仰《おつしや》る。人間が水車を率先《そつせん》して守った挙句、取水口を同じ人間から守るですって。正気ですか。詳しく秘策とやらを話しなさい。私が、欠点を挙げてみせます」

おっちゃんは深々と頭を下げて頼んだ。

「これればかりは、秘策なので詳しくは明かせません。ですが、水車の設置と取水口の防衛。任せていただければ、解決してみせます。是非《ぜひ》とも『テンペスト』様にお取次ぎをお願いします」

パズトールは、けんもほろろに突《つ》き放《はな》した。

「駄目です。考慮《こうりよ》の余地なしです。『テンペスト』様のお耳に入れる必要もありません」

「どうしても、駄目ですか」

パズトールは頑《がん》として拒否《きよひ》した。

「駄目なものは、駄目です」

おっちゃんは鞄から『龍《りゆう》を呼ぶ角笛』を出して吹《ふ》いた。

パズトールが眉間《みけん》に皺《しわ》を寄せ、怒《おこ》った。

「そんなことして我《わ》が主を怒らせても、知りませんよ」

「覚悟の上です」

突風《とっぷう》が吹いた。風に耐《た》えると『暴君テンペスト』が現れた。

『暴君テンペスト』がギロリと、おっちゃんを睨《にら》んだ。『暴君テンペスト』が怒気《どき》を孕《はら》んだ声を上げた。

「挑戦者《ちょうせんしゃ》ではないな。お前、それが何か、知って使ったんだろうな」

土下座の体勢で頭を下げた。

「わいはおっちゃんいう者です。どうか話を聞いてください。噴火を止める秘策があります」

『暴君テンペスト』の表情が幾分《いくぶん》か和《やわ》らぐ。威厳《いげん》の籠もった声で『暴君テンペスト』が命じた。

「なんだと、申してみよ」

「海水を使った冷却方法です。ネックになる水車の防衛と取水口の警備に、人間を騙してやらせる秘策もあります。ただ、秘策ゆえ詳しい話は御勘弁《ごかんべん》願います」

『暴君テンペスト』が悠然《ゆうぜん》と構えて、見解を述べた。

「秘策はよい。だが、策とは時に破れるもの。騙すだけでは駄目だ」

「でしたら、脅《おど》します。人間の街には幽霊船《ゆうれいせん》団を呼び出す宝があります。これを盗《ぬす》んでおいて、取水口から侵入したら、幽霊船団が街を攻撃《こうげき》すると噂《うわさ》を流しておいて、牽制《けんせい》します。幽霊船団の恐怖《きょうふ》を知る人間たちは、きっと取水口を守るでしょう。そうしておいてダンジョン・コアを充分に冷やしてから、穴を塞《ふさ》ぎます」

パズトールが肩を竦《すく》めて、くさした。

「馬鹿な話でしょう。取るに足りませんよ」

『暴君テンペスト』が、強い口調で発言する。

「よい、おっちゃんよ、やってみよ」

パズトールが眉《まゆ》を吊《つ》り上げて、上擦《うわず》った声を出す。

「主よ。正気ですか」

「噴火すれば、ダンジョンの半分が潰れる。そうなれば、多くの家臣たちに暇《ひま》を出さねばならない。それだけではない。噴火すれば、家臣の住む村や治める所領も消える。家臣の生活を守る努力は、主君の務めだ」

パズトールが『暴君テンペスト』に向き合い、諫《いさ》めた。

「おっちゃんの秘策とやらが失敗すればダンジョン・コアを破壊され、ダンジョンを失います。ダンジョンがなければ、主をお守りする任務が難しくなります」

「ダンジョンはまた造ればいい。儂を守っている存在はダンジョンではない。家臣だ。その家臣の生活が破綻《はたん》する時に、何もしなかったとあれば主君の名折れぞ」

（なんや。「暴君」と言われているけど、ダンジョン・マスターとしては立派な龍やん）

『暴君テンペスト』の芯《しん》の通った姿勢に、パズトールは折れた。

「わかりました。主君の決定なら是非もなし。ダンジョン・コア冷却計画を始めます」

「よきに計らえ」

『暴君テンペスト』は飛び去った。

第五十六夜　おっちゃんと大規模事業

パズトールからダンジョン・コアを海水で冷却する計画の計画書を入手した。

計画書を『記憶《きおく》』の魔法を使い全《すべ》て頭の中に入れた。計画書を一度ばらして、人間に見せてはいけない機密箇所を処分して、再編集する。

再編集した計画書を持って、皆が詰《つ》めている冒険者ギルドに向かった。

「やったで。秘策は成功寸前や。モンスターに穴を掘らせられるで」

一同が顔を見合わせた。

「やったわね。おっちゃん」クロリスだけが顔を輝かせる。

「でも、それには一つ問題があるねん。『暴君テンペスト』や。『暴君テンペスト』のご機嫌《きげん》を取らねばならん。そこで、黄金の帆船《はんせん》模型を献上《けんじょう》せねばならん」

イゴリーが渋い顔をして、否定的な態度で意見した。

「黄金の帆船模型の献上は止めたほうがいい。黄金の帆船模型を使われたら、街が幽霊船団に攻撃される。献上するなら、もっと安全な物を差し出すべきだ」

おっちゃんは強い口調で、譲《ゆず》らなかった。

「それは無理や。『暴君テンペスト』が欲《ほ》しい物は黄金の帆船模型や。代えは利《き》かん。そこは譲れん」

バネッサが腕組みして意見を述べる。

「他に問題はないの？」

「ある。取水口から人間をダンジョンに入れて『暴君テンペスト』を怒らせんことや。黄金の帆船模型を手に入れた『暴君テンペスト』を怒らせたら、海から幽霊船団、空から『暴君テンペスト』、陸からダンジョンのモンスターが街に攻《せ》めてくるで。せめて、黄金の帆船模型を取り返すまでは、大人しくするしかない」

ゲオルギスが曇った顔で発言する。

「黄金の帆船模型が『暴君テンペスト』の手にある間、冒険者は『火龍山大迷宮』に入れないわけか。冒険者を納得《なっとく》させる工作が必要だな」

「冒険者に遠慮《えんりょ》する必要はない。街に残っている冒険者は、街のために残っている人間や。話せばわかってくれる。なんなら、残っている冒険者には水車と取水口の警備の仕事を振ったらええ。街にいない冒険者は街を見捨てた冒険者や。街を見捨てた冒険者に義理立ては不要や」

ピエールが渋い顔をして意見した。

「でも、黄金の帆船模型を差し出す行為は、賛成できかねます。噴火の脅威《きょうい》を逃《のが》れても、海を人質《ひとじち》に取った『暴君テンペスト』の脅威に曝《さら》されます。海路はマサルカンドの生命線です」

「実はそれについては、おっちゃんには考えがある。おっちゃんには、ダンジョン・コアの冷却後に黄金の帆船模型を回収する策がありますねん。これも、秘策やから詳しくは教えられませんけど」

　みんなの顔色を窺《うかが》う。黄金の帆船模型の提出には否定的だった。

（否定的な態度を取るのは、黄金の帆船模型が抑止力《よくしりょく》になることを物語っとる。これは、やはり黄金の帆船模型を渡《わた》したほうがええね。渡したほうが、間違《まちが》いない）

　おっちゃんは再編成した計画書を皆の前に拡《ひろ》げた。

「これを見て。『火龍大迷宮』のダンジョン・コアの冷却に関する機密情報や」

　ばらばらになった計画書を見て、リントンが顔を輝かせる。

「すごい。この資料があれば、こっちの作業は水車の調達と設置だけになる。凄《すご》く助かる。蒸気を利用した特別な水車だけど、二週間もあればできます。でも、こんな綿密な資料をどこで入手したんですか？」

　サワ爺が資料を見ながら疑問のある顔で口を挟《はさ》む。

「それに、資料の番号が抜《ぬ》けている箇所があるようじゃが」

「全部を欲しいなんて無茶《むちゃ》を言わんといて。あと、出所は訊《き》かんといて。この機密を入手するだけでも、大変やったんやから」

　具体的な未来が見えてくると、話の流れが変わった。

　一時間後、皆の総意として、黄金の帆船模型がおっちゃんの手に渡った。

　おっちゃんは馬を使って、黄金の帆船模型を『火龍の闘技場』まで運んだ。トロルの姿で『火龍の闘技場』に行く。

パズトールが姿を現した。パズトールは気取って問う。

「人間たちに水車の設置をさせる件と、人間の手で取水口を守らせる計画はどうですか。主に、ああ話した手前、できない、では許されませんが」

おっちゃんは揉《も》み手《で》をしながら下手に出て発言した。

「人間たちはコロリと騙されています。さっそく蒸気を使った水車の作成を始めました。警備の人間はあろうことか、冒険者を使うようです。冒険者を使って冒険者から守るとは、滑稽《こっけい》ですな。そんで、これが、人間から騙し取《と》った黄金の帆船模型です」

おっちゃんは背負《せお》っていたエール樽《だる》を下ろした。

パズトールはエール樽を触って魔法を唱える。

「中には黄金の帆船模型が入っているようですね。掛かっている魔法も呪《のろ》いも理解しました。もちろん、使用方法もね」

おっちゃんは、ぺこぺこと頭を下げて頼《たの》んだ。

「それで、なんですけど。ダンジョン・コアの冷却が終わったら、黄金の帆船模型は返してもらうわけにいきませんか」

パズトールが意地悪く笑った。

「駄目です——と言いたいところですが、黄金の帆船模型の回収も、秘策の内なんでしょう。いいですよ。主からは秘策に協力するように命を受けています。人間が取水口から入って来なければ、返還《へんかん》しましょう」

「助かります。ところで、水車が完成するまでに、二週間が掛かるんですが、穴の掘削《くっさく》にどれくらい掛かりますか。あと、噴火まではどれくらい時間があるかわかりますか」

パズトールが髭を伸《の》ばしながら、ツンとした口調で伝える。

「掘削はダンジョンの拡張のようなもの。一週間もあれば、取水口と排水口《はいすいこう》を掘削できます。ただ、噴火予定は、十六日後ですので、人間側の作業を急がせてください」

(ギリギリやん。これ、失敗できんぞ)

第五十七夜「おっちゃんと水車」

冒険者ギルド、盗賊《とうぞく》ギルド、魔術師ギルド、商人組合、職人ギルド、城の人間、街の人間。大勢の人間が蒸気を使った水車の作成に関《かか》わった。皆《みんな》が皆、地震《じしん》の恐怖に耐えできる仕事をした。

そうして、十四日を掛けて蒸気で動く水車が完成した。

十五日目の朝は寒かった。夜が明けるとともに水車を設置すべく行動する。水車の部品を運ぶ。砂浜《すなはま》から二十メートル離《はな》れた場所に二箇所の穴が空く岸壁《がんぺき》があった。

穴は下の取水口が直径八十センチ、上の排水口が直径三十センチ。取水口には二重にフェンスが設けられていた。フェンスの前には警備の冒険者が六人いた。浜《はま》からは水路が掘られ、水車の下に海水が溜《た》まる構造になっていた。

水車は木と鉄で作られた直径十メートルの輪からなる大きな水車だった。排水口から出る蒸気で回転する仕組みだ。大きな桶《おけ》が海水を汲み上げて、取水口に流し込む。

街に残っている男たちが水着に着替《きが》え、総出で設置作業を手伝った。

「水車の設置が終わりました」。作業に当たったった一人がリントンに合図をする。

「取水口に海水を流してください」

最初の蒸気が出て来るまでは、人力で水を排水口に流さねばならない。水路から海水を汲み、人力で取水口に流し込む。日が暮れた。蒸気はまだ出てこない。

交替《こうたい》でひたすら海水を取水口へと流し続ける。夜が更《ふ》けて来る頃《ころ》に、リントンが喜びの声を上げた。

「蒸気が来た」

クロリスが笑顔《えがお》でおっちゃんに声を掛《か》ける。

「やったわね、おっちゃん。これで苦労が報《むく》われたわね。ありがとう」

現場にいた人間から歓声《かんせい》が上がった。だが、水車は動かなかった。

リントンの大きな声が現場に響《ひび》いた。

「駄目です。圧が足りません。もっと海水を注いでください」

「みんな、蒸気が出たんや。海水はダンジョン・コアに届いている。このまま、海水を入れ続けるんや」

おっちゃんの指示の下、海水を取水口に入れ続けた。

ボコン、ボコン、と音がして、熱い蒸気が水車に入る音がした。

「いいですよ。どんどん圧力が上がっている」

水車がゆっくりと動き出した。水車に付いた桶が廻り始める。桶が取水口に海水を流し込んでいく。

「やったで。あとはダンジョン・コアが冷えるまで、自動で動いてくれる」

雨が降ってきた。雨の中でも水車は動いていた。

おっちゃんたちは成果を確認《かくにん》して帰ろうとした。皆はへとへとに疲《つか》れていた。

事件は起きた。水車が動きを止めた。

「なんや、何が起きたんや」

「圧が下がっている」。リントンの悲痛な声が響く。

何が起きているか、わからなかった。視界の隅《すみ》で震《ふる》える子供の姿が目に留まった。

(常に動いていて暑かったからわからなかったが、気温が下がっているのか)

「リントンはん。気温の影響《えいきょう》か？」

リントンが排水口の付近で懸命《けんめい》に作業しながら、大声を出す。

「夜の気温低下と雨天の影響は計算には入れていました」

サワ爺《じい》が顔を歪《ゆが》めて、思い出したように発言する。

「当たり年のせいじゃ。当たり年は夏が寒い。いつもより寒い空が、大地を冷やしておる」

「取水口に海水を入れてくれ。皆が作業している間に、おっちゃんが何か考える」

リントンの悲痛な声が響く。

「考えるって、どうするんですか」

「手はないか」と頭を捻《ひね》って考えた。パズトールに見せたカタログを思い出した。

「そうや、放熱機や。放熱機を逆につけて、過熱できんか」

リントンが険しい顔で叫ぶ。

「無理です。私の特製放熱機では大き過ぎる、水車には付けられない」

「違う。カタログの最初のほうに載っていた、小型の高性能放熱機や」

「駄目です。それでも、まだ大きい」

「耐熱装備を作った時に言うとったの。金貨が三倍あれば、重さを半分にできるって。金や物ならどうにかする。小型の高性能放熱機を改良して、小型の超高性能過熱機《ちょうこうせいのう》を作るんや。サワ爺。ピエールはん。リントンはんに協力して。急げ、リントンはん。皆が限界に来る前に」

サワ爺、ピエール、リントンが駆《か》けて行った。

「辛《つら》いと思うが、リントンはんが戻《もど》って来るまで、注水は続ける。ここで止めたら、全てが無《む》駄《だ》や」

疲れた体に鞭《むち》打《う》って注水作業を続けた。腕《うで》と足が膨《ふく》れ上がった。腰《こし》が痛くなり、膝《ひざ》が悲鳴を上げた。

朝が明けた。動ける大人も少なくなってきた時に、リントンが緊迫《きんぱく》した顔で現れた。リントンが作業を開始する。疲労《ひろう》で集中力が途切《とぎ》れ、意識が朦朧《もうろう》としていた。ただ、再度、動き出す水車の音は聞こえた。

「間に合ったか」

おっちゃんは現場に倒《たお》れ込み、気を失った。気が付いた時は、水着のまま宿屋のベッドに寝《ね》転《ころ》がっていた。

窓を開けた。街は静かだった。着替えて外に出た。誰《だれ》とも会わなかった、

「まるで、街が死んでいるようや。ひょっとして、リントンはんが間に合ったのは錯覚《さっかく》だったのかもしれん。わいは噴火で死んだんか」

体の痛みが死を否定していた。水車を見に行った。

水車は蒸気が吹き込むゴンゴンの音を立てながら、海水を汲み上げていた。水車は自動で注水作業をしていた。

「ここにいたのね」

振り返《かえ》るとクロリスがいた。クロリスが水車を見上げて、感心した調子で話す。

「本当に人間って重いのね。倒れた男性を街の女手だけで協力して運んだわ」

「そうか、それは苦労をかけたな」

クロリスが微笑《ほほえ》んで告げる。

「苦労ってほどの作業ではなかったわ。それに、おっちゃんなら重くは感じなかった。むしろおっちゃんの役に立てて嬉しかった」

「そうか、そう言ってくれると嬉しいな。おっちゃんも働いた甲斐《かい》があったわ」

クロリスが優《やさ》しい顔で尋《たず》ねた。

「ねえ、おっちゃん。おっちゃんはマサルカンドでずっと冒険者をやるの？」

「さあ、どうやろうな。ずっといるかもしれんし、旅に出るかもしれん、おっちゃんは冒険者やからな。ただ、この街は好きやで」

クロリスがとびっきりの笑みを浮《う》かべた。

「そう、ならよかったわ。もう少ししたら、ご飯にするから、食べに来て。浅蜊《あさり》の炊《た》き込みご飯を作ったわ。皆で一緒に食べましょう」

「そうか、マサルカンドの浅蜊は美味《うま》いから好きや。御馳走《ごちそう》になるわ」

クロリスが帰って行く。

おっちゃんは動き続ける水車を見ながら一人感想を述べる。

「そうか。やったんやな。皆で、マサルカンドを救ったんや」

「第五十八夜　おっちゃんと予期せぬ報酬」

食事を摂《と》って死んだように眠《ねむ》った。そんな生活を二日間に亘《わた》って続けた。

三日目の朝にリントンの家に行くと、裏庭から金属を彫《ほ》る音がしていた。

裏庭に行った。リントンが一辺が四十センチの鉄の板と格闘《かくとう》していた。

「なんや。もう次の作品に取り掛かっているんか」

リントンが晴れやかな顔で元気良く告げる。

「小型の超高性能加熱機を造っています」

「あれ、今の水車に付いている奴《やつ》はなに？」

リントンが機嫌よく作業を続けながら答えた。

「水車について稼動《かどう》している加熱機は、父の作品です。父が私より遙《はる》かに先に行っていると知りました。やはり父は偉大《いだい》です。でも、父の作品は古いのでいつ壊《こわ》れるかわかりません。だから、予備を作っています」

「そうか。それで、ダンジョン・コアが冷えるまで、どれくらい掛かるの」

「三十日も冷やせば、危険な水準は終わります。おそらく、次に危なくなる時は、二十年以上は先です」

「三十日か。長いようで、短いな」

おっちゃんは特にやることがなかった。釣竿《つりざお》を片手に、取水口の警備をした。のんびりとした時間が過ぎる。取水口の警備は杞憂《きゆう》に終わった。

お城が『暴君テンペスト』の討伐依頼《とうばついらい》を正式に取り下げた。魔術師ギルドは安全情報を出《だ》さなかった。結果、マサルカンドは「いつ噴火があるかわからない、危険なだけの街」と冒険者の目に映った。

冒険者が来なければ、誰も取水口の先を見ようとする人間はいない。

水車の稼動から二週間目に、リントンの父親であるリッティンが作った過熱機は壊れた。だが、その頃にはリントンの小型の超高性能加熱機が完成していた。リントンの作品が投入されてからは、心なしか水車の回転も安定した気がした。

水車稼動から三十日が経過したところで、水車は止まった。原因は取水口と排水口が消えたからだった。

仕事を終えたので早々に穴を閉じたと思った。

パズトールに会いに『火龍の闘技場《とうぎじょう》』に行った。

「ダンジョン・コアの調子はどうですか？」

パズトールがツンとした顔で、気取って発言する。

「心配は無用です。安全な温度までダンジョン・コアは冷えました。後はこちら側の冷却《れいきゃく》設備でどうにかなるでしょう。ただ、塩の後始末が大変でしたけどね」

「そうですか、それで、なんですけど、黄金の帆船模型を返していただけないでしょうか」

パズトールが持っていた辞書を開いた。辞書のページからエール樽が飛び出した。

パズトールが澄《す》ました顔で尋ねる。

「それ、持ってお行きなさい。それと、今回の報酬ですが、いかほどお望みですか」

「黄金の帆船模型を返していただけるだけで充分《じゅうぶん》です」

パズトールが顎《あご》に手をやった。感心した顔をして、優雅《ゆうが》な声で発言する。

「欲のないトロルだ。だが、無報酬はいけません。主の面子《メンツ》があります。ですから、何か困ったことがあったら、助けてあげましょう。遠慮せずにいらっしゃい」

おっちゃんは深々と頭を下げ、エール樽を持って冒険者ギルドに帰った。

黄金の帆船模型が入ったエール樽は魔術師ギルドに保管された。

おっちゃんは一人で、冒険者の店でエールを飲み、塩茹《しおゆ》でした豆を抓《つま》んでいた。

「平和やなー。残りの金も寂《さび》しうなった。『岩唐辛子《とうがらし》』でも採りに行くかの。『ボルガン・レックス』もいないし、ライバルとなる冒険者もまだ帰ってきていない。楽に採れるやろう。ええのー、採取できる生活って」

おっちゃんの声が聞こえたのか、暇そうにしているクロリスがさらりと発言する。

「危険のない仕事もいいと思うわ。おっちゃんはもう一生分の危険な冒険《ぼうけん》をしたんだから、安全な採取をしてずっと過ごすのもありだと思うわ」

「そうやな、しばらくはグダグダ過ごすかな。さすがにちょっと疲れたわ」

「冒険者にだって休息は必要よ。働《はたら》き詰《づ》めならどんな冒険者だって壊れるか、死ぬかするわ。おっちゃんは死んじゃ駄目《だめ》よ。おっちゃんのことを大切に思う人がいるんだから」

（なんや。偉《えら》く好かれてしまったな。これはどうにかせんといかんな。おっちゃんはモンスターやさかい、あまりにも人と親しくなるわけにはいかん）

クロリスが他の冒険者の職員に呼ばれて席を外した。

バネッサがやってきた。バネッサが少しそわそわしながら、言い辛そうに申し出た。

「おっちゃん、今日は、その、頼み事《ごと》があって来たの」

気の抜けた声で返す。

「仕事なら、引き受けんよ。おっちゃんは『岩唐辛子』を採取するしか能がない、しがない、しょぼくれ中年冒険者やからね」

バネッサが向かいの席に座《すわ》った。

「そうじゃないんだ。どちらかと言うと、断って欲しい話なんだ。その内に私の親父《おやじ》が、おっちゃんと私の結婚話《けっこんばなし》も持って来ると思う。だから、おっちゃんのほうから断ってもらえないだろうか」

「そういえば『噴火を止めた奴に娘《むすめ》をやる』と口にしとったな、ちなみに親父さんて、いくつ？」

「三十九歳《さい》よ」

「おっちゃんより若いやん。義父《とう》さんとは、呼びづらいな。ええよ、心配しなさんな。結婚の話が来たら断ってやるで」

バネッサが肩《かた》の荷が下りたのか、ホッとした表情になった。

「そう言ってくれると、助かるわ。それと、これ、幽霊船を止めたときの報酬よ。まだ、渡してなかったでしょ」

バネッサは小さな袋《ふくろ》を差し出した。中には金貨が十枚、入っていた。

「おお、大金やん。これだけ、あれば、しばらく生活に困らんな。ありがとうな」

「あと、これは私から」とバネッサは上等のワインを注文してくれた。

ワインが来るのを待っていた。小僧《こぞう》を連れたピエールが現れた。

小僧はバネッサのよりも大きめの袋を持っていた。

ピエールが澄ました顔で発言する。

「おっちゃん、このたびの活躍《かつやく》、まことに見事でした。商人組合を代表してお礼申し上げます」

「なんや、急に改まって」

ピエールが爽《さわ》やかな笑顔で述べる。

「おっちゃんには幽霊船を止めていただいた報酬と、商人組合を救っていただいた報酬をまだ払《はら》っていなかったので報酬を持って来ました」

「おい」とピエールが小僧に声を掛けた。

「ありがとうございました」と小僧がお辞儀《じぎ》して袋を差し出す。

袋を開ける。中には金貨が、ざっと見て百枚は詰まっていた。

（貰《もら》いすぎやね、かといって、返す態度も大人気ないな。しゃあない。後でマスケル商会から

何か大きな買い物でもするか）

「おお、ありがとうな。これだけあれば、長期間、生活に困らんな」

ピエールがバネッサの横に座った。

「あと、これは、私からです」とピエールは特上のワインを注文する。

ピエールがワインを注文してすぐに、ゲオルギスがやって来た。

ゲオルギスは何も持っていなかったので、ホッとする。

すると、ゲオルギスが晴れやかな顔で祝福する。

「おっちゃん、おめでとう。領主のゲーノス閣下が、おっちゃんの働きを認めたぞ」

（なに？　なんか、嫌《いや》な予感がするで）

ゲオルギスはにこにこしながら言葉を続けた。

「『暴君テンペスト』を退治したわけではないので、金貨一万枚はやれない。だが、恩賞として、金貨三千枚を下さるそうだ。また、騎士《きし》の称号《しょうごう》を贈《おく》り、知行地として人口五百人の漁村二つを与《あた》えると仰ってくださった。大出世だな、おっちゃん」

おっちゃんは心の中で悲鳴を上げる。

（要《い》らんよ。そんなもの。おっちゃんは静かに過ごしたいんや。何で、ここの領主って余計な仕事ばかりするん。おっちゃんの生活が滅茶苦茶《めちゃくちゃ》やん）

バネッサが姿勢を正して謙虚《けんきょ》な態度で申し出た。

「おっちゃん。さっきの話だけど、断るのは待ってくれないかな。私はこう見えても料理は得意だし、計算もできる。礼儀《れいぎ》作法も習っている。知行地の領民ともうまくやれると思うんだ。きっと、良い騎士の奥《おく》さんになるよ」

「それって、金が目当てやん」

バネッサは目をきらきらさせて、自説を滔々と述べる。

「男の甲斐性《かいしょう》って、つまるところ、稼《かせ》ぎだと思うのよ。その点、領地として、漁村が二つに持参金が金貨三千枚は充分だと思う。お金から始まる愛もあると思うのよ」

ピエールが畏《かしこ》まって、おずおずと申し出る。

「おっちゃん、いえ。おっちゃん様、余裕《よゆう》資金の使い道はおありですか。もし、すぐにお金が必要ないようでしたら、海洋貿易船に投資しませんか。興味があるなら御説明《ごせつめい》いたします。あと、マスケル商会では税の取り立て代行もやっているので、領地の経営をお助けできると思います」

「ちょっと、なにを言っているの、ピエールさん」

ゲオルギスが礼節のある態度で頼んできた。

「おっちゃん、よかったら、冒険者《ぼうけんしゃ》ギルドの後援者《こうえんしゃ》になってくれないか。ギルドの運営はけっこう大変なんだ。国と冒険者の間を取り持ってくれると、若い冒険者も助かる」

「ちょっと、皆さん。落ち着いて」

（あかん。これ、駄目なパターンや。もう、この街には、いられへん）

どうにか、おっちゃんは三人を帰した。

明け方の早くにおっちゃんは宿屋を引《ひ》き払う。精算を終えると、女将《おかみ》さんが寂しそうに笑った。

「行ってしまうんだね」

「世話になったな。おっちゃんは冒険者やさかい。冒険を止《や》められんのよ」

（本当は地味に、一箇所《かしょ》のところで細々と採取でもして暮らしたいんやけどなあー。なんで、こうなったかなー）

女将さんはしみじみと「冒険者だねー」と口にした。

開いている店で保存食を買う。水筒《すいとう》にエールを入れてもらい、市場を後にした。

（クロリスはんはどう思うやろうか。黙《だま》って去ったおっちゃんを恨《うら》むやろうか。でも、これでええねん。おっちゃんはモンスターや。あまり親しくなるとクロリスはんに迷惑《めいわく》がかかる。小さな勇者はクロリスはんの中で大きくなりすぎた）

「案外、これでよかったのかもしれんな。クロリスはん、達者でな」

朝日の中、おっちゃんはマサルカンドの荒野《こうや》に、独りで歩き出した。

あとがき

読者の皆様、こんにちは金暮銀です。このたびは、『おっちゃん冒険者の千夜一夜』第一巻に最後までお付き合い頂き、ありがとうございました。

本作品は『小説家になろう』の投稿作品です。『小説家になろう』を知って投稿する前まで、色々な小説賞に応募していましたが、まったく芽が出ず、賞とは無縁の人生を送っていました。

ですが、ふとしたきっかけから『小説家になろう』を知り、投稿を開始しました。開始した当時は、賞に応募した落選作品の掲載をしていましたが、あまり評価がされませんでした。

そこで、自分なりにいま『小説家になろう』で受ける作品はなにかと考え、創作を始めたのが『おっちゃん冒険者の千夜一夜』でした。

『おっちゃん冒険者の千夜一夜』も最初は評価されませんでしたが、投稿を続けていくうちに人気が出て日間の一位を取ることができました。そこで、自信を持った時に、ホビージャパンさんの『第一回HJネット小説大賞』を知り応募しました。

すると、縁あって、大賞受賞の栄誉ある賞を受賞させていただきました。この場をお借りし、応援をしていただいた読者様には「応援、ありがとうございました」と深謝させてください。

また、本の出版に際してお世話になったホビージャパンの関係各者、イラストレータの戯々《ぎぎ》さん、編集者のTさんにも「ありがとうございました」と御礼したいです。

イラストレータの戯々さんには、素敵なイラストを描いていただき、感謝しております。

さて、『おっちゃん冒険者の千夜一夜』のWEB版と書籍版の違いについて書きます。

誤字脱字が減り、点を打つ場所が変っている。これは当たり前ですね、気付くところは直しました。校正も入っております。校正作業はけっこうお世話になりました。

中身についてですが、今回は微増しております。料理にたとえるとするなら、塩胡椒《しおこしょう》で味付けしていたハンバーグが、料理長おすすめデミグラス・ソースになったくらいの変化です。

ハンバーグはハンバーグだろうと、言われればそうなのですが、味わいは違います。

書籍版を読んでいただければ、WEB版を読んでいた読者さんも話の流れは変らないが、受ける印象は違うはずです。逆に書籍版から入ると、WEB版は味付けが薄く感じられるかもしれません。

もっと具体的な違いとは何か、と問われるなら、おっちゃんとギルド受付嬢（アリサ・クロリス）の会話が増えております。ギルドの受付嬢との会話が増えたことで、より、本作品の魅力が増したと信じています。少なくとも、蛇足《だそく》にはなっていないでしょう。

この路線が受けいれられるなら、書籍版はこんな感じで濃い味付けにして、加筆していければと考えております。それでは、そう遠くないうちに、二巻でまたお会いできれば幸いです。

今後とも応援、よろしくお願いします。

HJ NOVELS
HJN30-01

おっちゃん冒険者の千夜一夜 1

2018年2月23日　初版発行

著者——金暮　銀

発行者—松下大介
発行所—株式会社ホビージャパン
〒151-0053
東京都渋谷区代々木2-15-8
電話　03(5304)7604（編集）
03(5304)9112（営業）

印刷所——大日本印刷株式会社

装丁——世古口敦志（coil）／株式会社エストール

ISBN978-4-7986-1610-0　C0076

ファンレター、作品のご感想お待ちしております
〒151−0053　東京都渋谷区代々木2−15−8
(株)ホビージャパン HJノベルス編集部 気付
金暮　銀 先生／戯々 先生

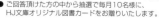